ベリーズ文庫

好きになっても、いいですか？

宇佐木

Starts Publishing Corporation

目次

好きになっても、いいですか？

好きになっても、いいですか？

Prologue：kiss

気づけばここにいて。理性に反して距離が近づいていく。

「……そんな顔をしたって無駄だ」

「好きに……したら、どうですか」

「その言葉の意味、わかって言ってるのか……？」

触れてほしい。でも、触れないでほしい。

彼の息づかいが聞こえるだけなのに、心臓が早鐘を打ってうるさく騒いでる。

知らなかった。

いけないいと思うことが、こんなにも火をつけるなんて。

私に近づかないで。

……心の底では、『私にキスをして』。

encounter:出会い

「本当に、いいんですか」

「くどい」

「まぁ……。元よりひとつ、席が多かったですが」

「そんなことより、その手にあるものをくれ」

「はい。申し訳ありません。今、確認を……」

「いや、いい。俺が確認する」

とあるビルの十五階。眺めのいい景色が足元まで広がっている。そのそばに、黒くがっしりとしたデスク。上には、整頓されてはいるが、半端ない量の書類。長い足を組みながら、頬杖をつくひとりの男。

そして、その横に立っている、メガネをかけたもうひとりの男が口を開く。

「社長、時間が」

「ああ、わかった」

そう短く会話を交わすとふたりは席を立ち、忙《せわ》しなく部屋を出た。

「芹沢《せりざわ》さん。この書類、整理して。あと、あっちの領収書の束も。それと……」

「はい。それと、五階の女子トイレと、十五階の廊下の蛍光灯ですね」

「さすが！　じゃあ、お願いね」

四十代半ばの女子社員に言われて席を立ったのは、入社して間もない新入社員。名前は芹沢麻子《あさこ》。

彼女は入社後、ここ庶務課に配属されていた。麻子は、今日も自分の仕事をこなすため、倉庫へ脚立と蛍光灯を取りにいく。

(今度からＬＥＤに切り替わるから、こういうことはあまりなくなるはず)

身長一七四センチに、すらりとした細身のスタイル。まるでモデルのようにも見えるのだが、ここは普通の会社。容姿が多少いいからといって、優遇される理由にはならない。

今の麻子がその身長を活かせるのは、電気交換くらいだ。それを嫌がることもなく、率先して麻子は倉庫へ向かう。

(よし。次は十五階)

手際よく作業を済ませ五階の女子トイレを後にすると、軍手をはめたままエレベーターに乗り込んだ。

次に目指す十五階は、このビルの最上階。最上階といえば、大抵お偉いさんがいるフロアで、麻子のような新入社員など下の人間は普段立ち入る用はほとんどない。しかし、麻子の場合は別だった。こうしてたまに、足を踏み入れることもある。庶務だからだ。

「どこかな……あ、あそこか」

十五階の廊下の天井をきょろきょろと見ながら、蛍光灯が切れている場所を探す。そこを見つけ当てると、周りに歩行者がいないかを確かめ、脚立を立てた。

脚立に足をかけ、一メートルほどの蛍光灯を外して付け換える。作業を終えて、脚立から地に足をつけるまであと一段、というときだった。

「きゃっ……！」

悲鳴と、脚立の倒れる派手な音をあげたその場所は、ちょうど廊下の曲がり角。さらに、足音が聞こえないカーペットが、互いの存在を気づきにくくさせていた。

まさか人がいるとも思わず、手元の封書を見ながら歩いていた男は、見事脚立に激突。加えて、早歩きしていたスピードの反動が、自らに撥《は》ね返ってきて尻もちをついてしまう。

そして麻子もまた、手にしていた蛍光管をするりと落とし、床に転んでしまった。

ぐらり、と、倒れてきた脚立を視界に捕えると、麻子は反射的に腕で自身の顔を守るようにして目を瞑《つむ》った。

「……大丈夫ですか？　おふたりとも」

麻子が自分に倒れかかってくる脚立を見て想像した衝撃は、いくら待ってもない。

そっと目を開けると、メガネをかけた男が脚立を支え、麻子ともうひとりの男を交互に見やっていた。

「ちっ」

「お怪我は？」

ぶつかってきたであろう男はあからさまに舌打ちをし、その場に立つとスーツを軽くはらい始める。対照的に、メガネの男は麻子を気遣う言葉をかけてきた。

「あ……はい。すみません……大丈夫です」

突然の事故。見上げた先には、感じの悪い男と、気遣いのできる男。あまりに突発的な出来事だったため、一瞬ボーッとしてしまったが、麻子はすぐに我に返った。

そして、床に散らばった書類を拾い上げる。

（セナフーズ株式会社、記念イベント……）

「〝社長〟、大丈夫ですか」

　麻子が拾い上げた紙の内容を無意識に読み取っていると、脚立を立て直した〝気遣いのできる男〟が信じられない言葉を口にしていた。その言葉に驚いた麻子は、視線を〝感じの悪い男〟に向けた。

「ったく。仕事はしても、邪魔だけはしないでほしいものだ。これだから女は」

　嫌味混じりな言葉を浴びせ、麻子が手にしていた最後の一枚を奪い取るように回収する。「社長」と呼ばれた男は、麻子に謝罪どころか、目を合わせることもなく歩き去っていった。

「失礼します。……〝芹沢さん〟。どこか怪我をされていたら、必ず報告してくださいね」

　メガネをかけた男は、麻子のネームプレートを確認してそう言うと、先を急ぐ社長と呼ばれた男を小走りで追いかけていった。

「……しゃ、ちょう？」

　すぐに、そのふたりの後ろ姿は見えなくなってしまった。が、麻子はしばらくその場に立ち尽くして、ふたりが消えていった方向を見つめていた。

　このときが、すぐのちに麻子が思う、史上最悪な出会いだった。

自分にも非があったかもしれないとはいえ、あそこまで一方的に感じの悪い態度を取られると、悶々としてしまう。

庶務課に戻っても、そのモヤモヤとした気持ちはすぐには切り替えられない。

「戻りました」

「あ、おかえりなさいー。珍しく時間かかってたわね？」

疲れた様子で自席につく麻子に、先輩社員の高橋泰恵《たかはしやすえ》はそう言った。

「えぇ……ちょっと……」

「なに？　具合悪い？　大丈夫？」

泰恵はいつでも麻子のことを心配してくれ、年齢も〝生きていれば〟自分の母に近い。仕事も丁寧に教え、お菓子や小物など、いつも麻子にくれたりする。そんな彼女は、麻子にとって、とても安心する存在だ。

庶務課は人数が少なく、麻子と泰恵のほかにはあとふたり。ひとりは、肩書は庶務課課長。だが、〝課長〟の威厳がほとんどない、のほほんとした五十代のおじさん。そしてもうひとりは、三十代前半の独身女性というメンツだ。

アットホームな雰囲気のこの課が、麻子には最高に居心地がよくて、入社してまだ三ヶ月ちょっとだったが、十分に溶け込んでいた。

「泰恵さん。うちの社長って、もしかしてすごく若い？」

「え？　麻子ちゃん、知らなかったの!?」

「はぁ」

「まあ、お忙しい方だからね！　でも春の社内報に小さく写真が載ってたでしょう？」

（社内報……）

麻子が空を見つめ、目を細めて考えるがピンとくるものが浮かばなかった。

泰恵はそんな麻子を見て、笑いながら肩をポンポンと叩く。

「さては、見てないね？」

「す、すみません……」

「あはは！　別に謝らなくても！　麻子ちゃんが思い出せないだなんて、ありえないものね」

「そんなこと、ないですけど……」

口を尖らせるように言いながら、麻子は自分のデスクの引き出しを開ける。整頓されている引き出しの中から、社内報の束をすぐに取り出すことができた。

「春……」

「四月のよ」

「あった。これですね」

「そうそう！　たぶん初めの方よ」

泰恵が覗き込む中で、麻子はパラパラと社内報をめくった。

すると、〝社長〟という名を語っているにしては、やけに小さな顔写真が確かに掲載されていた。

（やっぱり……！）

顔を社内報に近づけて確認した麻子は、心の中で呟《つぶや》いた。

そこに写る顔は、やはり先程、麻子にぶつかり悪態をついたあの男だった。

「どう？　男前でしょう？」

ニヤニヤしながら顔を覗き込まれる麻子は、泰恵の言うことに単純に同意できる心境ではなく、複雑な表情を浮かべる。

「あ、もしかして麻子ちゃん。社長と会えたんじゃ……」

泰恵が目を輝かせ、麻子を見て言った。それは、「ラッキーね」とでも言わんばかりの満面の笑みだ。

だけど麻子にとって、男前だろうが若かろうが関係ない。さっきの出会いでわかってるのは、ただの〝無礼で冷徹な〟お偉いさん。

「なにかお話したの？　どうだった？　ああ。私があと二十歳若ければねぇ。あ、でも麻子ちゃん、美人さんだからお似合いよ！」

「いえ、私は……」

「いいわぁ。美男美女カップル！」

「泰恵さん……仕事しましょう……」

　泰恵のマシンガントークはいつものこと。それを、苦笑しながら麻子はいつも受け流す。これといって苦痛なわけではないが、今回の話題はどうも落ち着かず、麻子は早く話を終わらせて通常業務に戻り、さっきのことを忘れたかった。

「え？　ああ、そうね。あ！　もうすぐお昼になっちゃう！」

　ひとりで話を完結させて、やり残しの仕事に慌てて戻る泰恵を、麻子は軽いため息をつきつつ笑う。

　そして、自分も目の前の仕事にようやく向きなおった。

「お疲れ様でした。本日の外出予定はもうありません」

「ああ。約束の時間ギリギリで久々に冷や汗をかいた。次からはもう少し余裕を持って……」

「そうですね。申し訳ありません……社長?」

出先からの帰り。黒い車の後部座席で、メガネの男が差し出した次の仕事の書類を受け取らず、男はなにやら探し物をしていた。

「なにか、お探しですか?」

「……敦志《あつし》、鞄を見せてくれ」

「は、はい」

「……ない」

顔面蒼白になっているのを見て、敦志と呼ばれたメガネの男はただ事じゃないことに気づき、男に尋ねる。

「なにが、ないんです……?」

「……セナフーズの記念イベントの案内状だ」

メガネの奥の目を大きくして、敦志は男に向き合うと、なるべく落ち着いた声で言った。

「え? でも確か封筒を内ポケットに……」

男はその封筒をすでに手にしていて、中を見せるようにしながら敦志に答える。

「中身だけが、ない」

「……内容を、覚えてはいらっしゃらないですか？」

「そんな時間はなかった」

「申し訳ありません。私が先にチェックさえしていれば」

「いや、敦志のせいじゃない……あ！」

ふと、なにかひらめいたような顔をした男は、早口で敦志に問いかける。

「さっきのあの女！　あの女の課と名前、わかるか⁉」

「『さっき』、と申しますと……」

「脚立女だ」

「……はい。彼女は、〝芹沢〟という名前でした。課は……おそらく庶務課でしょう」

ちょうど敦志の言葉が終わると同時に、ふたりの乗った車は社に到着する。普段なら敦志を待ち、その後降りる。しかし、急いでいる様子の男は、降車の用意が遅れた敦志を置いて、車道側から先に車を降りた。

敦志が急いで後を追おうとするが、すでに姿は見えない。

「社長……」

高いビルの下で敦志は呟くと、行き先を予想し、すぐにその場所へと足早に向かった。

「やっと、お昼ねぇ〜」

「そうですね」

午前の就業時間を終えて、それぞれデスクを片付けて昼にする。

麻子と泰恵は向かい合わせのデスク配置で、いつもそのまま、その場で昼を共にしていた。もうひとりの三十代女性社員は、あまり馴れ合うタイプではなく、すでに外出した後だ。

「彼女、いつも外食って飽きないのかしら」

「今は、日替わり定食とかもありますから」

「たまに外食したいものだなぁ……」

泰恵と麻子の会話にひとり言のように、少し離れた席から課長の鈴木《すずき》がぽつりと漏らす。

「あんなこと言って。愛妻弁当、うれしいくせにね」

泰恵が小声で言うと、麻子は笑って目配せしながら自分の弁当を広げた。

ガチャリ、と、普段来客などない庶務課の扉が、昼時にもかかわらず大きな音をあげながら開いた。泰恵も鈴木も、もちろん麻子も、不意に開いた扉の方へと目を向ける。

「招待状はどこだ」

庶務課の小さなドアすれすれまである長身の男は、迷いなく麻子に近づく。そして、目の前までくると、不躾な態度でそう聞いた。

庶務課の三人が、横柄な態度で麻子の目の前に立っている人物が〝社長〟であることに気づくのには時間はかからなかった。

（……藤堂純一《とうどうじゅんいち》！）

麻子は、先程確認した社内報の紙面を思い出して心で呟いた。

「……藤堂社長、お疲れ様です。その、〝招待状〟とは、なんのことでしょうか？」

麻子は驚きはしたものの、純一の十五階で会ったときと同じ失礼な態度と物言いに、内心カチンときながら冷静に返答する。

「午前中、上のフロアで散らばってただろう。その中の一枚だ」

「申し訳ありませんが、私にはわかりかねます」

「お前……！」

「拾った書類は全てあの場でお渡ししましたし、あの後フロアを見ましたが、なにひとつ落とし物はありませんでした」

席を立ち、自分よりも背の高い〝社長〟という人物を見上げる。そんな大層な相手にもかかわらず、麻子はまっすぐ向き合っていた。怯むことなく、目も逸らさずに。

「……本当だろうな？」

「社長、本当です！」

純一の疑いの言葉にそう答えたのは、麻子ではなかった。

その声に振り向くと、敦志が軽く息を切らしてドアを開き、立っていた。

「最後の一枚は、ご自分で芹沢さんから回収されていました。わたくしも、フロアにはなにもなかったのを確認しております」

麻子と敦志が目を合わせている中で、純一は麻子だけを見ていた。同じ空間にいる泰恵と鈴木は、何事かとハラハラしながら事の行方を見守っている。

「ちっ……。じゃあ一体どこに」

「とりあえず落ち着いて、一度社長室へ戻りましょう」

「セナはこれから大事な取引があるっていうのに……」

ぶつぶつと、純一が漏らしながら麻子に背を向けたときだった。

「……セナ？　セナフーズ？」

麻子が本当に小さく、ひとり言のように漏らした声。けれど、庶務課は静まり返っていたために、当然男ふたりにも聞こえている。敦志は麻子の言葉に、すぐ振り返り、立ち止まった。

「もしかして、芹沢さん。心当たりが？」

敦志が笑顔で期待を寄せる。純一は、一歩前に出た敦志と、未だ立っている麻子をじっと見た。

「『御蔭様で、来る九月三十日に創立三十周年を迎えることとなりました。これもひとえに、皆様方のご支援の賜《たまもの》と深謝申し上げます』」

敦志の質問に対し、なんの前置きもなくいきなり書式を話しだす麻子に、純一も敦志もただ呆気にとられていた。

「『創立三十周年記念パーティーを催したく存じます。ぜひともご来臨《らいりん》の栄を賜りたく、謹んでご案内申し上げます。平成二×年八月吉日――セナフーズ株式会社　代表取締役社長　瀬名一彦《せなかずひこ》』」

目を閉じてつらつらと話を続けていた麻子に、純一が明らかに動揺し、声を震わせた。

「……もしかして、記憶……してるのか？」

なんの汗かわからないものが、純一の額に浮かぶ。

敦志も恐る恐る、続けて麻子に聞いた。

「せ……芹沢さん。では、日時も……?」

「はい。『日時九月三十日、午後二時より午後三時。場所は笹塚《ささづか》プリンスホテル〝鶴《つる》の間〟。返信は八月三十日までに』と」

「――信じられない」

純一と敦志は、ただそのひと言に尽きた。

あの一瞬に見ただけの文面を、全文とまではいかないがほとんど記憶している。ただの偶然という言葉では済まされない。凛とした声と姿勢で伝えた麻子の姿は、敦志だけでなく純一の目にも焼き付いた。

「くっ……九月三十日、午後二時から……ですね」

敦志は、ハッと我に返って手帳を開き、麻子の言った日時をメモに取る。そしてふたりは、颯爽と庶務課を後にした。

intrigue：陰謀

「驚きましたね」

社長室の扉が閉まるかどうかのときに、敦志が純一に向かって言った。

純一は室内に入るなり上着を脱ぎ、ドサッと大きく柔らかそうな背もたれの椅子に座る。そしてデスクに頬杖をつき、なにかを考えているようだった。

「でも、とりあえず本当によかった。招待状の内容を先方にもう一度伺うなんて、できませんから」

敦志はただただ、安堵の笑みを零す。

「……庶務課の芹沢、か」

「芹沢麻子さん、どうやら今年入社した社員のようですね」

デスクに置いた、中身のない招待状の封筒を指で軽く弾くと、椅子をゆっくり回転させて敦志に背を向ける。

正面の大きな窓から空を見つめ、少し間を置くと純一は言った。

「……芹沢麻子を——」

予期せぬ来客が去った庶務課では、未だにその来客が、多忙を極める社長だったことに対しての興奮が冷めない。

ただひとり、麻子を除いて……。

「麻子ちゃんっ！　すっ、すごいじゃない！　社長がっ……直々に！」

「芹沢さん！　ワタシも驚きました！」

「……偶然ですよ。偶然、さっき蛍光灯換えたときにぶつかってしまって」

やっと椅子に腰かけた麻子に、泰恵と鈴木が群がるように食い付く。けれど、麻子の反応は淡々としたもの。

（ふたり共、なにをそんなに興奮してるんだろう）

麻子にはそんな疑問しか浮かばない。しかし、〝多忙の社長に会えた〟という、言わば芸能人に会えた喜びに似たようなものかと解釈をして、その話題を終わらせようとする。

「課長、泰恵さん。お昼休み終わっちゃいますよ」

麻子のひと言でふたりは時計に目をやると、慌てて自席に戻り、弁当をかき込んだ。

その様子を見てひと息ついた麻子も、食べかけの弁当を口に運び始めた。

麻子の元で、異変が起きたのはその翌日のこと。

「おはようございます」

庶務課に入ると、いつもと同じように、笑顔で全員に聞こえる声で麻子は挨拶《あいさつ》をした。だが、その挨拶の返事が誰からもすぐに返ってこない。

「あの、泰恵さん？」

「あ、麻子ちゃん……」

不思議に思って、一番近くにいた泰恵を窺うように声をかける。

泰恵の顔はおろおろとした表情で、何事かと麻子は首を捻《ひね》った。

「……課長？」

泰恵が珍しくいつまでも口を開かないので、次に、いつもなら優しく挨拶を返してくれるはずの鈴木に顔を向ける。

「あ、おはよう……。芹沢さん。あの……」

よく見ると、鈴木の額には汗がにじんでいて、しきりにハンカチで顔を拭っていた。

(余程、まずいことが起きたの？)

そう思った麻子は、痺れを切らして正面から切り出す。

「はっきり言ってください」

鈴木のデスクの前まで歩いて、姿勢を正してストレートに問い質す。その麻子に後押しされるように口火を切ったのは泰恵だった。

「麻子ちゃんっ。私は寂しいけど……応援するからね！」

「はあ？」

「短い間だったけどっ……いつでもここに……」

「ちょ、ちょっと待ってください」

後ろから抱きついてくる泰恵の肩にそっと手を乗せると、今度は鈴木が麻子に言った。

「……異動命令です」

「えっ？　誰に……」

「芹沢さんに……」

「……は……？」

鈴木の言葉に、思わず麻子は間の抜けた声を出す。

（う、嘘でしょ……）

麻子がこの異動を疑うのも無理はない。

入社して四ヶ月目。普通こんな中途半端な時期に異動などはないと思ったからだ。

重要ポストや産休、育休という理由ならばありえるかもしれないが、重要ポストは自分には当てはまらない。全館を行き来してるが、産休育休の噂なんか耳にも目にも入ってきたことはなかった。

ゴクリ、と唾を飲むと、麻子は恐る恐る鈴木に聞いてみる。

「……いつから、どこの部署ですか」

そして、また少しの沈黙の後、信じ難い異動先を耳にしてしまう。

「今日付けで、異動部署は……秘書課です」

「ひ……!?」

これでもかと、麻子の大きな目はさらに大きくなり、長い睫毛《まつげ》は動くこともしなかった。

ずっと麻子の腕を掴んでいた泰恵が口を開く。

「きっと、麻子ちゃんのこと〝買って〟のことよ。仕事も早いし、なにより社長の横に立っていて、さまになるもの！」

「社長？」

「社長直々の話みたいよ！」

（あの社長が、直々に!?）

麻子は目眩を起こしそうになった。

別にずっとここにいられるとは思ってなかった。だけど、突然の異動命令はあまりに強引な気がして。素直に聞き入れたくない感情が溢れ出るのは仕方がなかった。


「本当に、いいんですか？」

「敦志。昨日言っていたことと違うぞ」

「まあ、そうなんですけど」

「直属秘書は、変わらず敦志なんだから問題ない」

――コンコンコン。

会話の途中で扉がノックされる。ふたりは同時にドアの方を見るが、特に驚く様子もなかった。そのノックをした主が、誰だか見当がついていたからだ。

敦志が純一に視線を向けると、純一がそれに応えるように目で合図を送った。

すると、敦志がドアの電子ロックを解錠し、ひと言答える。

「どうぞ」

音も立てずに開く扉の向こうには、予想していた通り、背筋を伸ばして凛と立っている麻子の姿。

「失礼致します。芹沢麻子です」

頭を下げ、手短に挨拶をすると、敦志が笑顔で「どうぞ中へ」と促した。

敦志が麻子を見て感心したのは、肝が据わっているということ。この社長室に一般の社員が入ることはまずないが、部長クラスでさえ、ここに足を踏み入れるときには緊張しているのがわかる。それを、若干二十歳《はたち》そこそこの彼女は、うろたえることもなく、ただまっすぐに〝社長〟のいるデスクへと進んでいく。

それは、ただの無知な新入社員とも思えなかった。

「ご用件はなんでしょうか」

「ああ。庶務課課長から聞いてないのか?」

「……いえ。ある程度は」

「まぁ、そういうことだ。後はそこの早乙女《さおとめ》に……」

椅子に腰かけたまま、見上げるようにして麻子に話す。すると、麻子が純一の言葉に被せるようにして問いかけた。

「なぜ、この時期に。しかも、私なのでしょう」

人事を決めた相手にその理由を問うことは、なかなかできないこと。さらに、今回はそれが社長だ。普通、トップを目前にして、そんなことを聞けるわけがない。けれど、麻子はどうしても、腑に落ちないままこの異動を受け入れることができなかった。

「理由が必要か？」

「あまりに不自然なので」

「……庶務課なんかが、君ひとり抜けたところで変わりはないだろう？」

麻子の射るような視線に負けて、純一は席を立ち、背を向けながら問われたことに答え始めた。果たしてそれが今回の真意なのか否か……。それはわからないことだが、今答えた純一の言葉に、麻子は怒りを覚える。

「庶務課〝なんか〟……ですか」

「君は庶務課よりも適所が」

「庶務課をバカにされているのですか」

まさか、反論まがいの返答が返ってくるなど思いもしない純一は、驚いた顔で振り返る。麻子の一歩後ろに立っていた敦志も同じく驚き、目を見開いて麻子の後ろ姿を見つめていた。

「庶務課もあなたの会社の一部ですよね。小さなコマだと思われているのかもしれませんが、大切なひとつの歯車だ、と、私は思うのですが」

「……庶務課を軽く見ているわけではない。ただ、君に秘書という仕事が合うのでは、と判断しただけだ」

純一のその言葉に嘘はなかった。

昨日のあの一件は、本当に驚愕し、麻子のひとつの才能だと認めたのだ。

「昨日、私が御迷惑をおかけしましたことは謝罪致します。しかし、その件での理由による異動でしたら、私はその命令に従いたくありません」

「庶務よりも大きい仕事が任されるんだぞ？」

「……仕事に大きいも小さいもない、と私は思ってますから」

一歩も譲らない麻子に、純一は徐々に苛立ちを感じ始める。

そして、その純一の様子は、長年そばにいる敦志には手に取るようにわかっていた。

「昇給だって可能なのに？」

「申し訳ありませんが」

それでも麻子の意思は固い。

それは秘書が嫌なのではなく、理不尽な社長の思いつきの異動命令だと疑わなかったからだ。そんな社長の元で働けるほど、融通の利く性格ではないことを麻子自身もよくわかっていた。

しかし、次の純一のひと言で、麻子の鉄壁の姿勢が崩れかける。

「……金が、必要なのに？」

「しゃ、社長……！」

後ろにいた敦志も、純一の意味深なひと言に焦りをにじませ、とうとう口を挟んでしまった。

麻子は目を大きく揺るがせると、背の高い純一を見上げた。

「どうして……」

「〝社員〟の身の回りについては、ある程度把握している」

純一は、麻子に対する最後の切り札を持っていて、それを容易《たやす》く出した。そしてその切り札は〝絶対〟で、必ず麻子の首を縦に振らせることができると思っていた。

純一は麻子の出方を余裕綽々で待つ。勝ち誇ったような表情で、百パーセント、自分のシナリオ通りになることを信じて疑わなかった。

……つい三秒前までは。

「お返し致します」

麻子の口をついて出た言葉に、一瞬思考が停止する。が、麻子の動作のおかげでその意味を理解することができた。

麻子は純一の目の前で、首から下げていた社員ＩＤカードをデスクの上に返却したのだ。それは、退職するということの意思表示。

ここまで予想外の行動をする人間は今までにいただろうか、と純一は茫然としてしまう。こんな、ついこの間まで学生だったひとりの小娘が、自分の思考を覆すなどと。

「可愛げのない……」

純一は、つい口から漏らしてしまった。

「でしたら、可愛げのある方に異動をお願いされたらどうでしょう。失礼します」

背中の中ほどで揺れるストレートの髪を、くるりと回った反動で大きく扇のように靡《なび》かせる。そのまま麻子は、すたすたとドアに向かい、一礼して退室してしまった。

その行方を、最後まで見ていた敦志が呆れたように純一に言う。

「……素直に仰ればよかったのに」

それを受けた純一は、麻子が去ったドアから視線を外すと、椅子にドカッと乱暴に背を預ける。そして、明らかに苛立ちながら敦志に当たった。

「うるさいっ。アイツは何様のつもりだ！」

「……どうします？　そのまま辞職させますか？」

デスクの上のＩＤカードを手に取り、写真を見て純一が言った言葉は……。

「……いや、考えがある」

社長室を出た麻子は、エレベーターを待っていた。

（IDカードもないし、異動辞令が出たから庶務課にも戻れない、か……）

後先考えず、思い切った行動をしてしまうのは、昔から麻子の悪い癖でもある。しかし、切り替えの早さも持ち合わせている麻子は、急遽オフになった時間を有効に使おうと思い立った。

その足で一度更衣室へ戻り、着替えを済ませて荷物を手に取る。

わずか四ヶ月間と短い勤務期間だったが、泰恵の顔を思い出して、少し寂しそうに微笑《ほほえ》んだ。

麻子は、手帳のメモ用紙にひと言ペンを走らせる。それを、自分のロッカーのカギと共に泰恵のロッカーの扉にテープで貼り付けた。

更衣室を後にすると、広いエントランスを抜けて外に出る。そして、振り返ることなく、そのままタクシーを捕まえて乗り込んだ。


「おお。どうした」

麻子が静かに微笑みながらそっと歩み寄ると、ひとりの男が優しい声で迎え入れた。

そこは、一面真っ白で殺風景な空間。唯一彩りを加えているのは、花瓶に添えられた花だけ。

外からきた麻子は、その部屋の空気が少し重苦しく感じて、わずかに窓を開けた。

「調子はどう? ……お父さん」

麻子が、思い立ってやってきたのは都内の総合病院。その入院病棟に、麻子の父親がいた。

「ん? まあまあかな!」

「それならよかった」

「麻子こそ、仕事はどうした」

会話はいつもと同じ。しかし、平日なのに、見舞いにくるには早い時間。

疑問に思った父が麻子に聞くと、少し間を置いた後にあっけらかんと言った。

「……辞めちゃった!」

痩せ細り、ひとりで起き上がるのが難しそうな父を、支えるように起こし上げる。

それから、麻子は小さなパイプ椅子に腰を下ろした。

本当は、こんなこと言わない方がいい。心配をかけたら、また病状が悪化するかもしれない。でも、どうしてもたったひとりの家族である父には、嘘をつけずになんでも報告してしまう。

微妙な面持ちの麻子を見るだけで、なんとなく父はその心情を察する。

「……無理だけはするなよ」

「それ、お父さんが言う？」

麻子はそう言って苦笑した。

麻子の父、克己《かつみ》は入退院を何度も繰り返している。数年前に過労で倒れ、脳梗塞《のうこうそく》を併発。本来寄り添い、励ます役であるはずの麻子の母は、麻子が五つのときに事故で他界していた。克己は再婚もせずに、男手ひとつで麻子を大学まで行かせ、育てていたのだが……。

克己の病気は麻子が大学在学中に発覚した。学費は、父が将来麻子に渡す予定であった貯蓄を切り崩し……。労災も、現実には企業が首を素直に縦に振らず、専門機関に相談しても、弁護士や裁判などという言葉が出てきた時点で諦めた。

そして今、脳梗塞が再発してしまった克己は入院を余儀なくされている。麻子はアパートでひとり暮らしをしながら、どうにか生活して……という現状だ。

「お父さん」

「なんだ？」

「……ありがとね」

そんな克己には、常日頃から感謝の気持ちでいっぱいの麻子。その思いを、照れながらも、きちんと口に出して伝えるということを日々心がけていた。

亡き母の分まで……。


麻子がいなくなった克己の元に、しばらくしてひとりの見舞客が訪れる。

「御加減はいかがでしょう。……芹沢さん」

「……あなたは?」

カーテン越しに見えた人影が、一歩前に出てその姿を現した。

克己は、じっ、とその人物を見るが、目の前に立つ男はどうも記憶にない。

記憶障害にでもなったのか、と思ってしまうほど相手の男は自分を知ったように接してくる。しかし、男の言葉に自分は記憶障害ではない、と克己は認識した。

「はじめまして。わたくしは、麻子さんの勤務先である、藤堂コーポレーションの早乙女と申します」


翌朝。

麻子は、辞めたはずの会社の出社時間と同じ時刻に起き、外出の支度をしていた。

着ている服は、いつもとは違い、かっちりとしたリクルートスーツ。ナチュラルメイクを施し、きゅっと髪を後ろで一本に結う。

それは、ハローワークに向かい、どこかいい求人があればその足で面接に行こうと考えてのことだった。

(うじうじするのは、とっくの昔に卒業した!)

小さなスタンドミラーに向かって、もうひとりの自分に激励の言葉を胸の中で呟く。ついでに頬を軽く叩いて、ニッと口角を上げた。

「よし」と小さく口にしてその場を立つと、襖を開けたままの隣の部屋へ移動する。小さな仏壇に、いつものように手を合わせ目を閉じる。それからローヒールのパンプスに足を通して、玄関のドアを開けた。

「おはようございます、芹沢さん」

「ひゃぁっ⁉」

ガチャリ、とドアを開けた矢先に、正面から声をかけられる。麻子は、不意打ちの挨拶に甲高い声をあげてしまった。

目の前に立っていたのは、あの社長の専属秘書、早乙女敦志だ。

敦志は見本のような綺麗なお辞儀《じぎ》をして、麻子に挨拶をする。その姿勢を正すと、にっこりと笑顔を浮かべた。

「な、なんですか……」

「突然、お迎えにあがって申し訳ありません」

（「お迎え」？　なに言ってんの？）

怪訝そうな顔をしたまま、敦志との距離を保ち、玄関のドアを閉める。彼に背を向けカギをかけると、軽く頭を下げて敦志の前を横切ろうとした。

「社長がお待ちでいらっしゃいます」

「は⁉」

「御同行、お願いできますでしょうか」

「ちょ、なんですか？　制服ならクリーニングに出してますけど！」

麻子の小さな反抗に、優しい笑顔を向けながらも、敦志は半ば強引な形で麻子は車まで連れていく。

「本日なにか、ご予定があったのですか？」

純一には及ばないが、敦志も麻子よりは上背がある男だ。ゆっくりと、麻子の頭の先からつま先までさらりと見ながらそう尋ねた。

「……就職活動ですけど」

「それは困ります」

「はぁ？」

その観察するような視線に落ち着かない麻子が素っ気なく答えると、ふっと腕を掴まれる。瞬く間に、麻子は運転手つきの社長専用と思われる車に、敦志と並んで座っていた。

麻子は納得のいかない顔で、車外の流れる景色を見つめる。

しばらくして、無愛想に、敦志の言った言葉を蒸し返すように開口した。

「『困る』って……なんでですか」

「それは、あなたがまだ、我が社の社員のままだからです」

「……なに？　離職するにもハンコが必要なわけ？」

「いえ、雇用は継続です」

噛み合っているようで噛み合っていない、そんな会話のキャッチボールを何度か交わしているうちに、昨日最後だと思っていたはずのビルの前に到着する。

「さぁ、参りましょうか」

いつの間にか車外に出て、ドアを開けて待つ敦志を見ると、麻子は渋々車を降りた。

麻子を連れた敦志が、社長室前でナンバーを入力し、ＩＤカードをかざすとロックが解錠された音がする。その後ノックをして、敦志はドアを開けた。

「社長、お連れしました」

「ああ」

まさか自分がこの会社に。しかも、社長室なんて大それた場にまた足を踏み入れるなんて思っていなかった麻子は、入室を躊躇《ちゅうちょ》する。

「芹沢さん、どうぞ中へ」

物腰の柔らかい敦志にそう言われてしまうと、なんとなく従わざるを得ない。だからここまでついてきてしまった、というのもある。

足音のしない、ふかふかなカーペット。そこをゆっくりと歩き進めて、デスクに向かっている純一と再び対峙《たいじ》した。

「……ご用件はなんでしょう」

（なんだかデジャヴだ）

抑揚のない声でそう言いつつ、昨日もまさにこんな雰囲気だった、と麻子は純一を見据えながら思っていた。

「君に、これを」

ひと言だけ言って差し出されたものは、昨日麻子が突き返したＩＤカード。

麻子は、手を伸ばさずにそのＩＤカードを見てみる。変わらない自分の写真、その横に氏名。しかし、所属先がしっかりと、〝秘書課〟に変更されていた。

「受け取れません」

「受け取れないんじゃない。受け取らなければならないんだ」

純一はしれっと言い返すと、席を立って麻子の前へと近寄っていく。そして、そのＩＤカードを、麻子の首にぶら下げた。

「昨日、お話ししましたよね？　私は……」

「芹沢麻子。一九××年四月十一日生まれ。最終学歴四大卒、成績は常に優秀。家族構成は、事故で他界した母と、現在入院中の父のみ」

「どうしてそんなことまでっ……！」

今までどんなことにもそれほど動じなかった麻子だが、父の話題に触れられてしまうと、つい取り乱してしまう。

「こんなことは簡単に調査できる」

「調、査……？」

涼しい顔で淡々と言葉を重ねる純一を、麻子は揺らいだ瞳に映し出す。

麻子も表情を崩さないタイプの人間だが、純一もまた同じようだった。彼の場合は、笑顔を浮かべていても、裏を読み取らせないような……。そんな純一は、その仮面を被ったまま麻子に言う。

「別に難しいことは要求しない。……秘書課に入れ」

「だから、それは……」

「君の父親は、すぐにでも手術が必要だとか」

確かに昨日「金が必要なのに？」などと、麻子の事情を知るような発言はしていた。まさか、自分の父の病状の詳細まで知られているとは思わずに、さすがの麻子も閉口してしまう。

純一は、無言で数枚の報告書を差し出す敦志から、それを受け取った。

麻子は目を見開いたまま、純一の顔とその書類に視線を交互に移す。

「手術費用は約百五十万。そのほか通院、リハビリが必要。そして、家族は君ひとり。おそらくそのための費用は……」

「なにが言いたいの……!?」

「その費用、全て出してやってもいい。君の返事次第だ」

（……し、信っじられない！）

報告書をデスクにバサッと置き、腕を組んで自分を見下ろす純一を、麻子は眉間に深い皺を寄せて睨んだ。

トップの人間はデリカシーも気遣いもないのか、と怒り心頭する。当然、こんな条件を突きつけられたところで、そんなものに屈しないのが麻子。すぐにでも断ろうとした矢先、目の前に見せられたもので、そんな思いも吹き飛んでしまう。

「君の父親から預かった」

麻子が「父親から」という純一の言葉を耳にすると、それまでの鋭い視線が動揺の眼差しに変わる。

麻子の視界に入った一通の封書。

それを純一に渡されると、すぐに中身を確認する。そこには一枚の手紙がしたためられていた。

【麻子へ。目の前にあるものも、なにか意味があることかもしれない。

きっと、麻子のプラスになる】

便箋に、たった二行の短い手紙。

だけどそれは、後遺症のため震えてしまう手で書いた、紛れもなく、自分の父の文字。

「……お父さん……？　どうして……」

「どうして」。それは、実は、純一自身にも別の理由で頭にある言葉だった。

自分がなぜ、こんなにも麻子に執着をしているのか。きっと、今まで大抵のことが自分の思い通りになっていたのに、麻子が自分の思い通りにいかないのが悔しい。だから……という理由だと頭から決めつけていた。

「どうする？　秘書課に配属されるか、父親と路頭に迷うか」

最後まで下世話な言い方をする純一を、麻子は再び、キッと睨みつける。

（この先、どこか就職先を見つけようとしたって、なにかされるかもしれない）

麻子は、もう一度父の手紙に視線を落とし、手に力を込めて言い放つ。

「やります」

俯いていた顔がスッと上がり、迷いのない瞳をしていた。

それは、麻子にとって〝負け〟の意ではない。〝これから勝負する〟。そのくらいの意気込みで、そう返事をしたのだ。

純一もまた、そんな闘志を燃やしている麻子を感じて、なぜだか心が騒ぐ。

このときは、ただ〝挑戦者を迎え撃つ〟。

麻子に対しては、そんな感情だとばかり思っていた。

secretary：秘書

「本日から秘書課に配属になります、芹沢麻子さんです」

「芹沢です。知識、経験はまったくないです。よろしくお願いします」

敦志に案内された場所は、同フロアにある秘書課の一室。とはいえ、人数は庶務課に匹敵するほど少なく、敦志のほかに女性社員がふたりという課だった。

「宇野麗華《うのれいか》と申します」

「私は……相川美月《あいかわみづき》です」

敦志が麻子を紹介すると、それぞれデスクに向かっていた女性ふたりが、スッと反応よく立ち上がった。そして、麻子たちの前に歩いて出てくると、丁寧にお辞儀をして挨拶をする。

「芹沢さん。相川さんは常務付の秘書で、宇野さんは……」

「私は、専務の秘書をさせていただいております」

敦志の言葉の続きをさらりと奪って言った麗華は、秘書の見本のように綺麗な所作で麻子に笑顔を向けた。

宇野麗華は、秘書課に配属され五年目。

麻子ほどではないが、やや高めの背丈に、アクのない整った顔。髪はおそらくロングヘアであることは予想がつくが、上品にアップされているため、麻子には実際の長さはわからない。

そして、隣にいる相川美月は三年目。

彼女は、麻子や麗華とはタイプが違って、可愛らしい雰囲気の女性。小柄な美月は、ハーフアップの少し茶色がかったやや明るい髪。緩いウェーブが肩の下で揺れていて、より可愛らしさを演出している。目は大きくぱっちりとしていて、色白で……まるで人形のよう。

美月に至っては、麻子よりもふたつ年上なのにもかかわらず、麻子の方が先輩に見えてしまうほどの童顔だ。

「芹沢さんには、わたくしについてもらいます」

敦志のそのひと言で、ふたりの表情が変わったのを麻子は見逃さなかった。

「早乙女さんの補佐……ですか？」

平静を装いつつも、動揺が顔に出た麗華が敦志に聞き返す。

「そんな！　だって宇野さんが……」

隣の美月は、なにかを言いかけたが、麗華の様子を窺って口を噤《つぐ》んだ。

「はい。とりあえずはそのように。では仕事に戻って結構ですよ。芹沢さんは私と一緒に」

ふたりの異様な空気に敦志も気づいてるはず。だが、そのままにこやかにやり過ごすと、踵《きびす》を返してドアに向かった。

麻子は慌てて敦志の後を追おうと、ふたりにお辞儀をして顔を上げる。ふと、見えたふたりの鋭い視線に、一瞬ドキリとしてしまった。

ドアノブに手をかけて待っている敦志の元に急ぎ足で向かいながら、退室時にもう一度ふたりを見てみる。しかし、そのときふたりはすでに席に着いていて、鋭い視線などまるでなかったように仕事に戻っていた。

そんな麻子と敦志が立ち去った後に、秘書課内でぽつりと聞こえる。

「……どうして、あんな、なにもできない女が」

その声は、もちろん麻子には届いてなかった。


「どうぞ」

元きた廊下を戻り、次に麻子が案内されたのは、社長室に隣接された部屋だった。

中に入ると、向かって右側にまたドアがある。おそらく社長室に通ずる扉だと、麻子にでも容易に想像はできた。

「今日から芹沢さんは、このデスクを使用してください。それと」

「あの。秘書課はふたつあるということですか？」

「いえ、正式にはそうではありません。ややこしいので『第一』『第二』と呼んではいますが。ただ、社長のご意向で、社長秘書である私個人の部屋を割り当てられたのです」

「……余程、早乙女さんを信頼されているんですね。それとも、早乙女さん以外を信用されてないのか」

麻子は横暴な純一を思い出して、嫌味混じりにそう言った。そんな言葉も、敦志は小さく笑う余裕を持って、目を細めながら答えてくれる。

「うちは基本、完全マンツーマンの秘書体制ですから。この方が都合もよく、特に問題もないからでしょう」

要は複数の秘書が複数の重役に付くわけではなく、担当者がそれぞれにいるということだろう。それは理解できたが、じゃあなぜ自分が社長側近の補佐になるのか。

社長というからには、多忙を極めるであろうし、それに伴うスケジュール管理も大変そうだ。だから人手を増やす、という意図であるならやはり即戦力が必要なはず。先程の宇野のような……。

「どうかされました?」

麻子がそこまで考えを巡らせていると、敦志に顔を覗き込まれ、姿勢を正した。

「いえ……」

「なぜ先程の彼女たちではなく、自分が?と、思ってらっしゃいますか」

見事に言い当てられて、麻子はなにも言えずにただ敦志を見た。敦志はそんな麻子の反応もまた想定済みだったようで、おかしそうにくすくすと笑って続けた。

「それはあなたが社長の目に留まったから……それだけですよ」

「それは、答えのようで答えになっていないですよね」

「あはは。まあ、いずれわかりますよ」

明るく笑う敦志だが、麻子にするとまったく笑える要素はない。むしろ、顔をしかめるほどの難題だ。

「実際、私にも、まだわからない部分はありますが……」

最後の言葉は、敦志が口の中で小さく呟いたひとり言。麻子の耳には入らなかった。

「それでは。早速なのですが、そのスーツを脱いでいただけますか」

「はっ……?」

(ぬ、脱ぐって、なんで……)

「ああ、大丈夫です。そこにレストルームがありますから」

まったく気にする様子を見せず、左側の扉を指す敦志に、「そうじゃなくて」と喉元まで言葉が出かけたときだった。

「普段は、そのスーツでも特に問題はないとは思いますが……今日はちょっと不都合でして。すでに代わりは用意してありますから」

「えっ……」

(……今日、なにかあるのかな)

疑問の目を向けるも、ただいつものようにニコリと笑顔を返されるだけ。諦めた麻子は、敦志に言われるがまま手渡された別のスーツを持ち、レストルームに入った。

カバーを外してスーツを見てみると、それはベージュの色合いが上品なスカートのスーツ。シャツも、今着ている白とはまったく違って見える柔らかいホワイト。

もちろん素材も、少し撫でただけで滑らかな感触が手から伝わり、自分の持つ安物との違いがすぐにわかる。

いかにも値段が張りそうな代物に、麻子は無意識にため息を漏らした。

着替えるまでに余計な時間を費やしていると、外からノックの音が聞こえ、慌てて返事をする。

「はっ、はい！　すみません、まだ」

「あぁ。いえ、申し訳ありません。芹沢さん、髪をアップにすることはできますか？」

「え？　あ、はい……できますけど……」

すぐそこの扉越しに言われた頼みに首を傾げる。麻子は敦志の指示通りに、今朝ひとつに束ねていた髪を、くるりと器用にアップにさせてレストルームを出た。


「社長、失礼します」

隣接した部屋から、初めに社長室に足を踏み入れたのは敦志。

「お待たせ致しました」

「ああ……」

目の前の書類から視線を上げるのも惜しそうに、純一は顔を向ける。

不覚にもその書類内容を忘れてしまうほどに、一瞬で目を奪われた。それは敦志相手ではなく、その後ろについてきた……麻子に。

元より秀でた顔立ちと、その長身。昨日までは制服で、先程までは黒のパンツスーツと、パッとしない身なりであったが今は違う。体のラインがわかる、女性らしいデザインのスーツ。その色や形が変わっただけで、こんなにも印象が違うものか。

一番は、おそらく髪型。かっちりとひとつに束ねられていたストレートの黒髪は、ふわりと後頭部にアップにされていて、より一層麻子の容姿を引き立てていた。

ただ美人でスタイルがいい女性であれば、今まで純一の周りにはごまんといて、飽きるほど見てきた。けれど、彼女がそれらと違うと感じる理由は、その強い内面がにじみ出ている瞳。凛然としてまっすぐ前を見つめる、淀みのない綺麗な黒い瞳が、純一の目を奪った。

そこには、ただ〝女〟を武器にしているような女性たちにはない、力強さが感じられる。

「……長、社長！」

「あ……。ああ、すまない」

「先刻申し上げました通り、本日、午後一時よりアスピラスィオン社との会談です。芹沢さんのスーツを、アヴェク・トワで用意致しましたがいかがですか？」

「上出来だ」

（アヴェク・トワ……？）

麻子も、その単語を知っている。フランスに本社があるアスピラスィオンの商品で、高価だがデザイン・機能・素材、全てにおいて高い評価を得ている、女性の憧れブランドのひとつだ。

先程は、途中で敦志から声をかけられたこともあって、麻子はそこまで気づかずに袖を通していた。

(うちの会社、アヴェク・トワとまで取引していたなんて)

入社して間もなく、取引とは無縁の仕事をしていたのだから知らなくても仕方がない。

「早乙女さん。まさか、私も同行するんですか……?」

「もちろんです」

(なにも知らないのに⁉)

麻子は、敦志にさらりと言われて愕然とする。異動命令に従ったとはいえ、いきなりそんな大きな仕事に同行するなんて、と。

「君は、黙って後ろで笑っていればいい」

純一は、口でこそ冷淡な態度ではあるが、麻子の姿を見た衝撃が未だに消えなかった。

「大丈夫ですよ。私が一緒ですから」

そんな純一とは違って、優しくフォローをしてくれる敦志には、麻子も少しずつ気を許し始める。敦志を見つめると、麻子はほんの少し、口を弓なりに上げてホッとしたように微笑んだ。敦志もその笑顔を受けて、メガネの奥の目を細くして返す。

「では、時間まで簡単に説明しましょうか。よろしいですか？　社長」

「ああ、頼む」

「はい。芹沢さんならすぐに覚えてくれるでしょう」

一歩前にいる敦志が軽く一礼すると、麻子の方に振り向く。そして、隣の秘書室へと戻るよう促された。次いで、麻子も慌てて一礼し、敦志の後ろについて退室していく。

純一はふたりが去った扉を見つめて、麻子の印象がガラリと変わった姿をいつまでも思い返していた。

隣室へ戻ると、敦志が麻子と向き合い、ゆっくりと話し始める。

「さて、芹沢さん」

「はい」

「我が社では、秘書にこれといってマニュアルはありません。でも、それは逆に、常に推考して社長に添わなければならない」

「……はい」

「とりあえず、芹沢さんには、社長の身の回りのお世話からお願いします」

(身の回り……?)

麻子は片手を口に添え、考え込むような素振りを見せた。

彼女の中で、秘書という仕事は未知の世界。敦志が簡単そうに言うことですら、とてつもなく難しいように感じてしまう。マニュアルがないのならなおさらだ。

「芹沢さん、そんなに考え込まないで。社長と行動を共にしていれば、自ずと自分のすべき仕事がわかりますよ」

「早乙女さん……」

「まずは今日、会談に同行してください。アスピラスィオンは八割女性向けブランドですから、あなたがアヴェク・トワを身に纏《まと》って同席するだけで、社長の株が上がりますよ」

麻子が、改めて場違いな部署にきてしまったのかもしれない。そう思ったときに、敦志がデスクの横に並んだ棚に近づきながらさらに続けた。

「ああ。あと、まだ少し時間はありますから、ここの本や資料等、目を通してみてくださいね。今後、時間があるとき、しばらくはそうしてください」

「は、はい」

「では、少し私は社長にお話がありますので」

敦志はにこやかにそう言うと、再び扉を叩き、社長室へと消えていった。

麻子は数歩棚に歩みより、その本棚を見上げる。棚は麻子の身長よりもわずかに高く、中に納められている資料は軽く三桁はありそうだ。しかも、その棚もひとつじゃない。

（はぁ。さすがにこれは時間がかかりそう）

次に、新しく与えられた自分のデスクに視線を移す。それは庶務のときとは違うと一目瞭然でわかる、スタイリッシュで高そうなデザインのもの。

ますます麻子は、今、自分がこんなところに立っていることに違和感を感じずにはいられなく、ため息をついた。


「社長」

「敦志、朝からお疲れだったな」

「いえ……。それよりも、昨日からのお話ですが」

いつもは純一のデスクの横で一定の距離をおき、会話をする。しかし、今は椅子に座る純一の真横まで近づき、さらに声を低くした。

「ああ、芹沢克己……か」

「はい。どうしても『受け取らない』、と。『その代わりに』と、昨日お伝えしましたが……」

「……そういうのは、どうも性に合わないんだけどな」

純一が席を立って、窓の外を眺めながら呟いた。

敦志は少し回転した椅子に視線を向け、流れるようにデスクの上を見る。そこには、行き先を失った小切手が残されたままだった。

「どうしますか？」

「俺は、契約だけは破らない男だ」

「それは承知しておりますが」

「……なんとか、する」

そう言って純一はくるりと向きを変えると、デスクの上の小切手を内ポケットにしまった。

「やぁ。藤堂さん！　お待ちしてましたよ」

「お久しぶりです、佐伯《さえき》さん」

通された応接室らしきその部屋は、ゆうに二十畳はあるほどの広い空間。

笑顔で迎え入れてくれた、佐伯と呼ばれた五十代くらいの男と純一が、手を握り合って挨拶を交わしていた。その後方で静かに笑みをにじませたまま敦志が立ち、麻子はさらにその一歩後ろで黙って様子を窺っていた。

「いつも、貴社のソフトのおかげで仕事が捗って助かってますよ」

「うれしいお言葉、ありがとうございます」

麻子の会社は色々なソフトの開発、販促をしている。アスピラスィオンにも、デザイン設計から在庫管理ソフトなど多岐に渡って導入してもらっていた。

（あの笑顔、絶対ウソ！）

純一のにこやかな横顔を後ろから見て、麻子はひとり、心でそう突っ込んだ。

「おや？　藤堂さん！　とうとう女性をつけたんですか？」

急に視線を自分に向けられて、戸惑う麻子はただ笑顔で会釈をした。その麻子の姿を純一も振り向き見ると、佐伯に笑顔で言う。

「ええ。彼女はまだ見習いですが」

「とても綺麗な方じゃないですか。もしかして……」

「残念ながら、そういった関係ではないですよ」

「言わなくともばれたか！　でも、『藤堂純一は女性を秘書《パートナー》として選ばない』、という噂で有名でしたけど、でっち上げでしたか」

「ははは」と、終始大きな口で笑う佐伯は、視線を再び麻子に向けた。その視線に、麻子はまたもやドキリと肩を上げる。次はなにを言われるのかと気が気じゃない。

「もしかして、そのスーツは我が社の？」

「……はい。アヴェク・トワを」

純一の無言の視線が、〝返事を〟と訴えていると気づいた麻子は、控えめに答えた。

その麻子の機転に、佐伯は気をよくして、無事に会談を終えたのだった。

「濱名《はまな》商事のアポイントメント取れましたので、このまま直行になりますが」

「構わない」

「なにか、手土産を用意致しましょうか」

「ああ……そうだな。なにかいいものを」

（濱名商事……）

麻子は車の中の後部座席に座る純一と、助手席に座る敦志の会話に耳を傾ける。

決して狭くはない車内。敦志が気遣って、定位置である純一の隣の後部座席を麻子に譲った。しかし、そんな気遣いは麻子にとってはありがた迷惑でしかなく。本心は、少しでもこの横暴な社長から離れていたいところだ。

麻子はドアギリギリに座るようにして、視線を車窓に向けると、決して右隣を見ようとしなかった。

「確か……御夫妻で甘党だった記憶がありますが」

「敦志に任せる」

「あの……お花なんて、どうでしょうか」

変わらず純一を見ることなく、正面の敦志に向かって言うように、決まりかけた話に突然触れる。

純一にすれば、〝なにをバカなことを〟という感じであったが、なにせ〝あの〟記憶力を持った麻子の提案。ただの思いつきじゃないかもしれないと瞬時に判断する。

「敦志、それでいい」

「え？　……はい。承知致しました」

敦志は首を回し、純一の顔を見た後すぐに、運転手に行き先を告げて前を向く。

純一はというと、顔は動かさず、横目で麻子の様子を窺っていた。目に映る麻子は、姿勢正しくただ景色を眺めているだけだった。

「失礼致します。急なお約束になりましたことを御詫び致します、濱名社長」

「ああ！　藤堂くん！　いやいや、待ってたよ」

「うれしい御言葉、ありがとうございます」

「ははは！　藤堂くんのとこで、ちょうどメンテナンスしてもらいたくてね！　後で部下に詳しい書類を送らせるよ」

恰幅のいい五十代後半と思われる男性は社長の濱名だ。見た目同様、人柄も温厚そうな雰囲気に父を感じ、麻子も少しだけ肩の力が抜ける。

「ああ、そうだ。芹沢」

「はい。こちらをどうぞ」

談笑がちょうど区切りよくなったときに、純一が麻子に指示を出した。麻子の手には、大きすぎない程度の色鮮やかな花束。それを、にこりと微笑んで濱名に渡す。

色とりどりの可愛らしい花束と、この五十代の男。そんなミスマッチな姿に、純一も敦志も少し不安を覚えていた。しかし、麻子は依然として笑顔のまま、濱名に花の話をし始める。

「ご存知かもしれませんが、そちらの中の……」

「藤堂くん」

「はい」

花束を手にした濱名が、麻子の話を遮り純一の名を口にする。そして、変わらぬ表情で、受け取ったばかりの花へと視線を落としていた。

（賭けに出すぎたか……）

純一も、もちろん敦志も。ゴクリと唾を飲み、ただ濱名の言葉の続きを待った。

濱名商事は昔からの得意先で、今になって関係にヒビが入ると痛い。売上高が高い客ではないが、信頼関係からほかにも会社を紹介してもらったりもしていた。

そんな濱名商事とはなおのこと、関係を拗《こじ》らせたくはなかった。

『珍しい手土産にはなるが、そこまで立腹させることもないだろう』

そう考えていたのが甘かったか……と、純一がフォローの言葉を頭の中で選び始めた。その時間がとても長く感じ、冷や汗も出始めたときだった。

「いや、お恥ずかしい！　ご存知でしたか！」

「は……」

「この歳、この風貌で花や植物が好きでね。最近では休日はもっぱら自宅で家内とガーデニングをやったりして」

明るい笑い声が室内に響くと、純一も敦志も目が点になる。

「奥様も、お気に召されるといいのですけど」

「そりゃあもう。目を輝かせて喜ぶさ！　私も久しく花なんて贈っていないからなぁ。この、ガーベラという花が家内は好きなんだ」

「左様で御座いましたか。先程の続きなのですが。ガーベラなどの切り花は、茎の表面からも水を吸収して、吸水がよすぎて早く咲ききってしまうそうです。お水は底から二〜三センチくらいの量で。これは花器に生けるときも同様だと、花屋の方から教えていただきましたよ」

「ほぉ。それは知らなんだ。覚えておこう」

麻子が花のような笑顔で濱名に花の豆知識を伝えると、濱名も機嫌よくそれを聞き入れる。

純一の視線に気がついた麻子は、一礼してスッと身を引き、後ろへ戻った。

「驚きました」

自社に戻る車内で、敦志がそう漏らした。そして、純一も聞かずにはいられず、麻子に問う。

「……なぜ、知っていた? 濱名社長が花を好んでいたことを」

「……先程、社で見ていた資料の中に、ちょうど濱名商事の社長の記事がありまして」

「記事? 花好きなどと書いていたのか?」

「いえ……ただ」

「なんだ!」

麻子は決して純一の方を向こうとせず、進行方向だけを見て機械的に話す。それがまた純一のプライドに触ったようで、言葉を被せ、急かすように問い詰める。

「濱名社長の……社長室でのお写真が。植木鉢等がわりと多く拝見できましたので」

「言われてみれば、確かに」

敦志が横から納得の意を唱え、麻子の話は途絶えた。

残りの道中は、いつもと同じように、純一と敦志が資料のやりとりをしながら仕事の話をしているだけ。麻子はまるで空気のように、黙って外を眺めていた。

「今日はお疲れ様でした。後は内勤で。ここにある、書類の校正作業をお願いします」

「はい」

秘書室に戻り、敦志に指示を出されると、麻子は言われた通りに書類に手を伸ばす。

そんな麻子を見て、敦志がぽつりと話しかけた。

「……芹沢さん。この棚の、どの辺りまで目を通されましたか？」

敦志は麻子に聞きながら、午前中に指示をしていた棚に歩み寄る。数百冊収納されてる棚から先程の濱名商事の資料を、自分の胸ほどの位置に確認した。

「え？　いえ、すみません。まだ全然」

「でも、さっき言っていた資料はおそらくこの辺のものでしょう？」

そう言って、敦志が指をさしたのは、ひとつ目の棚の中段の終わり辺り。

「あ、はい。その辺りはもう目を通しましたけど」

「ちなみにどの辺まで……」

敦志が細かく聞くものだから、不思議な顔をしながらも麻子は椅子から立ち、書棚の方へと近づいた。

「この辺、ですかね……」

麻子がそう言って指で指し示す。

それは、ひとつの棚がもうじき読み終えるほどの位置を指していて、敦志はまた驚愕する。

(ということは、百冊近くを約三時間で……!)

敦志と向き合っている麻子は、そんな敦志の思考を知る由もなく。

「速読でも、習得してるんですか……?」

「そ、速読? そんな大層なことは……。独学と言うか、自然と早く読めるようになっただけです。一字一句覚えてるわけじゃないですし」

「学生の頃から……ですか」

「大学の頃から、ですかね……。一秒も無駄にできない。……ただ、そう思っただけなんです」

麻子の父が倒れたのは、麻子が大学一年の頃。一時は中退することも考えたが迷っていたが、一命を取り留めた父に説得されて卒業を目指した。

そんな麻子は、バイトをしながらの学生生活を余儀なくされた。が、せっかく大学にいるのだ。目一杯、学べるだけ学ぼうと意識を切り換えた麻子は、多忙を極める生活を送っていた。そんな生活から、自然と群を抜く集中力と記憶力を培ってきたのだ。

敦志は麻子との話を思い出しながら、感心したように説明していた。

「彼女は、いわゆる天才ではなく努力家、という感じです」

「そうか……」

「いい人材を埋もれたままにするところでしたね。アスピラスィオンの佐伯さんも気に入ってくださったようですし」

純一は、敦志の報告に黙って聞き入る。

静かな部屋に夕陽が射し込み、穏やかな空気が漂う。そんな社長室に、ノックの音が割り込んだ。

「はい」

「失礼致します」

ノックをし、入室してきたのは麻子。逆光を受けて、眩しそうに目を細めながらふたりを見た。

「どうかされました？」

「いえ……校正作業がひと通り終わりましたので。次に急ぎの仕事があれば、と」

「ああ！　終わりましたか。では……」

「この散在している、資料・報告書を整頓してほしい」

敦志の言葉を遮り、純一が麻子に突然指示を出す。

純一が視線だけで指したところには、今にも崩れそうに山積みになったファイルや冊子。

「え？　それは、私が」

「いや、いい。〝芹沢さん〟に」

純一が敦志の申し出を即答で却下すると、敦志はそれ以上なにも言わずに麻子に目をやった。

「やり方は、君に任せる」

「……中身を確認しながら作業しても……？」

「もちろん構わない。但し、守秘義務は守ってもらう」

「……承知致しました」

麻子は、表情ひとつ変えずに返事をし、両手にいっぱいの書類を抱える。

「敦志は自分の仕事が終わり次第、今日は帰宅しても大丈夫だ」

「でも」

「たまにはゆっくりしたらいい」

「……わかりました」

純一と敦志の会話はもちろん麻子の耳にも入ってはいるが、ふたりに目もくれずに黙々とその場で資料と睨めっこを始めていた。

そんな麻子を横目でチラリと確認した純一は思う。

(たぶん、コイツならこの作業だけでも、知識として頭に残るだろう)

純一はそう考えて、素早く整頓できる敦志ではなく、敢えてなにも知らない麻子に仕事を任せたのだ。

敦志は隣接された部屋で残件処理をし、言われた通りに帰宅した。

外が茜色から群青色の空へと変わっても、純一はパソコンを睨んだまま。麻子も声ひとつ漏らさずに、純一の視界に入る場所で作業を続けていた。

しばらく静かな時間が流れ、時刻も八時を回ろうとしたときだった。やっと終わりが見えた麻子が、手は止めずに純一に不意に話しかけた。

「……言い忘れてましたが……お金はいりませんから」

急に沈黙を破ったかと思えばそんな台詞。純一は、一瞬呆気に取られて手を止めてしまった。自分を見ることもせずに、仕事を続けている麻子をじっと見据えて答えた。

「金を受け取らないで、嫌がっていた秘書課にくるなんて。どういう思考してんだ」

「別に、『秘書課が嫌だ』と言った覚えはありませんが」

「同じようなものだろう」

「とにかく、正規のお給料をいただければそれで結構ですから」

（父子《おやこ》揃ってなんなんだ。頑固にもほどがある……）

純一は心底驚き、呆れ返っていた。パソコンの画面がスクリーンセーバーに切り替わるくらいの時間、彼は放心し続けていた。

純一の周りは、ビジネス関係はもちろん、血縁関係の人間たち皆と言っていいほど〝金〟で動いている。言ってしまえば、親ですらそうだ。

金のために結婚をしたような母親。そのために生まれた自分……。

唯一、そういった〝下心〟がない人間が敦志だった。彼は、実は純一の親族で従兄弟にあたる。母の妹の息子だ。敦志と敦志の母だけは……ふたり〝だけ〟は、心優しく純一を受け入れてくれる、かけがえのない存在。

純一が社長に就任する予定となったときには、真っ先に敦志に秘書として付くように持ちかけた。駆け引きばかりの毎日に、ひとりでもそんなことが必要ない、顔色を窺わなくていい、気を許せる人間を……と。

純一が過去を思い出し、床一点を見つめ微動だにしないことに、整頓し終えた麻子は気がついた。少し不思議に思いながらも余計な詮索をせず、スッと立ち上がり、純一の元へと近づいた。

「終わりました」

「あっ、ああ……ご苦労様。今日はもう」

「社長。失礼ですが、お食事は？」

「はっ……？」

まさか、麻子が自分を食事に誘うはずもない。では今の質問はなんなんだ、と純一は気の抜けた声を出してしまう。麻子が相手だと、純一もどうもやりづらい。

「私の知る限りですと、ランチもコーヒーだけでした」

「ああ、時間がないときはいつものことだ。じゃあ、俺はまだ仕事がある。先に帰っていい」

「……失礼します」

純一が再び仕事に戻りつつ、麻子に上がっていいと指示を出すと、麻子は控えめにお辞儀をして社長室を去っていった。

「……〝金〟に惑わされない女、か」

麻子が出ていった扉を見て、純一がひとり呟いた。

純一に近づいてくる女は、必ずと言っていいほど金目当て。もしくは、百歩譲って容姿がいいため、という理由かもしれない。そんな自分勝手な女たちが、純一の中での〝女〟という生き物全て、皆同じ計算高い薄汚れたものだと思わせてしまう。

一番の身近な存在、自分の母親がそうであるように。

純一がキーボードから手を下ろし、ギシッと音を立てて大きな椅子から立ち上がった。窓から外を眺めると、街の明かりが無数に点在していて、自分の存在がちっぽけに感じる。

大きなガラスに反射する自分の顔を見て、時折思うこと。

『自分の存在価値は?』

誰か自分を、肩書もなにもかも取り払った、〝藤堂純一〟という、ただひとりの男として、「必要だ」と言ってくれる人間がいるだろうか。

純一が、そんな自虐的な気持ちになっていたときだった。

窓に映る自分。その奥に、人影が映し出されているのに気がつき、純一は、ハッとする。

勢いよく振り向き、その人影の正体を確認すると……。

「芹沢……麻子？」

目に飛び込んできたのは、先刻帰ったはずの麻子。

麻子はやはり、表情ひとつ変えずに純一の元へと歩み寄ってくる。

まったくもって、読めない相手。不覚にも驚かされた純一は、跳ね上がった心臓を落ち着かせようと必死になる。

そんなことを知らぬ麻子が、ガサッと目の前に置いた白い袋。

不可解すぎて、純一はただ瞬きするだけだ。しかし純一が、やっとの思いで開口する。

「こ、これは……？」

「なにがお好きかわからなくて。私の独断ですが」

麻子が説明するも、ますますわけがわからない純一は、デスクに置かれた袋に手を伸ばす。

「コンビニ……？」

普段、まったく利用することはないが、流石に袋のロゴを見れば純一にもすぐにそれが全国チェーンのコンビニエンスストアのものだとわかる。

「どうぞ召し上がってください」

「サンドイッチ？　と、おにぎり……」

　そのふたつを同時に手にした純一の姿を、きっと誰も目にしたことがないだろう。コンビニのサンドイッチとおにぎりを、両手に持っている藤堂コーポレーションの社長など。

「こんな、コンビニのものなんか食べたことがない」

「最近のコンビニは評価が高いんですよ？　スイーツなんかも。〝社長〟でしたら、幅広く視野を広げていらっしゃいそうですし。そういったことも、とっくにリサーチされてるかと」

（本当に可愛げない女だ……）

　つらつらと、ここぞとばかりに言葉を連ねる麻子に、思わず心の内で舌打ちしたい思いになる。

「……わざわざ、このためだけに戻ってきたのか」

「早乙女さんに言われましたので。『社長の身の回りのお世話を』と」

　麻子はそれだけ言うと、体を一八〇度回して社長室を後にした。

「なぜ、この組み合わせなんだ……」

純一は、呆気に取られたまま立ち尽くし、麻子が去った部屋でそうぼやいた。

そして今度こそ、麻子らしき姿を窓からなんとなく確認すると、ようやく椅子に腰を下ろす。

再び業務に戻ろうとしたときに、ふと、サンドイッチに目がいった。

(もしかして、あえて、片手で済ませられるものを用意したんじゃ……)

純一は、慣れない手つきでサンドイッチのフィルムをはがすと、それをひと口頬張る。

「……まあまあだ」

初めて食べるコンビニのサンドイッチは、意外に美味《おい》しいものだった。

「おはようございます。昨夜はかなり残業されたんですか?」

「ああ。いや、大丈夫だ」

「集中力があるのは結構ですが、体のことを考え……」

そこまで言いかけた敦志は、足元のダストボックスに目を留める。

その中に珍しいゴミを見つけると、純一を見た。

「おはようございます」

純一と敦志が朝陽を浴びながら視線を交わしていると、隣室から麻子が現れた。

今日の麻子は、昨日と違ってやや固い印象だ。それはおそらく見た目の問題。

ブラックのスカートスーツに、オフホワイトのシンプルなシャツ。そして長く黒い髪は、襟足で飾り気のないゴムで一本に束ねられているだけ。

それでも純一の目に華やいで見えるのは、元々の顔立ちからなのか。それとも純一が特別視しているからなのか。

「差し出がましいかとは思ったのですが、これを」

またもや麻子の不可解な行動に、昨日に続き純一は明らかに動揺した目で麻子を見る。同時に敦志も、なんだ?と思いながら、麻子の手にあるものに集中した。

今日はコンビニの袋ではない。ライトブルーのその小さなバッグは、二十センチ四方程度の大きさだろうか。バッグの底を両手で持って、麻子は純一に差し出している。

純一は戸惑いながらも、ただ無言でそれを受け取る。すると、純一の手に収まったバッグを見て麻子が言った。

「コンビニはお口に合わなかったようですので」

それは昨日の一件で、純一がコンビニのものを食べたことがないと知った麻子の嫌味。

「まさか……」

純一が、その嫌味に反応できなかったのは、自分の手にあるものがなんなのか勘付いたからだ。

「自分の昼食のついで、と言ったら申し訳ないですが。それと、普段、朝食もとられていないと思いましたのでこれも」

さらに純一が渡されたのは、水筒のようなもの。

これについては、純一にも、一切予想がつかない。

「今まで朝食をとられてなかったようなので、いきなりでは体が受け付けないかも、と思いまして。簡単な野菜のスープを」

流れるように、用件を全て告げた麻子は九十度回り、敦志を見た。

「早乙女さん。今朝はなにからすればいいでしょうか」

「え……えぇと……」

突然指示を仰がれた敦志は、戸惑いながら考える。

「……俺に指図を?」

体を背けられた純一は、麻子にひと言そう漏らす。その言葉に、麻子はまた、体を純一に向き直してこう答えた。

「昨日も申しましたが、これが私の業務だと思ってますので。社長でしたら、社員の前で、ものを粗末にするようなこともできないでしょう？」

つらっと生意気なことを、丁寧な物言いで返してくるから敵わない。十《とお》近くも離れた小娘に。

純一は、グッと言葉をのむと、そのまま受け取ったものをデスクに置き、あからさまに面白くない顔をして椅子にかける。

そして近くの書類を手に取ると、くるりと椅子を回転させて死角を作り、麻子から逃げるように背を向けた。

麻子と敦志は隣室に戻る。ふたりきりになった途端、敦志が口を開いた。

「芹沢さんは、やはり、普通じゃないですね」

「……申し訳ありません」

「いや、そうじゃなくて。社長に本当に必要なのは、あなたのような人かもしれない」

「必要だなんて。私は嫌われてますから」

同時に自分も純一のことを嫌っているのだから、一向に構わない。そんな態度で自信を持って言い切る。そのひと言に、敦志は目を丸くし、笑ってしまう。

「いえ……おそらく、その逆ですよ」

「……そんなふうにはまったく見えません」

「お世辞じゃないですよ？　あの純一くんに指図をして、食事をとらせるんだから」

（……「純一くん」？）

実は、今まで麻子は不思議に思っていたことがある。

純一が、「敦志」と呼び捨てにしていることを。

それは当然ふたりきり、もしくは麻子と三人のときにしか使わない。内外問わず、ほかの誰かがいれば「早乙女」と呼び方を変える。なにか特別な、親密な関係なのだろうか。

そう疑うには十分な理由だったが、今の敦志の発言で確信に変わった。

敦志はというと、先程のダストボックスで見つけたサンドイッチのフィルムを思い出し……。つい、あの純一に……という驚きとおかしさで、ぽろっと素を出してしまったらしい。

「ああ……申し訳ありません、つい笑いが」

「やっぱり、早乙女さんて秘書以上の関係なんですか？」

「……あまり知る人間はいないので、口外は」

「秘書の一番の義務ですからご安心を」

麻子の人柄、言葉を疑わない敦志は、小さく頷くと躊躇《ためら》うことなく自分たちの関係を簡単に口にし始める。

「私たちは従兄弟です。私の母が、純一くんの母親の妹で。藤堂コーポレーションという名の通り、後継者は藤堂の名を持つ純一くん。私は言ってみれば、まったく関係のない部外者なんです。けれど、純一くんに声をかけられまして……そのときにアルバイトをしていた会社を辞めて、ここで雇ってもらったんです」

「じゃあ、昔から……」

「ええ。私は至って普通の家庭でしたが、彼は……。それでも唯一、親しくさせてもらってたのが私です」

言われてみたら、ふたりはどことなく雰囲気が似ている。

麻子はそんなことを思い返して話を聞いていた。

「ずっと、一緒にいるから……ですよ」

「え?」

「あなたのことを、彼が『心底嫌だ』なんて、思ってなんかいないことがわかるのは」

敦志はメガネを外して、麻子に優しく微笑んだ。

本当に癒される彼の柔らかい笑顔に、麻子も一瞬頬を赤らめてしまう。

「彼は、決してあなたを悪いようにはしませんよ。長年一緒だった私が保証します」

「……そんなのはどうでもいいですよ」

「少し、期待してしまいます」

「期待？」

手元で遊ばせていたメガネを再びかけ直し、右手の中指でそれを押し上げる。そして、ゆっくりと麻子を横切って、背を向けたまま敦志は言う。

「藤堂純一という人間を、変えてくれるのか、と」

その頃。隣の社長室では、純一がそっと、先程麻子から「朝食に」と渡されたスープを口にしていた。

ワインレッドの保温ボトルには、細かく刻まれた野菜が数種類浮かんでいた。ベースはどうやらトマトらしい。それを片手で口に運ぶと、空いた方の手で報告書を取り、文字を目で追う。

普通の野菜スープよりも細かに刻まれている野菜は、おそらくスプーンを使用しなくてもいいようにだろう。最近の容器の保温性は優れたもので、まだ熱を維持していて。冷ましながらゆっくりと口に入れるスープは、心地よく胃を温めてくれる。

「……誰かの手料理なんて、久しぶりだ」

誰もいない部屋で純一はそう言うと、無意識に表情を緩め、残りのスープを大事そうに傾けながら平らげた。

最後に温かい手料理を食べたのはいつ頃だったか……。そう遠くを見つめながら。


「それでは。少々社長のところへ打ち合わせにいってきますので」

敦志が麻子をひとりにして、再び社長室へ消えていく。麻子は昨日に引き続き、書棚の資料を手に取ると、敦志の言葉を思い返していた。

『今、副社長の席が空席のままです。特に支障はありませんが、社長になにかあれば、代わりに動いていただきたいのがそのポジションなんです。ちょうど、もうひとりいた秘書が退職しまして。なので、秘書の欠員補充はしてもしなくても、問題なかったのですが……。私はいつか、その副社長という空席が埋まるのであれば、遅かれ早かれもうひとり秘書が必要になる。そのために、すぐにでもひとり補充するよう意見していました。だけど社長はそれを、頑なに『必要ない』と言って却下されたばかりだったんです。あなたに会う直前まで……』

敦志がそんな嘘を言うようには思えない。けれど、だからってなんで自分が、と渋い顔をしてしまう。

(私はなにも特別なことをしていないし、平凡もいいとこなんだけど)

要は、そんなことを言っていた純一の考えを、いとも簡単にあっさり覆し、さらには手土産や食事の件などで意見に従わせてしまう麻子に、なにやら敦志は期待をしているということだった。

敦志が純一の元へ向かうと、食べ終えた保温ボトルを見つめる純一に尋ねられる。

「敦志、今日のスケジュールの調整は可能か?」

その見上げられた視線で、敦志は意図を先読みする。

「本日は、十一時から二時間程度でしたら、なんとかフリーの時間を作れます」

「じゃあお願いする」

「病院まではタクシーで?」

一言えば十わかる。敦志は本当に秘書の鏡だ。いや、小さいときからそばにいる弟のような純一のことだから、余計に手に取るようにわかるのかもしれない。

「ああ。車を手配してくれ。それと」

「〝彼女には、内密に〟。承知してますよ」

そこまで完璧な敦志に失笑すると、純一はそのフリー時間を作るため、またパソコンの画面と手元の書類とを交互に見ながら仕事を進めた。


「え？　社長ひとりで外出？」

昼前まで特に大きな仕事もトラブルもなく、秘書室で過ごしていた麻子に、敦志が純一の動向を報告した。

もちろん、行き先は伏せて。

「はい。少し、社長は私用があるとのことでしたから」

「そういうときにでも、〝特別〟な早乙女さんだったら同行するのかと思ってました」

「たとえば……女性に会いにいくつもりのところに、同行できますか？」

敦志はあくまでたとえ話をしただけで、今日の件がそうだとは言っていない。しかし、麻子がそれを鵜呑みにしていることには気がついていた。それでも、敦志がそれを否定せずにいたのは、特に不都合はなさそうだったから。逆にそう思われれば、それ以上追及されることはないだろうし、本来の行き先がばれることもない。

「まあ……友人かもしれないですけどね」

しかしなぜか……。知らぬふりをしているという良心の痛みからなのか。最後に敦志が白々しく続けた言葉を受けた麻子は、黙って考える。

（……その可能性は低いでしょ）

麻子の中では、〝純一には唯一、敦志だけ〟という印象がインプットされているためにそう思い込んだ。

その敦志が示唆する言葉に、間違いはないだろう、と。

あの男が女性に会いにいく。全くそんな想像ができない麻子は、思考を純一に取られていることにハッとして、頭を軽く振った。


「芹沢さん、面会ですよー」

看護師に案内され、コツッと足音を立てて、病室に姿を現したのは純一。

克己はその姿を仰ぎ見て、手にしていた本を軽く伏せる。そこに立つ人物は、見たことのない男だが、すぐに〝藤堂純一〟だと察しが付く。

「突然の訪問、申し訳ありません」

目が合うなり、その高そうなスーツを身に纏った藤堂コーポレーションの社長は、深々と頭を下げた。

「藤堂社長……ですね」

「はい。藤堂コーポレーション代表の、藤堂純一と申します」

綺麗な姿勢でいつの間にか名刺を用意し差し出している辺りは、やはり代表と名乗ることだけある。自然に身のこなしができているのだ。

「まさか、本当にこんなところまで足を運ばれるとは……」

克己は、自身が提示した条件ではあったが、少々驚いてそう漏らす。反対に、純一は眉ひとつ動かさずに、克己が横になるベッドの足元に立っていた。

「先日、私の秘書、早乙女が失礼致しました」

「ああ。彼はとても優秀な方のようで」

「いえ……それで、その早乙女にあなたからの伝言を聞きました」

「……それは、ここに立っていることを見ればわかりますよ」

克己は小さく笑うと名刺を受け取り、純一をじっと観察するように見た。

顔は噂通り整っていて、礼儀作法もしっかりとしている。ただ、表情があまり豊かではない。そのことで、冷血だと感じる人間もいるかもしれない。

克己はそんなことを考えていると、純一が口を開いた。

「芹沢さん。あなたのおかげで、麻子さんは秘書課への異動を聞き入れてくださいました」

「いや。あなたも、麻子の扱いに手を焼いているのでしょう」

克己に言われると、純一は思い当たる節がありすぎて、思わず正直に顔に出してしまう。

「ははは、図星かな」

それを見た克己は目を細めて、体を小さく上下させながら笑った。

「実際、本当に、今までいなかったタイプではあります……が、驚かされることの連続で、いい刺激になっているのかもしれません」

麻子には素直に口にしない気持ちも、克己相手だと、ありのままの感想を伝えられていた。

「なぜ、私がこんな不躾な条件をあなたに出したのか。おわかりですか」

克己が穏やかな口調で問う。

純一は本当に病に伏せているのか、と疑うほどの克己の柔らかな雰囲気にのまれ、歯切れの悪い返事になってしまう。

「いえ……いや、なにかお叱りがあるのかと……」

「そんなことは言いませんよ。こんな現役から退いた、しかも元々冴えないサラリーマンだった年寄りが。今や、業界で名を知らない人はいないであろう企業の社長さんに」

そして純一をしっかりと見据えて、はっきりとした口調で克己は続ける。

「あの早乙女さんがとても親身になるほどの……そして、麻子を必要としている藤堂社長をひと目、見たくてね」

「……は？」

（敦志とアイツが、なんだって？）

まるでついていけないとばかりの顔を見て、克己はなにかを悟って言葉を繋げた。

「なにも報告を受けていないという顔だ。そりゃそうでしょうね。いいとこ『芹沢は、一円だっていらないから顔を出せ、と言っていた』とでも報告されてたかな」

またもや図星をつかれた純一は、目を丸くして閉口する。

「そのニュアンスだったら、私に叱られると思ってきたって当然だ！」

か細い声だが、実に愉快そうに克己は体を揺らして笑う。

純一は、狐につままれた心境で立ち尽くしているだけ。

「いや、失礼しました。あの藤堂社長を前にして笑うだなんて」

「いえ……」

「名だけ聞いていたときの想像とは、やはり違った人のようだ」

「それはどういう……」

克己は変わらず笑って、手元に伏せていた本を完全に閉じた。それを横のテーブルに置くと、動かない体を目一杯前に倒して、純一に礼をする。

「なかなか暴れ馬の娘ですが、どうぞよろしくお願いします」

「は……い」

純一は、最後まで克己の言うことが理解できなかった。

敦志が克己となにを話し合ったのか、克己がなぜ自分を呼んだのか。金をせびられることだってない。そして、特にこれといって込み入った話もせずに、ただ、「娘をよろしく」と頼まれる。果たしてなにが起きているのか。

しかしここは病院で、相手は重病患者。さらには純一自身も時間に限りがある。色々と追求したい気持ちを抑え、純一は病室を後にすると、タクシーに乗り込んだ。

「今日は定時で上がっていい。昨日は、遅くまで残業させたからな」

午後五時を過ぎた頃、純一が麻子に向かってそう言った。

その言葉に、麻子も初めは本当にいいのかと敦志の顔を窺った。だが、敦志の目も〝イエス〟と言っていたので、麻子はまだ夕陽の沈まないうちにオフィスを出た。

「急いで帰っていきましたね」

「大方、行き先はあそこだろう」

「父親の病院、ですか」

純一は、デスクの上の業務をこなしながら、窓際から外の様子を見る敦志に答え、チラリと視線を斜め前へと向ける。

デスクの端には、紙袋が置いてある。それは有機野菜をたくさん使った、ローカロリーなサンドイッチで有名な店の袋だった。

「夕方頃、少しだけ外出を願い出たのがこれだとは」

その紙袋を見て、純一が呆れ声で漏らした。

それは、今日麻子が用意した、純一の夜の食事だった。

「ちょっと……いや、かなり変わってる子ですね」

「俺に、好きなものを食べさせないつもりか、アイツは」

「……そんなこと言って。純一くんは食欲よりも睡眠欲でしょう? 黙っていたら、本当になにを食べてるのか」

「……急にアニキに戻るなよ」

不貞腐れたような返事の純一に、口元を隠して笑う敦志は実の兄のようだった。

「ああ、敦志。そういえば、芹沢さんになにを話したんだ？」

「麻子さんの方ですか？　父親の方ですか？」

「父親の方だ。なんだかよくわからないまま戻ってきてしまった」

「と、いうことは、やはり謝礼は受け取りませんでしたか」

メガネを押し上げて、未だ外を見ている敦志は苦笑しながら、想像していたというような口ぶりで答える。そして、敦志も克己と同様、純一が知りたい内容を口にすることはなく。

なにをどう問い質せばいいかもわからない純一は、それ以降閉口してしまう。

ただ、社長室の秒針の音と共に、静かな時間だけが流れていった。


「お父さんっ」

「なんだなんだ、くるなり」

麻子は、いつもよりも少し乱暴に引き戸を開けると、一目散に父のベッドへと駆け寄った。ちょうど食事の時間だったようで、克己の前には夕食が並べられている。

「あ、ごめん。ご飯中だったね」

「今日は、仕事早く終わったのか？」

「そう！　それ！　そのことよ！」

麻子は克己の言葉で思い出したように、ものすごい剣幕で捲し立てる。そんな麻子の行動をすでに予想済みだった克己は、まったく動じずに、むしろ笑うくらいだ。

「これ！　この手紙！　一体どういう風の吹き回し？」

麻子は鞄から、純一に手渡された〝父からの手紙〟を引っ張り出すと、克己の目の前に突きつけるようにして見せつけた。

克己はわざとらしく、テーブルの上のメガネをゆっくりとかけ、目を細くする。

「偽物じゃないことは、私がよくわかってる。これはお父さんの字でしょ!?」

「そうだったような、そうじゃないような……」

「また！　そういうのはもういいから！」

長いことふざけ調子の克己に、麻子はぴしゃりと言うと、克己は「はいはい」と肩をすくめてメガネを外した。そして、リクライニングを起こしていたベッドに体を預け、思い出すように遠くを見ながら口を開く。

「早乙女さんが、わざわざここにきたんだよ」

「早乙女さんが？　なんて？」

「大体わかっているんじゃないのか？　ああ、でも誤解だけはしないでくれよ！　父さんは、お前を売り飛ばしたわけじゃないからな」

笑いながら軽く言う克己に、麻子はまだまだ知りたいことがたくさんあるといった顔をして椅子に腰かける。顔を覗き込むと、目が合うなり、克己はくしゃりと目尻に皺を寄せた。

「よく聞く冷血な、社員はただのコマにすぎない、っていう奴らではないってわかったから。だったら逆に、麻子にもいい環境で、いい経験してほしいと思っただけ」

「どうしてそんなこと、わかるのよ？」

「父さんを甘く見るなー。こう見えて、これまで色々な人間を見て、関わってきたんだ。そのくらい、すぐにわかるさ」

父の言葉を疑う余地はない。そのくらい、たくさんの時間働いて、本当にたくさんの人間に揉まれてきたのだということは、麻子が一番知っているから。

優しい人、頭のいい人、頑固な人、融通の利かない人。

そして、社会に出ているほとんどの人は、裏の顔を持っていて。良くも悪くも探り合いをしながら、ビジネスを続けていたのだろう。

「むー……。確かに早乙女さんはいい人っぽいけど、アイツはどうだか……」

「アイツっていうのは藤堂社長か？」

「え？　知ってるの？」

「彼もきたんだよ、ここにね」

麻子は克己の言葉に絶句した。

（あの社長が、わざわざここに？）

まさか、と耳を疑ったが、どうやらこれも嘘ではないらしい。

純一がここへなにをしにきたのか、胸がざわざわとする。

父の容体に関係するようなことをしてなければいいが……そんな心配が麻子の中では先に思い立つ。

「彼の元で働いているのだろう？」

「……超不本意だけど」

「ははは。まぁ、似た者同士ってとこかな。ぶつかり合うのは」

「に⁉　似てるって、まさか！」

心外だ、と言わんばかりに麻子がテーブルを叩くと、そこが病室ということを思い出す。肩をすくめ小さくなり、手を口元に添えて小声で反論した。

「あんな横柄な人と一緒にしないでよ！」

「不器用なんだろ。お前と一緒だな」

もう、なにを言っても訂正もしなけりゃ聞く耳も持たないんだろう、と諦めた麻子は、テーブルの上の時計を見て立ち上がった。

「もう面会時間終わりだね。またくる」

「……あのふたりの近くで働くのなら、心配するようなことはないだろ」

「なんだか、嫁にでも出すときのような口ぶりね」

「ああ。まさにそんな感じだ」

「ふー」と、鼻から息を吐き、力が抜けた麻子が言うことに、克己は最後まで楽しそうに笑っていた。

interest：関心

『はじめまして。麻子さんの勤務先である、藤堂コーポレーションの早乙女と申します』

克己は初めて敦志がやってきたとき、戸惑いながらもこう言った。

『お世話になっております……しかし、本人からはなにやら「退職を願い出た」と聞いたのですが……』

『本日、麻子さんが、辞職を願い出たのは事実です。しかし、社長は「ぜひとも我が社に残っていただきたい」と申しております』

大まかな話を聞いて、克己は少し考える。そして、顔を上げて聞いた。

『……麻子はなんと？』

『「理不尽な異動は受けられない」と……。現在、麻子さんには庶務課に所属していただいてます。それを秘書課に』

『秘書課……ちなみに、麻子が抜擢された理由とは？』

『……先日、社長とわたくしが彼女の才能を目の当たりにしたのです。彼女は瞬時に文面を記憶した。瞬間視力、とでも言うのでしょうか。色々な会社、人間、情報を覚えなければならないわたくしたちの部署で、ぜひ力を貸していただき、活躍してもらいたい』

　目を輝かせながら説明する敦志に、克己は小さく頷き笑うだけで、特段喜ぶような素振りを見せない。むしろ、少し困ったように敦志を見る。

『高い評価をいただきまして光栄です。しかし、麻子はお気づきの通り、負けん気が強くて頑固だ。果たして秘書にというのは、迷惑をかけたりしませんか』

　麻子自身も自分のことをよくわかっているが、当然父である克己だって、麻子の性格を知り尽くしている。それを踏まえた上で言ったのだ。

　しかし、病院《ここ》までわざわざ足を運んだ敦志も、簡単に引き下がるわけもない。

『迷惑などとは、わたくしも社長も考えておりません。誰でもミスすることはありますし、色々な人間がいるのが当たり前です』

『ただ、やはり当の本人が……』

『ですから、こちらにお伺い致しました。たったひとりの大切な肉親のあなたなら、あの麻子さんを説得できる、と』

　静かに、確信を持つように言う敦志を、大きな目で見上げる。その視線を下げて、克己は失笑しながら呟いた。

『……と、いうと、私たちの事情をご存知なんですね』

『申し訳ありません……失礼だと承知の上で……。でも、それだけ、わたくし共は麻子さんが欲しい。そして、その謝礼はもちろんさせていただきたい、と社長よりの意志です』

『……私にかかる費用を、ということですか』

『ただ、わたくしたちはお力添えを……』

敦志が少々慌てたように、フォローの言葉を繋げると、それを遮るように克己が言った。

『結構です。私の体は私の問題です。麻子を巻き込むわけにはいかない』

その克己の強い意志が反映されてる瞳を見て、敦志のこれまで崩れなかった表情に焦りの色が浮かんだ。そして、敦志がしたこととは……。

『なにを……!?』

『……どうか、ご協力を』

克己が困惑して声をあげてしまったのも無理はない。突然、敦志が病室の床に膝まづくようにして、頭を深く下げたのだから。

『やめてください、立って……頭を上げてください！　なぜ、そこまで麻子にこだわる……!?』

　思わず、制限されている自分の体のことを忘れて、敦志に手を伸ばしてしまう。敦志は、克己に止められてもなお、頭を床につけたまま苦しそうな声を出した。

『……初めてなんです。社長が、女性秘書をそばにおこうとしているのが。もちろん、やましい気持ちからなどではありません！　誓ってそこは言えます』

『初めて？』

『……詳しいお話はできませんが、社長は女性に対して心を許さない。しかし、それではビジネスも……プライベートも開花しない。それに、麻子さんも必ずこの経験が活かされるでしょうし、その言われている性格も、少しは変われると……』

　ぽつりぽつりと言葉を紡ぐ話し方。それは、先程までのビジネス感などまるでない。イコール、その言葉は、敦志自身の心からの声だ。

『あなたは……なぜそこまで……社長のために』

『……わたくしの弟のような……大切な、家族だからです』

『え？　家族……？』

『彼を変えるきっかけが目の前にあるのなら、オレはなんとしてもそれに賭けてみたい』

そこで顔を上げた敦志の目は、病室にきてから初めて見せる、固い決意を浮かべたような……切羽詰まった瞳だった。

（……知らなかった。そんなに早乙女さんが必死になって、お父さんに頭を下げていたなんて。そして、それが全部、あの人のためだったなんて……）

「芹沢さん？」

「うあっ、は、はい！」

「そんな反応するなんて珍しいですね。なにかわからないことでもありました？」

昨日、克己に話を聞いてから、敦志を見ると色々と考えてしまう。

彼らふたりの時間は、どのように過ごしてきたのだろう、と。なにかふたりにしか共有し得ないものを、確かに感じてはいたから。

敦志の純一への無償の優しさと、純一の人間性。

（……お父さんは「不器用」だなんて言っていたけど、どうだか）

プルル、プルル、プルル、と短いコール音が室内に鳴った。この鳴り方は内線だ。

その電話を敦志が素早く取る。麻子は先に受話器を取れなかったことを反省しつつ、立ちながら受話器を耳に当てている敦志を見た。

「はい、はい。わかりました。とりあえず応接室へ通してください」

カチャリと静かに受話器を戻す敦志に、麻子が問いかける。

「来客ですか？」

「はい。ちょっと、席を外してもいいですか？　用件を先に私が伺うので。芹沢さんは社長に伝えていただけますか？　『ライトカンパニーの、土倉《つちくら》様がお見えになった』と」

そう言伝を麻子に託すと、敦志は応接室へと足早に向かっていった。

（来客……。ああ、お茶とか用意した方がいいかな？）

まだ不慣れな秘書の仕事。突発的な出来事への対応を懸命に考えつつ、麻子は社長室へ入った。

「失礼致します」

麻子は純一の姿を確認すると、敦志の言伝を淡々と伝える。

「わかった」

ひと言だけ返事をもらった麻子は、割り切っているつもりでも、純一とふたりきりというのが嫌で、すぐにその場を去った。

その後はお茶を淹れ、先に客と対応してる敦志を追って、応接室へと向かう。ドアを開けると、敦志と土倉という男性が向かい合い、なにやら用件を話し合っているようだった。

その打ち合わせの邪魔をしないように、控えめに挨拶をして、来客へお茶を出す。

「ああ、どうも。あれ、見たことのない方ですね」

「彼女は最近配属された、芹沢です」

「芹沢と申します」

邪魔をしないようにと思っていたのに、結局話し合いに水を差してしまった、と思った麻子は恐縮し、笑顔で会釈をしてそそくさと退室した。

「はぁ……」

入社して今まで外部の人間に会うことなんかなかった麻子は、あんなふうに見られたり、存在に気づかれることなどは無縁だった。だからか、毎回どうも気が落ち着かない。

ひとりきりになったいつもの部屋で、ホッと息を吐く。

「芹沢さん」

そんな気を緩めていたときに、背後から声をかけられて再び緊張する。

振り向かなくてもその声の主は敦志とわかったが、飛び上がった心臓は簡単に落ち着きそうもなかった。

「すみません、少し社長と一緒に商談をしてきますので」

「は、はい、わかりました」

「ほかに急を要する来客や、外線などありましたら、遠慮なく教えてください」

「はい」

手短に用件を伝えると、敦志はすぐに戻っていった。

敦志が去ったドアをぼんやりと見つめ、デスクの上の電話に視線を向ける。

(電話……鳴らないでほしいな)

さすがに、麻子も慣れない仕事の前では逃げ腰だ。

いくら記憶力がよくて、勘が働く麻子も、結局はただの新入社員。全部が全部、ソツなくこなせるわけではない。

弱気になりながらもやりかけの仕事を進めようとしたときに、先程と同じ間隔でコールが鳴った。

(え！　思ったそばから電話！)

あまりのタイミングに、麻子はまたもドキッとする。ひとつ深呼吸をすると、受話器を耳に当てた。

「はい、第一秘書課……え、泰恵さん?」

緊張して対応した相手は、あの庶務課の先輩であり母のような泰恵。麻子は一気に気が抜けた。つい数日前まで一緒にいて、世話になっていたのが遠い日のことに感じられる。

「泰恵さん!　どうしたんですか?　内線なんて」

麻子は不思議に思いながらも、その懐かしい〝母〟の声に自然と笑顔が零れた。だが……。

「……え?　なに?　泰恵さん、なんて言ったの?」

すぐに笑顔も消え去って、神妙な面持ちの麻子が泰恵に聞き返していた。

「芹沢さん、戻りました。なにもありませんでした……か」

敦志が秘書室へ戻ると、麻子の様子がおかしいことにひと目で気がつく。

顔が真っ青で、瞬きもしていないんじゃないかと思うほど、茫然としていた。

「芹沢さん……?」

「す……みません、早退させてください……」

敦志の問いかけに、麻子は弾かれたように立ち上がり、血相を変えて鞄を手に取った。

「待って！」

敦志が慌てて肩を掴んで、麻子が出ていくのを制止した。

「なにが、あったんです？　もしかして……」

あの麻子がこんな行動を取るだなんておかしすぎる、と敦志は瞬時にその理由の目星をつけた。

「病院から、連絡があって……それで」

「どうしてもっと早く……！　とりあえず、仕事は気にしなくていいですから！　すぐに病院へ！」

敦志の了解を聞き終えるのと同時に、麻子はドアを乱暴に開けて走った。


『泰恵さん？』

『麻子ちゃん、落ち着いて聞いてね？』

『え？　なんですか……？』

『あなたのお父さんが入院している病院から、連絡があったの。たぶん、連絡先が変更されてなくて、庶務課直通の番号だったみたいで。それでさっき、こっちに電話がきて。容態が……』

『父は……父は、生きてるんですよね⁉』

『ええ、とりあえず一命は取り留めたみたいよ！　でも心配だから、早退させてもらいなさい』

麻子は、先程の内線での会話をずっと頭で繰り返しながら、ひたすら祈る。

（……お父さん。私を置いていかないで）

麻子を見送った後、動揺したままの敦志は、来客との会談を終えた純一の元へと急いでいた。

「社長！」

「なんだ？　珍しいな、そんなに慌てて。土倉さんとの商談にミスでもあったか？」

いつも冷静沈着の敦志が、緊迫した様子で応接室に駆け込むと、さすがの純一も驚きのあまりに手を止めた。

「あのっ、芹沢さんを早退させました。私の独断で申し訳ありません。でも！」

「早退？」

「芹沢さんの、お父様が……」

敦志のその言葉だけで、純一はそれに続く言葉を予想する。

(まさか、こんな急に)

昨日会ったときには安定していたように見えたのに、と純一は狼狽する。

「詳しい話は聞けませんでした。ただ、一刻を争うのかと」

「わかった。とりあえず業務には差し支えないだろ」

「え?　ああ、それは大丈夫です」

「……連絡を待つしかないな」

(どうして、必要とされる人間が……。愛されている人間が、命の灯を消されてしまうのだろうか。いや、まだ決まったわけじゃない。信じるしかない)

純一は、手に持っていた書類をテーブルに置き、前傾姿勢だった体をソファの背もたれに預ける。そして宙を見つめながら、無意識のうちに目を閉じるとそう願っていた。

その頃。病院に到着していた麻子は、いつもと違う部屋に横たわっている父の手を握り、小さく呼んだ。

「お父さん……」

幸い入院中のことだったため、迅速に処置された。おかげで、克己はとりあえずすぐに命が危ない、などということにはならずに済んだ。

しかし、再発は変わらずに付きまとう。その可能性を少しでも低くするための手術。医者には、やはりことあるごとに、それを勧められる。

父の顔を見るたびに、麻子の頭には常にそのことが浮かんでくる。それは今も同じで……。

痩せ細った手を握りながら聞こえてくる、機械の一定の音。寂しくも感じる音だが、一方でどこか彼女をホッとさせる。

「諦めない……」

そう呟いた麻子は、気づけば駆けつけてからずっと、目を開けない父の手を握っていた。

さすがに喉が渇いた麻子は、足早に自動販売機へと向かう。そこで一本のコーヒーを買うと、すぐ横の椅子に腰を下ろした。

時間など一度も気にする暇もなかった。デイルームの窓から見える景色は真っ暗。

ふと、正面に見えるナースステーションを見ても、看護師の人数が夜勤体制になっていることに気づき、初めて掛け時計を確認する。

午後十時になろうとしているのを知ると、残りのコーヒーを一気に飲み干した。

空き缶を、自動販売機の隣にあるゴミ箱に捨てようと椅子を立ったとき。コツリ、と、靴の音が麻子の耳に届く。それはナースサンダルの音とはまったく違うものだ。

この時間に面会にくる人など普通いない。疑問に思いつつも、何気なくその音のする方へと目を向ける。

見えた先には、紳士物の革靴。この世の中にありふれてるはずの革靴だが、なぜか見たことのあるような気がする、と麻子は凝視してしまった。

視界に捕らえたその靴から、ゆっくりと足を辿り、視線を上げていく。すると、こんな場所にいるはずのない男の顔を確認して驚愕する。

「なっ……」

「人に勧めておいて、自分は食べないということはないだろうな？」

麻子の手に乱暴に渡された袋には、つい最近その男に渡した記憶のあるロゴが入っていた。

「しゃ、社長……！」

あれだけ忙しいと見ていればわかるほどの人間が、なぜこんな時間にこんな場所に。

麻子は言いたいことがまとまらずに、ただ薄暗い廊下に立っている純一を見つめるだけだ。

自動販売機の光を浴びている麻子に向かって、純一が口を開く。

「その様子だと、とりあえずは大丈夫のようだな」

その言葉に麻子は、まさか自分の父親のことでわざわざ心配をしてきたのか、と信じられない思いで純一を見た。

「なぜ……」

「あっ、いた！　麻子ちゃん！　お父さん、目を開けたわよ！」

麻子が声を漏らしたのとほぼ同時に、パタパタというナースサンダルの音がした。駆け寄ってきた看護師が、麻子に声をかける。

その言葉にハッとすると、麻子は純一を置いて病室へと急いだ。

病室に入るや否や父に抱きつくと、克己は小さい子を宥《なだ》めるように、麻子の背中を撫でる。そして、うれしそうに口元に笑みを浮かべた。

「……あ、さこ」

「おっ……お父さん！　無理しちゃダメ！」

未だ虚ろな目に、麻子を捕えた克己はその最愛の娘の名を呼び、手を震わせていた。

「び……っくりしたんだから！」

「ああ……悪かった」

こんなときにも麻子は涙を流さずに堪え、わざと怒っているように振舞う。克己はそれを宥めるようにすると、穏やかな顔で麻子の体温を感じていた。

純一は、その父子を病室の入口に背をもたれかけさせながら、ひっそりと暗い廊下で様子を窺っていた。

「お父さん、やっぱり手術受けよう」

涙をのみ込み、瞳に決意を浮かべて麻子が言う。

「その話は……」

「大丈夫だから。費用も手術のリスクも！」

なんともいえない表情を浮かべた克己と、決して覆さないとでもいうような、覚悟を決めた目の麻子。

しばらく視線を交錯させていると看護師が入室してきて、「ちょっと待っててね」と麻子に席を立つよう指示をする。素早く場所を譲り、足元の壁側に移動すると、ドアの小窓に見えた人影に、彼がまだいたことに気がついた。そして同時に、つい最近持ち出された〝謝礼〟の話も思い出す。

（あの人に借りを作りたくない。自分の力でどうにか助けたい。でも、現実には、すぐに大金を用意するのは無理……）

そう思いながら、麻子はドアを開け廊下に出る。驚く様子も見せない純一は、麻子を見下ろすと口を開いた。

「なにをそんなに意地になる？」

一連の会話を聞いていた純一は、ひと言麻子に投げかけた。しかし、麻子はそれに対して黙ったまま。やはり、どうしても素直に、目の前の男が差し伸べる手を取る決心まではできずにいたのだ。

するとと、純一がおもむろに麻子の手を取り、静かな病棟の廊下を闊歩し始める。

「ちょっ……ど、どこへ……」

向かった先は、先程会った自動販売機のある休憩スペース……ではなく、そのすぐ向かいにあるナースステーション。

「担当医師はまだいるか？　今すぐ芹沢氏の手術の手配を頼みたい」

いきなりやってきた赤の他人がなにを言うんだ、と、その場にいたひとりの看護師と麻子は目を丸くして純一を見た。

ようやく、このおかしな状況に口を挟んだのは麻子。

「勝手なことっ……」

「前払いだ。君の給与から。それで問題ないだろう?」

純一が自分を見る目は、からかったり気まぐれでそんな提案をしているようには思えない。

しかし、麻子はあまりにもありえない彼の行動に困惑し、目を揺るがせる。

とりあえず、看護師に軽く頭を下げてから、休憩スペースへと純一を押し込んだ。

「ちょっと、そんな簡単に……!」

「父親の命よりも大事なものってなんだ? 俺なんかからの援助は受けられないっていうプライドか?」

麻子は、純一の鋭い指摘になにも返す言葉が出ず、小さく唇を噛んだ。

いつもなら、もっとうまくやりあって、言いたいことも言える。けれど、今の言葉はあまりにも、核心を突かれてしまった気がして。

ただ、麻子は俯いて、手のひらに爪を食い込ませるだけ。

「俺もまだ、君の父親……芹沢さんに聞きたいことが残っている。君が首を縦に振れば、全て済むことなんじゃないのか」

(なによ……。なんなのよ。なんで、あんたなんかにそんなこと言われなきゃならないのよ。あれだけ傲慢な人間かと思えば、急にこんなこと……)

心がなかなか整理できない。だけど、自分の中にある理性が、『自分のくだらないこだわりで、父の命を救えなくなるのなら意味がない』と言っている。

麻子は、黙って自分を見る純一を見上げた。

この男は、援助ではなく〝貸し〟にしてやると言う。

心を決めた麻子は、目を閉じて大きく息を吸う。そして、息を吐き出すのと同時に目を開けると、ゆっくりと首を縦に振った。

純一が今まで見てきた中で、一番美しく、深いお辞儀をした麻子がはっきりと口にした。

「申し訳ありません。必ず、全額お返しします」

頭を下げたまま、麻子は純一の靴を眺めながら思う。

(大体、お父さんに「聞きたいことが残ってる」ってなによ……)

しかし、頭の中でなにを思おうと、現実にはあれほど嫌っていた純一に、麻子は〝借り〟を作ることを決めたのだった。

それから数日。克己の容態も落ち着いて、手術の日も正式に決まった。

「おはようございます、芹沢さん」

麻子がいつものように掃除を始めているところへ、純一と敦志のふたりが揃って社長室へ入ってきた。

「おはようございます。……あの」

掃除の手を止め、ふたりに向かって挨拶をした流れで、敦志になにかを言いかける。いつも毅然としている麻子が、少し申し訳なさそうな、恥ずかしそうな顔をして。

「どうかしましたか?」

敦志は、そんな麻子は珍しいとばかりに真剣に向き合って聞き返す。同時に、その場にいた純一は、なんだか複雑な思いでふたりを見ていた。

気にかけている純一の視線などつゆ知らず。麻子はポソッと答える。

「ちょっと、隣へいいですか?」

「あ、はい。時間かかりますか?」

「あ、いえ。すぐに終わるかと……」

純一は、敦志に対しての終始控えめな態度が気に入らない。いつだって、自分に対しては負けん気が強くて、あんなふうに頼るような目を向けてなんかこない。

席についてもふたりが気になり、一向に仕事を始める気配が感じられない純一に、敦志はひと言断り隣室へと消えてしまった。

（なんなんだ、一体）

純一がやり場のない小さな苛立ちを、近くのダストボックスにぶつける。すると、麻子が言った通り、すぐにふたりは純一の元に戻ってきた。

「ほんと、すみません……」

「いえいえ」

純一にすれば、なにがどうなってるのか全くわからない。しかしそんなことを堂々と問い質せる性格ならば、もう少し麻子とうまくやっているだろう。むしろ自分の中で、『なぜそんなことを気にしなければならないのだ』、と思うくらいだ。

そんな純一に、やっと気がついたのはやはり敦志。

「ああ、申し訳ありません。少し、力仕事を」

「力仕事？」

「早乙女さんっ」

おかしそうに言う敦志に、純一は不思議そうに返す。それに対して、なぜか麻子が頬をうっすらと赤くして抗議する。

麻子の様子を見つつ、純一は敦志に再び聞き返した。

「力仕事とは？」

「いえ。先程、大量のコピー用紙が届けられたそうで。それを、ただ収納してきただけです」

「は？　コピー用紙？」

抜けたような声をあげ、あ然として言う純一に、敦志はメガネを抑えながら笑った。

「はい。コピー用紙です。芹沢さんはなんでもできそうな方だと思っていましたが、女性らしい一面も見られました」

未だにメガネに手を添えて楽しそうに話す敦志に、麻子は顔をさらに赤くして呟いた。

「……役立たずで、すみません」

背丈もあって、内面的な力強さを持ち合わせているのにもかかわらず、意外に非力。気の強い麻子にとって、それはちょっとしたコンプレックスだったりもした。

主のいない社長室で、ローテーブルに山積みになっている書類と向き合いながら麻子はぽつりと呟く。

「ジムにでも通おうかな……」

「それ以上強くなってどうするんだ」

今朝のことを思い出しながら漏らしたひとり言を、いつの間にか背後にいた純一に聞かれて慌ててしまう。

来客があり、純一が席を外していたその間に、のんびりと整理する資料を書類の中から厳選していた。そこに、予想外にも純一が早く戻ってきた図だ。

手にしていたものを危うく落としそうになるくらい驚いた麻子だが、すぐに冷静を装い、淡々とした口調で返す。

「……強くなって、損はないですから」

「男を泣かせる気か」

「その程度で泣く男は、こっちから願い下げです」

「それで、残る男がいればいいけどな」

売り言葉に買い言葉。最近では、それが日常茶飯事になりつつある。

純一のすぐ後からやってきた敦志も、苦笑しながらふたりのやりとりを黙って見ているだけ。

「あ、芹沢さん。そろそろお昼、いいですよ」

敦志が腕時計を見て言うと、麻子は純一に背を向けて資料をかき集め、ささっと隣の部屋へと去っていった。

麻子がいなくなった後、敦志は純一にも休憩を勧める。

「社長も、なにか召しあがった方が……」

敦志が言いかけると、純一のデスクの上に変わらず麻子の用意した昼食が置いてあるのを見つける。嫌であれば断ればいい差し入れを、純一は今でもそうせずにいた。

「……最近、顔色がいいですね」

「は？」

「芹沢さんのおかげですね」

純一が机との距離を取り、椅子を後ろにスライドさせて軽く伸びをする。くるりと敦志に向かい椅子を止めて言った。

「なんでそうなるんだ」

「気づいてないんですか？」

「なにを」

敦志は目を丸くして純一を見ると、メガネを押し上げながら説明する。

「社長の栄養を気遣っての食事内容だ、ということを」

敦志は、毎日の食事内容を見ていて思うことがあった。麻子の弁当は、単に自分のついで、という内容ではないことに。

ちょっとした、栄養士の指導を受けたかのようなバランスのよさが麻子の食事にはあり、敦志はそれに少し前から気づいていた。

「彼女。特に、栄養士の資格などは持っていませんでした」

「……だから?」

「……純一くん。意外に鈍感ですね。彼女の父は、過労がきっかけで今に至るんです。食事もまともにとってなかったでしょうね。そして、今も食事内容には気をつけなければならない。そういうことを気遣って、おそらくそちらを純一くんに差し上げてるんですよ」

敦志は、麻子が純一に渡した水色のバッグを見てそう言った。

純一はそんなところまで理解していたわけもなく。その事実を知って、さらに麻子について考えさせられる。

「そんなふうに、お父様を大事にしてらっしゃるのだから。今度の手術はきっとうまくいくはずです」

「……アイツはできないことがないのか」

「いえ、力仕事は……」

「ああ……そうだったな」

麻子のいないところで、ふたりはそれぞれなにかを考えるように口を閉じた。

「うれしいわぁ〜。こうして、また一緒にご飯を食べられるなんて！」

その頃、そう笑顔を零すのは庶務課の泰恵。帰省した娘へのように優しく、麻子を迎え入れてくれていた。

「すみません、突然。この間はバタバタしていたからゆっくり報告しなくちゃと思ってて。それに泰恵さんに会いたくなって……」

「いいのよいいのよ！　よかったわね、大事に至らなくて」

「はい。ご心配おかけしました」

昼休みを利用して泰恵に会いにいった麻子は、たった半月ほど前にいた部署にもかかわらず、数年ぶりのように懐かしく感じていた。

「ロッカーのカギを見つけたときは、ほんとどうなるかと思ったけど」

そう。ほんの半月前のそのときは、一度退職を試みて、泰恵のロッカーにカギを残して会社を去った。

それを言われた麻子は、苦笑しながら箸を休めた。

「本当、なにからなにまですみません……」

「いいのよー。初めはなにかと思ったわ」

「……そうですよね」

あのときの心境を思い出すと、今とは少し違っていることに改めて気がついた。

あの日。慣れ親しんだ庶務課から秘書課に異動命令が出て。さらに父の手術の決断もできずに、ただ毎日を過ごしていた。

窓の外の晴れ渡る空を見つめ、庶務課にいた頃にはこんなふうに広い視野だったかな、と思ってしまう。

「また、いつでもきてね」

「はい。泰恵さん、本当にありがとうございます」

ただ、あの頃と今と変わらないのは泰恵の存在。

勝手に〝お母さん〟を重ねて見てしまって悪い気もするが、麻子にとってはやはり、母のように優しい泰恵が好きなのだ。

longing：慕情

定時もとっくに過ぎ、陽が完全に落ちてしまった時刻。

「本当に大丈夫ですか？」

「はい。これが終わったらすぐに退社しますから」

麻子はやりかけの仕事に終わりが見えたため、敦志に残業を願い出ていた。

「わかりました。では、芹沢さんひとりになってしまいますが、最後の戸締りをよろしくお願い致します」

敦志はそう言うと、麻子に秘書課と隣接している社長室のキーを手渡した。

「明日もまた、よろしくお願いしますね」

「はい。お疲れ様でした」

敦志が秘書室を出ていくと、麻子には急に静けさが増したように感じられた。

純一の姿はすでに見えなかったが、どうやら帰りは仲のいい敦志とも、それぞれ別に帰宅するらしい。

「さて。あと少しだけ！」

グッと、椅子で伸びをして首を軽く回すと、麻子はラストスパートをかけた。

「終わった！」

時計を見ると、敦志と別れてから三十分ちょっとしか経っていない。

しかし時刻は夜の八時。大体の社員は皆、帰宅しているだろう。

麻子は片づけを終え、簡単に明日の準備を整えると、部屋の最終チェックをして帰ろうとした。電気や引き出しのカギの確認などを念入りに。

社長室も同じように、チェックしに入った。

（あんまり触ったら、またなに言われるかわかんないから。さらっとでいいや）

純一のデスクを見て、その本人を思い返しながらそんなことを考え、軽く見回した。

ひと通り確認し終えたかと思ったとき、足元になにかが落ちているのに気がつき、それを拾い上げる。

「……カード？　よりも全然小さいけど。もしかして、キー……？」

（まさかこれ、アイツの……）

麻子は、手のひらに乗る大きさの、長方形のカードキーを見て思い出した。

最近、カードキーのマンションが増えていて、色々なタイプがあるとテレビでやっていた。今、手に収まっているものはかなり薄めで、ちょっと力を入れれば割れてしまいそうだ。

「もしそうだとしたら、これがなかったら家に入れないんじゃ……」

麻子はそう考えると、すぐに連絡を取らなければ、と思い立つ。

しかし、純一の連絡先を把握していない。それは、敦志の番号も同様だった。

(私のバカ！　社長はともかく、早乙女さんの連絡先くらい、今回のことがなくても聞いておくべきなのに！)

キーであろうものを握りしめ、自分の抜け加減に肩を落とす。

麻子は時計に目をやると、なにかひらめいたように、素早く目の前の受話器に手をかける。ポケットの中の小さな手帳を取り出して、内線表を開いた。

「もしもし？　第一秘書課の芹沢です。運転手の方はまだいらっしゃいますか？」

麻子が内線をかけた先は、純一専属運転手。専属といっても、基本的には勤務中の移動がメインで、帰りに送ることは滅多にないと聞いた。社長の純一が帰宅した後も、すぐに退社せず、車を磨いたり清掃したりと細々仕事を終わらせてから帰宅する。

それを思い出した麻子は、一縷《いちる》の望みをかけて電話したのだ。

麻子の考えは見事に当たり、まだ退社してなかった運転手から、純一の自宅の情報に辿り着いた。送ることは滅多になくとも、運転手は当然、純一の自宅も把握してたために今回は助かった。

さらには、「そのようなご事情でしたら、ご案内がてら、お送り致しましょうか」と言う運転手の好意に甘えさせてもらうことにした麻子は、純一の自宅マンションへと車で向かうことになった。

不思議なもので、キーを拾い上げてからマンションに着くまで、まったくと言っていいほど、『なぜ、私があんな社長のために』というような感情はなかった。

少し前の麻子ならば、どんなに近くても、どんなに困っていても、直接届けにいくという選択肢はなかったはず……。

その頃、キーを落としたことを知らずにいた純一が、ようやくその事実に気づく。

「まずい……」

エントランスホールは、また別のキー。そこを難なく通り抜け、あと一枚扉を開ければ自分の家だ。しかし何度ポケットを探っても、必要なものが出てくることはなかった。

「はあ……」

純一は、諦めてポケットから手を出すと、ため息をついた。そして、携帯電話を取り出す。

(管理人に連絡をしようか……いや。その前に、敦志にでも確認してみるか)

一番使うことの多い敦志の番号は履歴の上にあって、すぐにコールを鳴らすことができる。そして、大体二コール……遅くとも、三コール目までには電話を取るほど、敦志は優れた〝秘書〟だった。

『はい。どうかしました?』

期待を裏切ることなく、二コールで出た敦志に、参ったという感じで口を開く。

「ああ、ちょっと。キーを忘れた……か、なくしたか」

『キー? 自宅の?』

「敦志が拾ったりしてないかと、一応確認の連絡だった。いや、いい。管理人に連絡取って……」

頼みの綱の敦志の反応から、瞬時に次へと切り替える。すると、敦志が言葉を被せ気味に割って話した。

『芹沢さんに確認してみましょう。管理人にはその後に』

敦志は早口でそう告げると、電話を切ってしまった。

純一は待受画面に戻った携帯を見ると、開けられない玄関のドアに寄りかかる。小さく息を吐いて、腕時計を見た。

「八時過ぎ……いくらなんでも、もう帰宅してるだろ」

ひとり言を言いつつ、敦志から「芹沢さん」という言葉を受けたことで麻子を思い出す。

あれから麻子は実によく働いている。小さなミスはたまにあるが、〝新人〟にしては、ずば抜けている、と、純一が感心させられるほどだ。

おそらく、あの〝貸し〟が効いて、余計に彼女をそうさせている。そのことは純一もわかってはいた。

麻子という人間は本当に不思議で、いつでも対等な……言い換えれば生意気な態度で向かってくる。それが純一にとって、今までの女性に対しての概念を覆すほどに心地がいい。

そのときはもちろん苛立ちを感じたりはするが、男同士のように後腐れがないのだ。尊敬に値するほどの麻子の人柄・能力は、純一の中で女性への考え方を大きく変えた。

そんなことをひとり考えている間に、早くも敦志から折り返し連絡がくる。

「もしもし。……え?　なんだって?」

電話口の敦志の声が、小さかったから聞き返したのではない。その信じ難い〝内容〟に驚いて、純一は敦志に聞き返した。

「この通りに乗ってしまえばすぐですから」

運転手が、麻子にそう言ってアクセルを踏む。麻子は返事をして、窓の外に視線を移した。

……そのとき。

「えっ？」

普段、滅多に鳴らない携帯が、振動と共に音をあげている。

麻子が慌てて携帯を取り出し確認すると、登録されていないナンバーが表示されていた。呼び出し音が鳴り続ける中、電話を取るべきか躊躇《ためら》っていると、運転手が声をかける。

「芹沢さん。お電話でしたら、こちらを気になさらずにどうぞ」

そう言われてしまうと、麻子は拒否することもできず、そのまま【応答】に触れると耳にそっと当てた。

「も、もしもし……？」

『芹沢さんですか？』

「え？　はぁ……」

電話越しに聞こえてきた男の声は、すぐに誰だかはわからない。しかし、向こうは自分の名前を知っているようで、麻子は怪訝そうな表情を浮かべる。そして、知り得る人物の記憶を探り出す。

耳元で聞こえた声、自分の名を知り、番号まで知っているような人物。

ハッと、麻子は顔を上げて答えた。

「さ、早乙女……さん？」

『はい。早乙女です。芹沢さんは今、どちらに？』

「えっ……えぇと、車で……」

『車？』

「はい。実は……社長のもの、と思われる忘れ物をお届けに……」

『忘れ物？　もしかして、それはキーじゃないですか？』

「そ、そうですけど」

麻子は驚きの連続だ。

自分の携帯番号を知っていたことも、これから届けようとしている忘れ物がキーだと知っていたことも。

『そうですか！　よかった。では、もしかして車というのは社の……』

「は、はい。運転手の方が送ってくださると。あ、あの……早乙女さんはなぜ私の番号を……」

『ああ、そういえばお伝えしてなかったですね。履歴書を拝見してましたので……私だけが芹沢さんの連絡先を知っていて、申し訳ありませんでした』

あっさりと、番号を調べたことを謝罪されてしまうと、それ以上言うことはなにもない。

相手が敦志だから、というのもあるだろう。麻子は、特にそれに対して咎める気持ちもなく、ただ理由を知って納得した。

「いえ、そうだったんですか」

『では。お手数ですが、届け物をよろしくお願いします』

上司である敦志に丁寧に頼み事をされてしまった麻子は、電話なのにもかかわらず、深々とお辞儀をしてしまった。

キッ、と車が止められた。車外に降り立つと、そこにあるのは高級そうなマンションで、予想以上の出で立ちに麻子は息をのんだ。

（何階まであるのかな……）

麻子が首が痛くなるほど真上を見上げていると、車の中から声をかけられ、再び首を元に戻す。

「待っていましょうか？」

「あ、いえ、申し訳ないので。どうぞ先にお帰りください。ありがとうございました」

「そうですか？　では……」

そう断ると、運転手はテールランプを暗闇に残しながら去っていった。

そして、麻子は再びマンションの入口へ向き合って、玄関へと足を進めた。

「え？　オートロック……」

ひとつ通り抜けた扉の次にあったのは、オートロック用の機械。手にしているカードを差すようなところも、かざすようなところも見当たらない。

おそらく、ここはまた別のキーか暗証番号が必要なのだろう、と麻子はため息をついた。

機械の前で右往左往していた麻子の横から、ドアの開閉音が聞こえる。

反射的にそちらを見ると、ドアの向こう側に見慣れたスーツを纏った男がいて、目が合った。

「しゃ、社長!」

オフィス以外で会うのは病院以来。なんだかいつものような〝社長〟の雰囲気が薄れている気がして、麻子は少し戸惑った。

なにも言葉を発さない純一に、麻子がやっとの思いで話しかける。

「あ……の、これを」

「ああ……悪い」

いつも言い合いはするけれど、元々純一は口数の少ない方。今はその〝いつも〟にも増して、言葉が少なく感じられて、麻子は気まずく思う。

「そこに、椅子と自動販売機がある」

見てみると、エントランスはホテルのように広く綺麗だ。その様子から、ソファや自動販売機が設置されていてもおかしくはない。

純一は麻子にその先へ移動するように視線で促すと、麻子は驚いて両手を軽く振った。

「え!? あの、もう帰りますから」

「敦志から、電話がいったんだろ」

「え? ああ、はい……驚きましたけど」

「驚く?」

「はい。知らない番号だったので」

麻子が浅く眉間に皺を寄せて答えると、純一の表情が、心なしか少し和らいだ。

不思議に思って純一を黙って見ていると、今度は純一が目を逸らして麻子に言った。

「なにがいい?」

「はい?」

「……礼だ」

純一が親指で示した先に見えたのは自動販売機。

麻子は今すぐにでも帰りたかったが、ここは好意を受け入れた方がいいのかと、止むなく素直に従った。

「じゃあ、お茶を……」

純一は無言で数メートル先の自動販売機に向かう。その間、エントランスホールに足を踏み入れた麻子は辺りをぐるりと見渡した。

オシャレなソファがいくつも並び、綺麗に花も飾ってある。ふと、ある音が耳に届き、ひかれるように、麻子はそこへ近づいていく。

その先にあるものの正体。それは、涼しげな音を立ててる水が上部から壁を伝うように流れ落ちる、壁泉《へきせん》。泉のような水面がゆらりと波打って、館内の照明を反射させてキラキラしていた。

ただ、静かにゆらゆらと。

その水面に吸い込まれるように、麻子はそこから動けなくなる。そして……。

「せ、芹沢っ……!?」

近くからのような、遠くからのような。麻子は、自分を呼ぶ声が聞こえた気がする。だけど、目の前が真っ暗で、心はざわざわと騒ぎ出し……。全身の力が抜けて、麻子には純一の声も届かなくなってしまった。

「おか……さ、ん」

意識を手放す寸前に、無意識に口から出ていた言葉。それは、麻子自身の記憶には残らないが、純一には鮮明に残る。

「……〝お母さん〟?」

間一髪で麻子が倒れ込む前に支えた純一はその言葉を復唱し、気を失った麻子の顔を見つめていた。

（……ああ。頭と……心臓辺りが痛い気がする）

麻子がうっすらと意識を取り戻し、頭の中で考え事をし始める。が、目はまだ開かず、体も動かない。

目を閉じているぶん、麻子の頭の中にある意識と、映像は鮮明で。

（お母さん、お母さん……。行かないで。ごめんなさい、ごめんなさい……）

スーッと目から、ひんやりとしたものが伝う感覚。それは、そのまま耳の方へと流れていくかと思った。その流れを堰き止め、濡れた感触を拭ってくれた温かいもの。

そこで、やっと麻子はゆっくりと目を開けた。

知らない天井、匂い。誰かが隣にいる気配。

「大丈夫か」

麻子はその声に反応して、虚ろだった目をぱっちりと開き、ガバッと起き上がる。

「え？　こ、ここ……私！」

自分のアパートとはまるで違う、高い天井に広い部屋。高級そうな照明に、ふかふかのベッド。そして、目の前にいるのは父でも、もちろん母でもなく……。

「しゃ、社長……！」

麻子はここが、純一の部屋だと気がつくと、慌ててベッドから降りようとする。しかし、純一は腕を掴み制止しながら、麻子の顔を覗き込んだ。

「君は人の食事を気にしているが、自分はちゃんと食べているのか？　ものすごく軽かったぞ」

その言葉の意味は、純一が、自分を抱き上げたということ。

麻子は、目を覚ましたばかりということもあってか、珍しく焦り、耳まで赤くする。

「す、すみません！　もう大丈夫ですから！」

言葉と同時に勢いよく立ち上がったとき、麻子はまだ足元がふらついていて、よろけてしまう。

「無理をするなって！」

ベッドから転げ落ちそうになるのを支えてくれたのは、あの失礼で横柄な男の手。

だけど、なぜか今は、優しい手。

(夢の中で涙を拭ってくれたのは、まさかこの手……？)

麻子は未だに頬を紅潮させたまま、潤んだ瞳でその手から腕へ辿り、純一を見上げた。

「……まだ、震えてる」

純一が麻子の肩に置いた手でその震えを感じながら言うと、スッと麻子の手を取った。

麻子の手は、確かに小刻みに震えていた。それは、純一が原因ではなく——先程倒れたきっかけに原因がある。

「あ……の、もう……離して……」

いつもの威勢のよさがない麻子。純一はそんな彼女の手を、なぜか離せずにいた。

そして麻子もまた、いつもなら突き飛ばしているのに、ただ黙って純一に体を預ける。

引き寄せられるように、そっと。

理由なんてない。それは両者とも同じ。震える手の上に重ねていたはずの純一の手。いつの間にか手のひらを合わせるように指を絡めると、互いに手を握る。

間接照明の光が、うっすらと麻子の線の細い体を照らしている。純一は、その神秘的ともいえるような麻子の瞳から、目を離せずにいた。

そして、ほんの一瞬。麻子と純一の唇が重なる。

その一瞬は、ふたりの中に、確かななにかを残していく。

「あ……っ」

麻子が先に我に返ると、純一を軽く押しやり距離を取る。

視線を逸らした先に自分の荷物を見つけると、純一をすり抜けるようにしてベッドを降りる。床にあった鞄を拾い上げると肩にかけ、純一の目を見ずに頭を下げた。

「お、お世話になりました！　申し訳ありません！　失礼します」

いつもなら、もっと丁寧で綺麗なお辞儀をする麻子が、流れるように頭だけを下げ、髪を上下に靡かせて玄関へと足早に去っていく。純一はその場から動けず、逃げるようにいなくなるのを見ていただけ。

カチャン、と、麻子の持ってきたキーでやっと開いた扉が、閉まる音がした。

純一は自分の手に残った、麻子の涙、手、髪の感触と匂いと……唇。それらの余韻に浸りながら、まだしばらく動けずにいた。

「なんで、俺は……」

自分の行動に驚いていると、麻子がさっきまで横になっていたベッドに光るものを見つける。

純一はようやく動くと、それを手のひらに取った。

（なにを……なにをしてるの、私……！）

勢いよく後にしたマンションを、もう一度見上げて呼吸を整える。けれど、心臓の方は一向に落ち着くことをせずに、未だに早鐘を打ったまま。

麻子は、もう震えていないその手で、そっと自分の唇に触れた。

（……キス、した。なぜ、受け入れたのだろう。今なら力いっぱい突きとばしてやるのに）

麻子は、母親の記憶を思い出していたことを忘れるほどに、純一とのキスに動揺していた。

「急に、あんな目を……するから……」

目だけでない。添えられた手も温かで優しかった。

信じられないが、本当にあのとき麻子はそう思ったし、そう感じたのだ。

「……誰にも弱みを見せちゃ、ダメ」

自分を戒めるように呟いて、麻子は顔を上げると駅へと歩き出した。


「昨日は無事に、自宅へ入れましたか？」

「あ、ああ。騒がせて悪かった」

翌朝、並んで歩く敦志に問われた純一は、なるべく平静を装って返答する。

昨晩、麻子が去った後も彼女のことで頭がいっぱいだった純一は、ほとんど眠れなかった。

社長室の前に立つと、敦志が先回りをしてＩＤカードをかざす。中に入ると、すでに出社していた麻子が、ソファの前にあるローテーブルを拭いていた。

「おはようございます」

「おはようございます、芹沢さん。昨日はありがとうございました」

敦志がお礼を言うのはおかしな話だが、そのまま笑顔で受け流す。テーブルを拭き終えると、控えめに部屋の隅に立った。その前をふたりは横切り、敦志がいつものように手帳を開いて一日の流れを確認する。

「今日の予定は……」

「あの。まとめたものを打ち出しておきました。後は早乙女さんの微調整をお願いします」

敦志の言葉に繋げるように麻子は言うと、一枚の紙を敦志に手渡した。

その間、麻子は純一と一度も目を合わせていない。

「では、このようなスケジュールで」

敦志が驚きながらも、そのスケジュールを確認して、笑顔で純一に渡す。

そこに内線の音が聞こえてきて、麻子は足早に隣室へと出ていった。

「……芹沢さんと、なにかあったんですか？」

「……いや、なにも」

「そう、ですか……」

敦志は、ふたりの空気の微妙な違いに気がついていた。さりげなく聞いてみるが、純一にさらりと交わされてしまう。しかし、純一の心の内は、そんなに落ち着いているものではなかった。

自分の気持ちが整理できず、また、認めたくない。

〝女〟は信用できない。それは、自分が歩んできた過去に散々思い知らされたこと。それでも、彼女なら……。

そういう葛藤を胸に、純一は明らかに麻子の存在に翻弄されていた。

そこに、麻子がついさっき向かっていったドアから、ノックの音が響いた。

「失礼します。インフォメーションからです。『社長に会いたい』と仰っている方が見えているようですが」

麻子が再びふたりの前に現れ、内線の内容を伝えた。

「こんな早くから？　お名前は聞きました？」

敦志が不審そうな顔で尋ねる。

「はい。『城崎《しろさき》様』という、若い女性だそうですが」

「『城崎』……それは、もしかして」

麻子が名前を挙げると、敦志は細めていた目を大きくした。

「城崎グループの御令嬢だ」

敦志と麻子の話を拾って、純一が答えた。その言葉に敦志は、やはりそうかという顔をする。

城崎グループとは、純一率いる藤堂コーポレーションに負けず劣らずの大きな会社。そこの令嬢が、純一に会いにくる理由は、容易に想像できる。

「いかがなさいますか？」

「とりあえず通してくれて構わない。但し『手短に』と」

純一の指示を受けると、麻子は一礼して、保留中の内線を再び繋いだ。

インフォメーションに伝えると、少ししてから社長室にノックの音が鳴る。到着を待っていた敦志がドアを開けると、柔らかい印象の女性が立っていた。

「おはようございます、純一さん」

少し高めの声で、爽やかにそう言いながら通されたのは城崎雪乃《ゆきの》。

ふわふわしたスカートに、シンプルなアンサンブルを合わせた服装。緩くウェーブのかかった髪は自然な茶色で、いわゆる天使の輪を作りながら靡かせている。

名前の通り、雪のように透き通った白い肌に、折れてしまいそうな手と足。細い首筋には、小さな石のついたネックレス。

ふと、そのネックレスに目を惹かれた麻子は、おもむろに自分の首元を確認する。

（ネックレスが、ない……！　昨日まで確かにちゃんと……。それがないことに、今頃気づくなんて……！）

きっと原因は昨夜の純一との時間にあると、麻子は胸をざわつかせる。

そんな麻子の様子に気づくはずもなく、雪乃は笑顔で会釈すると、純一の元へと歩み寄る。

「雪乃ちゃん。なにかありました？」

「えぇと……」

純一の対応の仕方を見ても、大切なお嬢さんだということがわかる。

女性に対して優しさのかけらも見せたことのない彼が、満面の笑み……とまではいかなくとも、上品に口角を上げ、穏やかな口調で声をかけたのだから。

純一に特別扱いされている雪乃は、答えづらそうしながら、麻子と敦志をチラリと見た。

「……ああ。大変失礼致しました」

敦志が雪乃の意味深な視線の意図を汲み取ると、麻子の腕を引いた。そして、一礼するとふたりは秘書室へと戻る。

「早乙女さん……?」

突然手を引かれ、急ぐように退室したことに疑問の目を向けた麻子に敦志が言う。

「……私たちがいたら、話がしにくそうだったので」

「あ……なるほど」

それなりに仕事では気の利く麻子も、男女の空気にはかなり疎い。

「でもまさか、城崎のお嬢さんが出向いていらっしゃるとは」

純一の事情をなんでも知っているような敦志でも、今回のことは驚いた様子だ。その様子を見落とした麻子は、何気なく思ったことを口にする。

「仕事について、とかの雰囲気ではなかったですよね? もしかして」

「……城崎雪乃さんは、おそらく婚約者かと」

「おそらく」と、強調するように付け加えて言ったのに気づいた麻子は、目を丸くした。

「婚約者……やっぱり。でも、早乙女さんが知らないなんて……!」

「まぁ、お父上と内密の縁談なのかもしれません」

大体そういう想像はできるけれど、現実に政略結婚のような婚約者がいるなんて麻子は思わなかった。ただ、あんなふうに純一を慕ってくるところを見ると、まんざらでもないのだろう。そんなことを麻子はひとり考える。

（だけど、だったら昨日のアレは……）

一瞬、胸の辺りが締め付けられる感覚。しかし麻子は、それを気にも留めず、すぐに仕事を始めた。


それから、知らぬ間に雪乃がいなくなって、いつも通りの就業時間を過ごしていた。

「すみません。これを、常務にお願いできますか」

一冊のファイルを敦志に手渡された麻子は、その足で常務のいる部屋へ向かう。するとその部屋から常務付きの秘書、美月がちょうど退室してきた。

「あ、お疲れ様です」

「……お疲れ様です。なにか常務にご用かしら？」

タイミングがタイミングなだけに、麻子も少し驚いたが、すぐに挨拶をした。

頭を下げてる麻子を見ながら、美月は見た目に似合わないほど冷たい声を出す。麻子はそんな態度にもまったく動じずに、淡々と聞かれたことに対して返事をした。

「これを、早乙女さんから預かってきまして」

「そう。ありがとう。私が渡しておきますね」

半ば奪い取るように、麻子の手からファイルを受け取る。美月は、再び常務の部屋に戻ろうとドアノブに手をかけた。

麻子はその美月の態度に無言で対応し、きた道を引き返そうとした。すると、背中越しに美月から話しかけられる。

「今日、社長の婚約者がお見えになったんですって？」

「え？」

「その方が帰られるときに、偶然見たそうです。宇野さんが」

意地悪く釣り上げた眉で言う美月。麻子には、なぜその話題を振られるのかよくわからない。そんな話をしている時間がもったいない、と麻子は半分聞き流して歩き出そうとした。麻子の飄々とした態度に、突然美月の口調が変わる。

「残念ね。どうせ、『自分は、社長の特別だ』と思ってたんでしょ？」

美月を振り返って見てみると、ひどく影のある顔に見える。しかし、麻子にとってこういうことは、正直昔から慣れているので動じることなどなかった。

「いえ。特別だと思ったことも、なりたいと思ったこともありませんから。そういうことは私なんかよりも、〝婚約者〟の方に仰った方がよろしいかと」

つらっと麻子が言い返すと、美月の顔は見る見るうちに赤く歪み、唇を噛みしめた。

「もしも、社長に迫ったりなんかしたなら、訴えられるんだから！　せいぜい気をつけることね！」

美月は、鼻息を荒くして、少し乱暴なノックの後に常務室へと姿を消した。

（はぁ……。誰が誰に迫るって？）

美月の的を射ない捨て台詞を聞いて、呆れた視線を常務室の扉に送る。美月がいなくなったのを確認すると、大きなため息をついて第一秘書課へと戻った。


その後、美月のことなどすでに忘れていた麻子は、会議室に敦志といた。

最後の会議は出席人数も多めで、お茶出しから資料配布などの仕事があり、それが終わった麻子はホッとしていた。

「今日は会議が立て続けで、少々疲れましたね」

敦志が笑顔で麻子を気遣うと、最後の後片付けをしながら力の抜けた声で言う。

「今まで関わったことがない私には、緊張しっぱなしの時間でした」

「あはは。芹沢さんでも緊張しますか」

「それは普通にしますよ……。私はロボットじゃないんですから……」

「それはそうですね。失礼しました」

唯一、敦志とはいつでも穏やかな空気を共有している気がする。そのときも、リラックスして会話をしていた。

麻子の空気を強張らせるのは、もうひとりの男。会議後も席に着いたまま、報告書や資料をチェックしていた純一だ。その確認が終わったのか、ちょうど麻子が横目で見たときに、純一が席を立った。

「敦志、戻るぞ」

「はい。あ、芹沢さん……」

「もう終わりますから。どうぞお先に」

自分のことなど、これっぽっちも気遣わない純一と、いつでも気にかけてくれてる敦志。前者にはなんの感情も持たないようにしつつ、後者には笑顔を返す。

会議室にひとり残った麻子は、手早く部屋を復元し終えた。会議室を後にしようと、ドアノブに手をかける直前、勝手にドアが開いて麻子は驚いた。

「えっ……？」

「あれっ。あんたは……」

ドアの向こうに立っているのは、清掃のおじさん。

色の褪せた青い作業着を着て、ほうきとちりとりを持ち、麻子の顔を見てニカッと笑う。

「お嬢ちゃん、今日はスーツかい？」

「……あ！　おじさん⁉」

瞬時のことで、さすがの麻子もすぐにはその記憶に結び付かなかった。しかし、ニコニコと笑顔を向ける、白髪頭の優しい顔を確認して思い出す。

「お元気ですか？　私、実は異動しちゃいまして」

「ああ！　どおりで備品室で会わなくなったと思った！」

麻子は庶務課にいたときに、頻繁に蛍光灯やガムテープ、と、色々なものを取りに備品室へと出向いていた。そこに、麻子と同じく、よく出入りしていたのが目の前のおじさんである。

「でもお嬢ちゃん。制服もよかったけど、スーツもばっちしだな！」

「ははは」と、豪快に笑うその声を懐かしみ、麻子も自然と笑顔になった。

「おじさん、掃除ですか？」

「ああ、この時間はゴミ集めて回ってるんだ。この部屋のゴミで最後！」

ふと、半開きになったドアから外を見る。その足元に、大量に入ったゴミ袋がふたつ置いてあった。

「こりゃ多いなー、今日は」

「あ、会議が続いて……昼食も出ましたから」

「そうかそうか」

そう言いながら、また大きなゴミ袋を一枚広げる。それから、いつも持ち歩いているほうきとちりとりを手にした。

麻子はちらりと壁にかかっている時計を見て、おじさんに手を差し出す。

「ゴミ捨てくらい、できますから。おじさん、ほかにもやることあるでしょ？」

「え？　ダメだよお嬢ちゃん！　そんなこと」

「ここまで掃除したついでですから。大丈夫です。それよりも、いつも過ごしやすく綺麗にしていただいてありがとうございます」

「いや、そんな……。お嬢ちゃんみたいなべっぴんさんに言われると、照れちまうな」

頭をぽりぽりとかきながら、その手を一向に引かない麻子に負け、申し訳なさそうにしてゴミ袋を渡す。おじさんは、麻子の好意に甘えて次の作業場所へと向かっていった。手早くゴミをまとめた麻子は、廊下の遠くに見つけたおじさんの姿に微笑んだ。

カチャ、と静かにドアを閉め、敦志は社長室に入った。

浅く眉間に皺をよせ、パソコンを見たまま純一が尋ねる。

「どうだったんだ？」

「あ、いましたけど……もう少しで戻るような感じでした」

「……まぁいい。じゃあ敦志、これまとめてくれ」

純一が首を軽く捻りながら、麻子に指示しようとしていた資料を敦志に渡す。

先に戻っていたふたりだったが、麻子が「すぐに」と言ったわりに時間がかかっていることが気になり、敦志が様子を窺いにいっていた。

そして、清掃員との一部始終を見ていた敦志は、なにも言わずに戻ってきたのだ。

「……彼女は本当……」

「ん？」

「いえ……なんでもありません」

敦志がなにかを言いかけてやめると、純一は一度顔を上げたが、すぐに目の前の書類に視線を落とす。

まもなく、そんな心配をされていたなど知らぬ麻子が、ふたりの元に戻ってきたのだった。

「時間ですね。今日は定時で、どうぞ上がってください」

麻子は敦志に言われて、定時きっかりに秘書室を出た。

エレベーターを待ってみるが、あいにく、ふたつあるエレベーターは下ったばかり。時間がかかりそうだと判断した麻子は、運動がてらと階段を利用した。

窓もなにもない、ひんやりとした空気が漂う階段を、ヒールの音を響かせながら降りていく。すると、途中の階で聞こえてきた女性の声に、コツンとヒールの音を止めて様子を窺った。

「これ、コピーしてホチキスでまとめとくの、お願い」

「え……今から、ですか……？　でも、今日はちょっと……」

「あなた、新入社員よね？　先輩の言うことも聞けないの？」

「普段もロクに仕事してないじゃない」

階段からエレベーターホールに出て、声のする方にそっと視線を向ける。ホールからすぐ近くの部署は硝子張りになっていて、室内の様子が丸わかりだ。そこからは、制服を着た女子社員が三人確認できる。出入口の扉は閉まっているが、上部にある小窓が開放されていて、どうやらそこから声が漏れているらしい。

（ここって、確か企画課……？）

麻子は、課のプレートを確認しながら、気づかれないように近づいていく。

「すみません……」

「はい！　じゃあ、よろしくね？」

二対一の格好で話をしているその女子社員は、二名が先輩で一名が新入社員のようだった。

新入社員ということは、当然、麻子の同期ということになる。そして、麻子はその硝子の向こうの新入社員の顔を覚えていた。

「〝定時〟は、全社員共通じゃないんですか？」

麻子は音を立てずに扉を開けて、三人がいる部署に足を踏み入れるのと同時に言った。

「な……あんた誰よ⁉」

「芹沢さん……⁉」

突然姿を現した麻子は、三人の視線を一身に受ける。その新入社員も、麻子のことを覚えているようで名前を口にした。

「〝先輩〟なら、このくらいの作業、すぐに終わるんじゃないんですか？　そもそも〝先輩〟なら、就業時間内で片づけなければならないのでは？　〝後輩〟への手本として」

麻子は、同期の女子社員が手にしている、先輩社員に押しつけられたであろう書類に視線を落として言い放つ。

「なっ……部外者は黙りなさいよ！　だいたい、これだって新入社員のこの子が時間内にやればよかったことなのよ！」

二名の先輩社員は捨て台詞を吐き、結局そのまま退社してしまった。

ばたばたと走り去っていく先輩をふたりで見送った後、麻子がため息混じりに口を開いた。

「ごめんなさい……。後先考えずに出しゃばっちゃった……。明日から、あなたがまた、大変な思いをするのにね」

自己嫌悪に陥りながら、肩を落とす。

「……いいえ。ありがとう、芹沢さん」

「え？　そういえば、私の名前……」

俯いていた顔をゆっくりと上げていくと、その女子社員はキラキラとした目で麻子を見ていた。

「芹沢さんて、同期の中でひと際目立つもの。名前くらい知ってる」

麻子よりも十五センチくらい小さい彼女は、麻子を見上げるとにこりと笑った。

「あ……ごめんなさい。私、名前まで知らなくて……」

「私、矢野《やの》です。代わりにガツンと言ってくれて、すっきりした」

「いつも、こんななの?」

「……わりと。でも、企画の上司はいい人ばかりだから」

矢野は、手にある書類を目を細めながら見て呟いた。

「矢野さん。なにか急用があるんでしょう?」

「えっ……」

「貸して。これくらいなら、課が違ったってできるから」

麻子は矢野の手から書類をするりと抜き取り、コピー機へと歩いていく。

「でも……」

「お礼は、そこのコーヒーでいいから」

麻子がコピー機を操作しながら、ちらりと目で合図した先。そこにあるのは、喫煙室近くの自動販売機。矢野はその視線の先を辿って、自動販売機へ駆け寄る。ガコンと音を鳴らすと、それを麻子に差し出した。

「あの……本当にありがとう」

「ううん。コーヒーまでもらっちゃってなんだけど、むしろ〝お詫び〟だよね」

「お詫び？」

「……明日から、矢野さんを居づらくさせてしまったから」

麻子は、いつも思ったことをすぐに口に出したり、行動してしまったりする。それは良くもあり、悪くもあること。特に今回のような、自分以外のことなのに首を突っ込んでしまうというのは後者だと自身でも思っている。

いつもこの繰り返し。自分が正しいと思ったことをする。そして後から悔やむのだ。

「そんなことない。私、芹沢さんから勇気もらえた気がするから。間違っていることには、〝ノー〟と言えるように明日から頑張る」

矢野が最後まで、「ありがとう」と言って帰った後、企画課の室内で麻子はひとりコピー機と格闘していた。

「あれっ？　今度はここにいるのかい」

その声を聞いて振り向くと、廊下からドアを半分開けて、清掃のおじさんが覗き込むように立っていた。

「おじさん！　まだ仕事してたんですか？」

「今日はワックスがけの日だからね。お嬢ちゃんの移動先って、企画なのかい？」

「いえ。秘書課ですけど、ちょっと事情が」

「へぇ……大変だなぁ。あ。昼間はありがとうね！　今度なにかお礼するから！」

「お礼なんていいですよ」

そんな話だけすると、すぐにおじさんは忙しそうに「じゃあ、また」と、麻子の元から去っていった。

またひとりになった麻子は、手元の書類の量を見てぽつりと漏らす。

「意外に時間かかるかも、これ……」

麻子が企画課でコピーをしている頃、時間を忘れたように、純一は仕事に没頭していた。

「社長、そろそろ切り上げませんか」

「ん」

「社長がこう毎日残業してますと、ほかの社員が帰りづらくなりますから」

「……わかってる」

敦志は、社長である純一相手でも、たまにズバッとものを言う。それはふたりの関係が、社長と秘書以上ということがあるからだろう。

純一は、敦志に促されて手早く目の前の仕事を片づけると、今夜はキーの所在をきちんと確認し、社長室を後にした。

「さて……オレも帰ろうか……」

すぐ後を追うように、敦志が最終チェックをして、秘書室と社長室の扉を閉めようとしたときだった。

「すみません、ここのカーペットの清掃入っていいですかね」

「ああ、御苦労様です。もう残ってるものはいないので、構いませんよ」

敦志がメガネを抑えて、ニコっと清掃員に答えた。

「あ、あなたはもしかして、あの子の上司かい？」

「あの子？」

「あの子だよ。背が高くてべっぴんさんの……そう。この前まで庶務課だった！」

（ああ！　この人は、昼間、芹沢さんといた清掃員か）

その清掃員を見て敦志は思い出す。昼間、陰で麻子がこの清掃員の仕事を手伝っていたのを見て、苦笑したのを。

「まぁ、一応そんなところですが。なにかありました？」

「いや、なんにもないけど……あの子、いい子だろう？　人がいいというか……今も、なんだか誰かの代わりに仕事してたようで。私も昼間に助けてもらったんです。可愛がってやってくださいよ」

「誰かの、仕事……？」

清掃員は、麻子を思い出してひとり頷きながら熱弁をふるっていたが、敦志は彼の言った「代わりに仕事して」というフレーズに引っかかったまま。

「仕事っていうのは、どこで、いつですか？」

「えぇと、確か七階の……企画課だな！　今さっきの話ですよ」

それを聞いた敦志は、清掃員に礼を言って、足早にエレベーターへ向かう。到着したエレベーターに乗るなり、七階を押すと強く『閉』ボタンを押した。

目的の階に着いたエレベーターが扉を開けると、真正面の部屋に明かりが点いていた。

そっと気づかれないよう、敦志は扉を押し開け、様子を窺うように室内を見渡す。

すると、奥の壁側に向かって、ひとりの女性……麻子がコピー機の前に立っていた。

「三十部……と。後は……」

麻子は敦志に気づかず、ひとりぶつぶつと声を出して、真剣に書類と向き合っている。敦志はその女性が麻子だと確信して室内に歩を進めていく。

「あ。ホチキス……って、どこだろう?」

「ここにありますよ」

誰もいないはずの室内から声がして、麻子はこの上なく驚き、肩を上げた。恐る恐る振り向くと、視界に黒いホチキスがとび込んできて、それを凝視する。

ハッとして視線を上げると、そこにあるのは敦志の顔で、ホッと胸を撫で下ろした。

「さ、早乙女さん……。びっくりした」

「私もびっくりしました」

「え?」

敦志の驚く理由がまったくわからない麻子は、きょとんとして首を傾げる。

「まさか、こんなことまでするなんて」

敦志が麻子の手からコピーの束を奪うように取る。近くの椅子に腰をおろすと、自らホチキス留めをし始めた。

「さ、早乙女さん! 私がやりますからっ」

「あなたは本当に人がいい。ボランティア活動なんて、向いてそうですね」

「私は別に……」

「でも、会社向きじゃないのかもしれない」

　パチン！というホチキスの音と共に、敦志が言う。麻子は、その敦志の言葉の意が読み取れずに、ただ立って敦志の真意を窺うだけだ。

「あまり、〝いい人〟でいると、つけ込まれますよ」

「……嫌なことや、おかしいと思ったことはしませんから」

「……ふ。そうでしたね」

敦志は、麻子に秘書課への異動辞令を出したときの、純一への態度を思い出した。するど、堪え切れずに小さく笑ってしまう。

「……すみません。勝手なことをして。以後、気をつけます」

「そうですね。あなたは〝なんでも屋〟ではないのですから。コピーやゴミ捨ては程々にお願いします」

「し……ってたんですか」

今、このコピーの仕事だけでなく、昼間のゴミ捨て作業まで知られているとは、と、麻子は度肝を抜かれる。

「清掃員の方は、大層、あなたが気に入っているようでしたよ」

麻子がコピーしたものをまとめ、椅子にかけている敦志がそれを留める。パチン、パチンという音が響くと、その後はしばらく沈黙が続いた。

麻子は自分のしたことに、敦志までも巻き込んだことを反省し始める。

(早乙女さんは優しいから、怒りはしないけど。今、なにを思っているのかな……)

麻子が最後の資料の束を、手にしたとき。

「あなたは、本当に魅力的な女性ですね」

敦志が、視線を手元から外さずにそう言った。

今まで麻子は近寄りがたい雰囲気から、周りに敬遠されがちな存在だった。だから、そんなふうに真正面からほめられたことなど……しかも、異性になんかほめられるなんてことのない麻子は、思わず固まってしまう。

パチン!と敦志は前にある用紙をホチキスで留め、麻子の手にある最後の用紙を受け取ろうと麻子を仰ぎ見た。そして、少し目を細めてぽつりと言う。

「惹かれる理由が、わかります」

その「理由」など、麻子自身にはまったく理解できるものではなく。まるでなぞなそのように意味不明な言葉に、麻子は黙って椅子に座る敦志を見つめていた。

trap：罠

麻子が、少しずつ秘書課に慣れてきた、ある日。

「失礼します」

そう言って社長室に入ってきたのは、常務の中川《なかがわ》だった。

純一よりも年は五つ上の三十半ばだが、未だ独身。ルックスも悪くなく、至って普通の男のように見受けられるが……。

「こちら、先日の会議でお伝えした報告書をまとめたものです」

「ああ。いつもながら仕事が早い」

「いえ。では……」

中川は純一に一礼し、くるりと向きを変え、敦志と麻子の前を歩いていく。麻子は、反射的に先回りして扉を開けた。すると、中川は紳士的な笑顔を麻子に向け、そのまま退室していった。

その際、中川の上着のポケットからなにかが落ちる。その落ちたものがボールペンだとわかると、すぐさま拾い上げ中川の後を追った。

「中川常務！」

社長室からエレベーターホールまでは二、三十メートルといったところか。中川はすでにエレベーター手前まで歩き進めていて、コンパスの長さと動作の速さが窺えた。

麻子は小走りで近づくと、中川はその場ですぐに足を止めて待っていてくれた。まるで、麻子が追いかけてくるのをわかっていたかのように。

「なにか？　芹沢さん」

「あ……ペンを落とされてまして」

麻子は手にある高そうな黒いボールペンを差し出すと、中川はそれを受け取るために手を伸ばす。

「ありがとう」

「……いえ」

ボールペンの受け渡しの際に軽く、麻子の手に中川の手が触れた。

麻子は、一瞬強張ると、中川の表情を読み取ろうとする。が、中川はポーカーフェイスを崩さなかった。

「では、私はこれで。失礼します」

なぜだかはわからない。けれど、麻子の第六感が〝中川から早く離れろ〟と警鐘を鳴らす。

「ああ、芹沢さん」

そのために、早急に社長室へ戻ろうと身を翻した瞬間。低い声で名前を呼ばれてしまい、ぞくりとして足を止めた。

「申し訳ないんだけど……」

振り返り、目に映るのは、一見穏やかな笑顔で自分を見る中川。けれど、どうしても、麻子にはその笑顔が敦志に感じるような安心感とは程遠いものに感じられた。


それから麻子は、ひとつ下の階にある、ある部屋のドアの前に立っていた。そのドアには【常務室】とプレートが掲げられている。ドアの向こうには、先程顔を合わせた中川がいるはずだ。

麻子はどうしても気乗りしなかったが、仕事だと言い聞かせてそこに立っていた。いっそ美月に出くわしてしまった方が、幾分か気持ちが楽な気さえする。

なぜ麻子がこの場にいるかというと……。

『社長に渡しそびれた資料を思い出しました。私は予定が詰まってまして……相川さんも別件で忙しいと思うので、芹沢さん。後程空いた時間で構わないので、取りにきていただけませんか』

あのペンを渡したときに、このように言われていたのだ。

立場上、下である麻子に……さらには、低姿勢でものを言われてしまえば拒否することもできず。

(ささっと資料受け取って退室すればいいのよ。ものの数秒よ)

そうして麻子は右手を軽く握り、気持ちを決めると、手の甲を目の前の扉に打ち付けた。

「どうぞ」

「失礼します」

「ああ、芹沢さん」

初めて入る常務室は、社長室よりふた回りくらい小さめの部屋。

そのせいなのか、デスクに向かっている中川との距離が、ドアの前に立っているのにもかかわらず近く感じてしまう。

「あの、資料を……」

「ああ。これなんだけど」

中川は引き出しを開けて、一、二センチの厚さの資料を麻子に差し出した。麻子は目の前のそれに、手を伸ばすように近づく。その資料に手が触れた瞬間に、自分の使命が終わると安堵した。

しかし、ホッとしたのも束の間。麻子は、驚きで一度手にした資料を離し、デスクの上にバサッと音を立てて落としてしまう。

麻子の視線は自分の手首……を掴む、中川の手にあった。慌てて中川の顔を見ると、中川はなんら変わらない顔で麻子の手を離さずにいた。そして、静かに椅子から立つと、デスクの前に移動した。

「じょ、常務?」

あれだけ爽やかな笑顔で振舞っていた中川が豹変した瞬間だった。

切れ長の目を麻子に向け、いやらしく口元を緩めては、こう言った。

「芹沢……麻子チャン。まさか、こういうのが好きだとはね」

「は……?」

「まぁ、おれは大歓迎だけど」

未だに解放されない手。その手はより固く握られ、デスクに追い詰められるといよいよ逃げ場はない。麻子の身に、危険が迫る。

秘書室では、スケジュール管理をしていた敦志が時計に目をやり、ふと麻子が戻らないことに疑問を抱く。

(芹沢さん、資料を受け取るだけにしては、時間がかかってるような……)

スッと席を立つと、迷わずに純一のいる部屋へノックし、入室した。

「社長。ほんの数分、席を外します」

「なんだ、堂々とサボり宣言か？」

本当にたまに、そういうジョーク染みたことを純一は口にする。しかし、今は気持ちの余裕がなかった敦志は、それに対してなにも言わずに純一を見た。

すると、純一が気まずそうに目を逸らして言う。

「……冗談だ」

敦志は、純一の冗談を聞き流すようにして廊下に出た。

(もしかして、また、誰かを手助けしているだけかも)

敦志が立ち止まり、引き返して秘書室でもう少し待とうかと、エレベーターホールの手前で考えていたときだった。

このオフィスはエレベーターホールを中心として、ぐるりとフロアを一周できる廊下がある。

敦志の位置からエレベーターを挟んで向こう側の廊下から、人の気配が感じられた。静かな廊下だからこそ、辛うじて感じ取ることのできた気配。敦志は無意識に息を潜めて、その人物に集中した。

すると、小さな声ではあったが、ある言葉に耳を奪われる。

「芹沢麻子……いい気味」

（「いい気味」？　この声は……）

敦志は気づかれないようにエレベーターホールを通り過ぎ、曲がり角に身を隠す。そっと覗いてみると、数十メートル先を歩く人物が確認できた。

距離はあったが、思った通り、女性であるということはすぐにわかった。背丈、服装、そして決定打は髪型。緩いウェーブを揺らして歩く後ろ姿は、間違いなく、相川美月。

「相川さん……？　中川、常務……」

頭の回転が速い敦志は、なにかに気づく。それからすぐに、エレベーターではなく階段を飛ぶように駆けおりた。

今の、常務専属秘書である美月のひとり言が、聞き間違えでないのならば。常務室へ資料を取りにいっている麻子の身が危ないかもしれない。

そう推察した敦志は、夢中で階段を下っていた。

数日前。夕陽が射し込む常務室で、〝いつものように〟美月はデスクについてる中川に近づいていく。中川にすぐ手の届く位置で、甘い声で囁《ささや》いた。

『……中川常務』

『なんだ？』

『新しくきた秘書……ご存知ですか？』

『ああ。あの噂の、社長付きになったコか』

中川は手を伸ばして美月の腕を掴むと、彼女を軽く引き寄せる。それに対して美月は、なにも抵抗することなく、されるがまま中川の足の間へと滑り込んだ。

『彼女……〝こういうこと〟が、結構好きなようですよ？』

『……悪い子だね。そうやって、後輩を売るのか？』

『そんなこと言って、あなたもまんざらではないでしょう？　それに……んっ……』

ふたりの影が重なって、室内は一瞬、吐息のみが聞こえる。

『……おれたちは、別に〝恋人同士なわけではない〟から……か』

『中川常務の恋人になんかなったら、何人の女を敵に回すのかわかりませんから』

『ふっ。……社長秘書の、芹沢さんね……』

中川は、美月の柔らかな髪を撫でながら、遠くを見つめてニヤリと笑っていた。


「なっ……にするんですか！」

「へぇ？　威勢いいんだね。でも」

麻子よりも背の高い中川は、麻子に影を作り、容易にデスクの上に押し倒す。そして、麻子の両手首を縫い付けるように抑え、顔を近づけた。

「非力だな。女性らしくていいことだ」

間近で見る中川は、この状況に似つかわしくないくらい柔らかな笑顔。その顔で麻子に囁くと、ゆっくりと首筋にキスを落とした。

「……やめっ……」

なんでも言えて、なんでもできそうな麻子だが……やはり、腕力は人一倍弱いために、どうにも中川に抗えない。加えて、いつも威勢がよく生意気な麻子も、この状況に簡単に立ち向かえるほどの強さも経験も持ち合わせてはいなかった。

「ああ、芹沢さんは本当に綺麗だな。すごくそそられる」

（もう、ダメだ……）

万事休す。諦めた麻子は、目をギュッと閉じて歯を食いしばる。

そのときだった。

ガチャッと乱暴にドアの開く音がする。ノックなしで、扉が開くなんてことは絶対にありえない。だからこそ、中川もこのようなことを堂々とできるのだ。

しかし、その〝絶対〟が崩された今、中川はものすごい勢いで麻子から離れる。

体が自由になった麻子は、目を開け、素早く上半身を起こした。

社長室ほどではないが、柔らかなカーペットの上を、静かに歩み寄る黒い革靴。その靴から、ゆっくりと視線を上げていく。

「……早乙女……さん」

「ど、どうして、ここへ……」

麻子も中川も目を丸くして、目の前に現れた敦志を見て声を漏らした。

「中川常務」

メガネが光を反射させて、敦志の目が見えない。敦志は潤んだ瞳の麻子を優しく支えると、肩を抱きながら自分の元に引き寄せた。

「芹沢さんをデスクに寝かせているのは、どういった理由からです？」

「……いや、それは……」

「次に、彼女に指一本でも触れたのなら……」

角度が変わった位置から見えた敦志の目は、麻子が今までに見たことのないくらい鋭く、突き刺さるような視線。

それに捕えられた中川は黙って両手を上げ、降参というようなポーズを取る。

「……彼女次第で、あなたの処分は決まりますから。覚えておいてくださいね」

敦志はそう言い残すと、乱雑なデスクの上から資料を乱暴に拾い上げ、麻子と一緒に退室した。

常務室の扉が閉まり、静かな廊下には麻子と敦志はふたりきり。

「……芹沢さんっ」

緊張の糸が切れた麻子は、力が抜けてその場に座り込んでしまう。そんな麻子の顔を覗き込むように、敦志も姿勢を低くした。

「あ……ありがとう……ございまし、た」

「いえ、本当に申し訳ありません。私の不徳の致すところで」

敦志が俯き、悔しそうに謝罪すると、つい、麻子は涙が零れ落ちそうになってしまう。

「あ……や、やっぱりジムじゃなくて護身術とか……そういうのに通ったらいいかもしれませんね」

　その瞳に浮かぶ光るものを零さずに、気丈に振舞おうと強がる麻子を、敦志はどうしようもなく愛しく思ってしまう。

　敦志の想いは、体を勝手に動かした。両手を伸ばすと、麻子をその腕の中に閉じ込める。麻子は、後ろから抱きしめられていることに戸惑いながらも、その腕を振りほどけずにいた。

「……本当に、すみません」

　敦志の悲痛な声が、麻子の耳元で聞こえてきた。

　弱っているときは、誰かのぬくもりについ甘えてしまいそうになる。しかし、麻子はそんな敦志に冷静に答えた。

「早乙女さん、大丈夫ですから。ありがとうございます」

「……すみません」

　ゆっくりと、回された腕が緩んで解放されると麻子は自力で立ち上がり、スカートを手ではらう。敦志はそんな麻子の後ろ姿に再び手を伸ばしたい衝動を堪え、ただ見つめることしかできなかった。少しずり落ちたメガネを左手の中指で押し上げると、いつもの敦志の顔に戻る。

「……さぁ、戻りましょうか」

敦志と麻子が戻った後、少し乱れた髪を直し、気持ちを落ち着かせた中川の元には美月がいた。

「え？」

「……邪魔が入った」

「……本当に、秘書課に配属になったり、社長付きになったりって、運のいい女ね」

「しばらくは、おれも大人しくしてなければ首を切られそうだ」

先程の緊迫した空気とは一転して、静かな空気が流れている常務室で、ふたりはトーンを落として言葉を交わす。

「惜しいことをしたな」

反省の色が伺えない中川は、一度麻子が拾い上げたボールペンを手で遊ばせながらぼやく。

「……もう結構です。ほかをあたりますから」

ファイルを両手で抱えながら、不機嫌そうに答える美月。

「まぁ、そのうちまた、チャンスはくるさ」

中川の腕に捕まりながら、美月の頭の中は次のことでいっぱいだった。

(のうのうとしてられるのも今のうちよ、芹沢麻子)

あまりの衝撃的な出来事に、切り替えが得意なはずの麻子でさえも、未だにあのなんともいえない寒気のする感覚を引きずっていた。

「どうかしたか?」

そんな麻子の変化に純一はすぐに気がつき、麻子の背後から声をかけたが……。

「きゃっ……! あ、あの。も、申し訳ありません。なんでもないです。お茶を淹れてきますから」

麻子はとっさに悲鳴をあげてしまい、それを誤魔化しながら慌ててその場を去っていった。

「……なんなんだ一体」

純一は、麻子が出ていったドアを見つめながら呟く。同室にいた敦志は、その理由がわかるだけに、今回はただ黙っていた。

給湯室へ向かう麻子は、さらに純一とのキスも思い出しては頭を横に振った。

(もう……最近は、厄日が続くんだから)

おそらく、中川はしばらく大人しくしているだろう。

敦志自身には権力はなく、立場でいえば、中川の方が上にあたりそうなもの。だが、敦志は社長の一番そばにいる秘書だ。敦志と純一の血縁関係がなくても、下手に手出しできない。

中川の件はもう終わったこととして……と、次に麻子の頭をかすめたのは純一のこと。

先日の一件から、通常通りに振舞っているつもりだが、やはりどこかで意識をしてしまっている自分がいる。以前はただの冷酷な、自分勝手なお殿様のようにしか見ていなかったが、父の件から少しずつ印象が変わりつつある。

父から聞いた話だけだが、敦志が言っていた、「純一を変えたい」という話も正直気になるところだ。そして……。

「城崎、雪乃さん……か」

婚約者だという雪乃。それが本当ならば、麻子にとって純一のマンションでのことは、今すぐにでも消し去りたい過去。

麻子はシンクに手をつき、目を瞑ると、頭を垂れて長く深いため息をついた。そして、その態勢のままゆっくりと目を開ける。自分の胸元を見るようにすると、再び思い出す。

（ああ、ネックレス……どこに落としたんだろう）

肩を落としながら心で呟くと、お湯が沸いた音で現実に引き戻される。麻子は火を止め、急須に注いだ。

（やっぱり、あの夜に……）

純一のベッドに横たわっていた記憶を、再度呼び起こす。

「あっ……！」

回想に気を取られていると、急須から注がれたお茶が豪快に湯呑を溢れさせていた。


それから、中川とも会うことなく、数日が経った。

「バーベキュー……ですか」

開口一番、気の抜けた返事をしたのは麻子。

「まぁ、毎年やっているんですよね。会社の親睦会というか……」

敦志が案内を麻子に手渡して説明する。

「……社長も参加されるんですか？」

「……俺は毎年風邪だ」

麻子は、部下とバーベキューをしている純一の図が少しも想像できず、聞いてみると、案の定な答えが返ってきた。

「早乙女さんは……？」

「私は出席したり、しなかったり……今年は、去年出ませんでしたので出ざるを得ないかとは思っていますが。社長が毎年出られないので、極力私は参加しなければ、と」

「そうですか……。あの、私はちょっと……」

敦志が純一にチラッと視線を送る。それを受けた純一はふいっと顔をそらした。

言いづらそうに麻子がやんわり断ると、敦志がそれを汲み取って答えた。

「そうですか。ではそのようにしておきますよ。気が変わりましたらいつでもどうぞ」

元々群れることが苦手な麻子は、欠席をあっさりと承諾されてホッとした。


同時刻の、第二秘書室。

「今年の場所は、川か海がいいんじゃないかしら？」

「宇野さん、いつもは山の方がって……」

「……相川さん。私、ちょっと面白い情報を手に入れたの」

幹事役を務める彼女たちは、開催日・場所を決め、諸準備をする。もっとも、実際は彼女たちに好感を持つ、男性社員が動くのだが。

麗華が美月に耳打ちをすると、美月は目を大きく見開いて麗華を見る。

「……え？　それは、どうやって……」

「少し、彼女の学生時代の同級生から話を聞いただけよ」

「宇野さんて、すごいです……」

「相川さんには負けるわ。常務を使ってまで、あんなことを謀《はか》るなんて驚いた」

知的な顔立ちの麗華が、冷たい笑顔を美月に向ける。先輩である麗華に、美月はただ合わせるように笑みを浮かべるだけだ。

「でも、あの女、参加しないいんじゃ……」

「そうね……」

ふたりはそれぞれなにかを考えるようにして黙った。そして、やはり先に口を開いたのは、先輩である麗華。

「まあ、当日にでも、なんとかなるでしょう」

「え？」

「あなたは、芹沢麻子の携帯番号を調べておいてくださる？」

「は、はい」

普段は見せない裏の顔を曝け出すふたりは、それからすぐに表の顔を作って仕事に戻った。


そして、その土曜日。

最近、麻子は前にも増して一日一日が早く感じる。それは、異動してがむしゃらに働いている証拠でもあった。庶務課で気を抜いていたわけではないが、やはりトップのそばにいるだけで肩の力は幾分か増して入る。

休日のこの日、麻子はアパートにいた。ぼんやりと窓の外の青空を眺めて、ただ時間が過ぎていく。

麻子の部屋は、二十代の女性に似つかわしくない雰囲気だ。

家具家電は必要なものだけを。テレビも、小さなものがひとつだけ。それも、滅多につけない。衣類やアクセサリーなども二着のスーツをメインに最小限しか置いていない。そのほかの家具といえば、カラーボックスの中に並ぶ本と、最低限のコスメだけだ。

ゆっくりと流れる雲が、窓の枠から外れていってしまうのを機に、麻子は立ち上がる。

（お父さんに会いにいこう）

休日はそれが日課。

麻子には友人と呼べる人がいなかった。顔を見れば、お互いに認識して、挨拶を交わす程度の同級生はいるにはいる。が、大学時代はやはり、家庭の事情でほかの友人と同じような生活はできずにいた。

元々ノリも合わない部分もあったからか、それは苦痛ではなかった。しかし、麻子は幸か不幸か。整った顔立ちに長身という容姿のために、どうしても周りからは浮いていて目立つ存在だった。

中学高校時代には、そんな麻子への僻《ひが》みから、中傷を受けることはしょっちゅうだった。初めこそ戸惑いもしたが、麻子の持ち前の性格から、卑屈になることもなく……。今のように、まっすぐと生きてきたのだ。

そして、それは全て、亡き母の分まで自分を支えてくれた父がいたから。

「さて、と。今出れば、朝ご飯もちょうど終わる頃だよね」

腕時計を見ると午前八時半。

麻子は自分の朝食の後片付けをして、アパートを後にした。

「こんな早くに、申し訳ありません」

その頃、あるひとりの来客が、克己の元を訪れていた。

「ああ、いや。構いません。私もその後の娘の様子も知りたいですから……社長から見て、の麻子を」

花束を手にしてベッドの脇に立っていたのは、スーツ姿ではない純一だった。

「そういう私服の姿を見ると、ただの青年なのになぁ……あ。〝ただの〟とは失言でした」

「いえ……。スーツだと、いつも実年齢よりかなり上に見られて、どうしたものかと自分でも思うことがあります」

和やかな雰囲気のまま、純一が克己に差し出された椅子に腰をかけ、視線の高さを合わせた。

「藤堂さん。この度は御迷惑をおかけしました。本当に申し訳ない。けれど、感謝もしております。どうもありがとうございます」

克己が急にかしこまって頭を下げる。すると、純一は慌てて否定した。

「いえ、頭を上げてください。今回のことは、僕は少し力を貸しただけのことです。全ては芹……麻子さんの力です」

純一の言葉に、克己は少しホッとした表情になり、頭を上げた。

「自分も……本当は、麻子にこんなふうに迷惑かけてまで……って思ったりするんですがね」

不甲斐ない、とでも言うように、自嘲気味に頭をかきながら克己は言った。

「……それはどうでしょうか」

「え?」

「仮に迷惑だとしても、彼女はそれをかけられたくて……頼ってほしくて。あんなふうに、まっすぐに生きている気がします」

純一は、顔の向きを変え、真っ青な窓の外を仰ぐようにしながら、ひとり言のように呟いた。

克己はそんな純一を見て、なにか以前会ったときとは違う雰囲気を感じ取る。

「いや……そうなら、私は幸せ者ですね」

照れながら微笑む克己を見て、純一は心底羨ましく思う。自分にはないものを、この親子は持っている。

たとえ、母はこの世に存在しなくても、確かに彼らの中には生きているのだ、と。

「ああ、藤堂さん。なにかお話があったんですよね?」

　克己が話の軌道修正をかけて純一にそう言うと、純一は少し話しづらそうに視線を克己に戻した。

「……差し出がましいかとは思ったのですが……」

　神妙な面持ちの純一に、克己は何事かと思い、真剣に向き合う。

　純一が続ける話を聞きながら、克己は少しつらくて悲しそうな心情を瞳に浮かべると、最後は目を閉じて黙って聞いていた。

　純一の話に克己が答え、その話が終わると、純一はすぐに椅子から立ってお辞儀をした。

「もう、行かれるんですか」

「はい、朝食も運ばれて時間が経ってしまってますし。本当に申し訳ありません」

「おそらく、もう少しで麻子がきますよ」

「……だから、この時間に伺ったんですよ」

「はは……わかってましたよ。お花、ありがとうございました」

　困ったように目を細めながら純一が言うと、克己はおかしそうに笑いながら見送った。

「お父さん……あれっ？」

麻子が父の病室に入ると、予想に反してまだ朝食の途中だった。

「おお、麻子。こんな天気もいいのに、デートする相手もいないのか」

「……ちょっと。具合がよくなるとすぐそれだ」

麻子が呆れて頬を膨らませ、横の椅子に腰かけようとした。ふと、テレビの前に置かれている花束に目が留まる。

「お父さん、誰かきたの？」

「え？　ああ。お父さんだってまだまだモテるからな」

「……お母さん、怒るよ」

「ははは」

そんな克己の冗談を受け流して、麻子は花束を手に取った。

「……綺麗。私、花瓶に生けてくる」

立派な花束を見ては、自然と笑みが零れる。色とりどりの花は、自分の心にも彩りを与えてくれる気がして、麻子はなんだか心が温かくなる感じがした。

（ほんと綺麗……この黄色の花、なんていうんだろう。ていうか、誰がこんな素敵な花束を……）

花の贈り主を考えながら、高さを考えて花瓶に生けていく。そのとき、麻子のポケットにある携帯電話が振動した。

「えっ？」

麻子は電源を切ることを忘れていた焦りで、慌てて電話を取り出した。ディスプレイにはまたもや知らない番号が表示されている。

（早乙女さん……は、この間登録したし……一体、誰？）

周りをきょろきょろと見渡して、公衆電話の並びにある【携帯電話はこちら】という看板を見つける。生けた花をそのままに、急いでそのスペースに駆け込むと、恐る恐る電話を耳に当ててみる。

「も……もし、もし？」

『もしもし。芹沢さんですか？　宇野です』

麻子は一瞬、宇野とは誰か考えてしまった。しかしすぐに、秘書課の宇野だと理解すると、今度はなぜ自分の番号を知っていて、一体どんな用件なのかと疑問が浮かぶ。

「は……あの？」

『ああ。突然ごめんなさい。やっぱり、せっかくだから今日、もし少しでもお時間があるのなら、いかがかと思いまして』

「あ……」

今日は、前に敦志が言っていた、懇親会を兼ねたバーベキューの日だということを思い出す。

『皆さん、芹沢さんに興味があるようで……楽しみにしてらっしゃるみたいでしたから』

「はぁ……」

『あ、芹沢さん。そのままお待ちいただける?』

宇野がそう言うと、しばらく外野のわいわいとした音だけが耳に届く。そして、その後聞こえてきた声は、宇野ではなかった。

『……もしもし。芹沢さんですか』

「はい……え? 早乙女さん?」

電話の相手は、なぜか敦志だった。麻子がまた、驚いてなにも言えずにいると、敦志が話し始める。

『申し訳ありません。欠席の旨は伝えたんですが……ほかの参加者の方々に、新しく秘書課にきた芹沢さんと、会って話をしてみたいとしつこく言われてまして』

「え……いや、私は……」

『ああ、そうですよね。すみませんでした。少しでもお時間があれば……と思っただけですから。どうぞゆっくりお休みしてください』

敦志にそう言われて電話が切られそうになった寸前に、麻子はこう答えていた。

「わかりました……少しなら」

本当は、そういう大勢の中に入るのは苦手だ。しかし、社会人だし、ある程度の付き合いも必要かもしれない。でも本来なら。そんな理由だけなら、やはり自分を貫き通して参加はしなかっただろう。

『え？　本当ですか？』

「はい。早乙女さんは、いらっしゃるんですよね？」

『もちろんです。では、この後に場所をメールでお伝えしますので』

そうして通話が切れた。

麻子がこの誘いを受けた理由は、敦志へのせめてものお礼のつもり。つい最近、中川に迫られた一件の……。

あのとき、ギリギリのところで駆けつけてくれた敦志には、どう感謝すればいいかわからない。その敦志が、自分の指導係をしていて、社内の人間に自分のことを色々と聞かれている。ならば、顔を立てる意味でもそこにいこうと考えた麻子は、花瓶を手に取り、急いで父の待つ病室へと戻った。

「お父さん。ごめんね。ちょっと用事入っちゃった」

「おお、今度こそデートか？」

「バカ！　それより、このお花。本当は誰がくれたものなの？　まさか、本当に女の人なんじゃ……」

「気になるか？」

　意味ありげな笑みでそう言う克己に、麻子は思い切り誤解をしてしまう。

「まっ！　まさか、本当に⁉　誰？　どこで知り合ったの⁉」

「ちょっ、待て待て！　そうじゃない！」

　病人にもかかわらず、麻子が力づくで詰め寄ろうとしたものだから、克己も焦って麻子を止めた。

「そうじゃないって……じゃあ、誰？」

「……お前のよく知る人だ」

「私の？」

　待てど暮らせど麻子の口から正解出てこないので、笑いながらヒントを出した。

「男性だ」

「……男性⁉」

そのヒントで、ますます麻子はわからなくなる一方。大体、父にも友人自体がいないのだから、まずそのセンはない。後は、親戚関係……も、そんなに交流がある親族ではない。残るは……。

「えっ……！　まさか……」

「『まさか』、誰だと思う？」

麻子は、そのわざとらしい聞き返しに愕然とする。

「正解」

克己は麻子が声に出さずとも、その顔を見て誰を想像したかを読み取る。その答えが〝当たり〟だと聞くと、麻子はますます混乱して取り乱した。

「あの人が！　なんで⁉」

出会った頃よりは、距離は確かに縮んだ。けど、それはほんの少しだと麻子は思っている。その縮んだ距離、というのは社長と秘書……上司と部下、そのような微々たる距離としてだ、と。

その人物が、再び父の元に訪れた。

今はもう、なにか悪だくみしているというような不安はない。が、それにしても、一体なんの用件があってわざわざ休日に出向いてくるのかがさっぱりわからない。

「な……なにか言ってた？」

麻子の頭にはもうひとつ。

純一のマンションを訪れた際の、あの一瞬の過《あやま》ち……。

「手術、頑張ってくださいって」

「え？　それだけ？　嘘でしょ！」

そんなことだけでここまでくるはずがない。麻子にだって、それくらいは容易くわかる。

克己は静かに笑って、ゆっくり息を整えると口を開いた。

「たぶん、お前を心配して」

「私を心配……？　……なにそれ。どういうこと？」

麻子は眉をひそめて聞き返す。

目を伏せて話す克己は、先程までの明るい雰囲気とは違っていた。珍しく、真剣な面持ち。真面目な声。

「……母さんがいなくなってから、何年経ったかな」

「え？　十七年、かな……」

「そうか……もうそんなになるか。そうだよな！　麻子がこんなに大きくなってるんだから」

克己の話の意図が読めない。急に亡き母の話をされて、麻子も戸惑う。

「……まだ、謝ってるのか」

その言葉に、麻子はびくっと肩を上げた。

そして、ほんの少しだけ震える指先を、自分の両手を合わせ握ることで耐える。

「あれは事故だぞ、麻子。いい加減、もう自分を責めるな」

「……違う。あれは、私が」

「藤堂さんの」

麻子が否定して話そうとしたのを、克己は純一の名を出して制止した。麻子も「藤堂さん」という言葉で、我に返り克己を見る。

「以前、お前は、藤堂さんの前で倒れたんだって？　そのときに、うわ言を唱えていたらしい」

「うわ……ごと……？」

「『お母さん、ごめんなさい』……と」

それを聞いて、麻子は呆然とする。

父である克己は、麻子を優しく悲しい目で見つめた。

「もう、責めなくていい。責める必要なんて初めからなかったんだ、麻子。彼は……お前の心の傷を感じてここにきた」

その説明に、麻子は胸を掴まれたように苦しくなり、顔をわずかに歪める。

「『差し出がましいのは承知で』……と」

（アイツに、知られてしまった……）

克己の話に、麻子の頭は真っ白。

誰にも話したことのない、自分自身のこと。それを、よりにもよって、あの純一に知られてしまった衝撃。

麻子は、重ねていた自身の手を、力なく離した。


病院を後にした純一は、走らせていた車を脇に止めて、携帯を耳に当てる。

「どうした？」

『いえ、社長も少しいらっしゃらないか、と。社長がお見えになるだけで盛り上がって、来週からの社員の働き振りにも影響するかもしれませんよ』

「まさか、敦志……酔ってるか？」

『私は酔わないですよ。飲んでいませんから。ただ……』

敦志の話の続きを聞いて、純一は一瞬で顔つきが変わる。

「おい。今年の場所は例年とは変更していたよな?」

純一は、自分が尋ねた質問の返事を最後まで聞かずに携帯を切る。そして、急いで車を発進させた。

(アイツ、どこでやるかわかってるんだろうな⁉)

「ちっ」と軽く舌打ちをして、アクセルを乱暴に踏む。

純一は、あれだけ参加したがらなかった親睦会の会場へ、自ら車を走らせた。

ピリリ、とメール受信した携帯を手に握り、麻子はとりあえず駅へと向かっていった。

その着信の主は、先程メールをすると約束していた敦志だ。

たまたま……というか、主にパンツスタイルを好む麻子は、レジャーに参加するには困らない格好だ。強いていえば、足元のパンプスがスニーカーであればよかったのかもしれない。

カツカツと靴を鳴らし、信号で止まったときに受信メールを開いた。

「……え？」

メールの詳細を見て、麻子は動揺する。それは、信号が青になったのも気がつかずに、一度見送ってしまうくらいに。

ドクンドクンドクン、と、立ち止まっているはずなのに、激しい動悸が麻子を襲う。麻子は目を瞑ってゆっくりと息を吸い、細く長く吐き出す。再び変わった青信号を見て歩き始めた。

青空の下、川は太陽の光を反射させ、そよぐ風が川沿いの緑を心地よく揺らしていた。

「ああ、お待ちしてましたよ。場所はすぐにわかりましたか？」

そこに着くと、すぐに敦志が麻子に気がつき、駆け寄る。麻子は特に表情も変えずに「はい」とひと言だけ答えると、敦志に先導されて緑の坂を下って歩いた。

「お待たせしました。先日うちに配属された、芹沢さんです」

敦志が数人の男性社員に向かって紹介すると、その社員たちは群がるようにして麻子の周りを囲った。

「すごい美人じゃないですか」

「こんな素敵な新入社員がいたんですね」

「早乙女さん、まさか手を出しては……」

「『お酒はほどほどに』と、申し上げたはずですが」

中でもノリのよさそうな数人が、じろじろと麻子を見ては色々と好き勝手言う。そんな彼らに対し、敦志がメガネの奥の目を光らせて冷静に返す。

敦志の反応に皆が一歩下がり、何事もなかったかのようにバーベキューを再び楽しみ始めた。

「早乙女さーん!」

遠くの女性社員の班に呼ばれた敦志は、麻子に「すぐに戻りますから」と去ってしまった。

ぽつん、とひとりになった麻子の背後から、砂利を歩く音が近づいてくる。

「あら、芹沢さん。もういらしてたの」

その声は麗華。その後ろには美月がいた。

麗華から電話がきたということを思い出すと、そのことに再度疑問が湧いてくる。

「宇野さん……あの、なぜ私の連絡先を?」

「ああ、ちょっと……。なにか不都合でした? 同じ秘書課なんですもの。なにかありましたら、連絡が取れるようにしておきませんと」

そう言われると返す言葉もない。麻子は、黙って麗華を見た。

沈黙していると、川の流れる水音が聞こえてくる。こんな、夏の暑い日には、風情があって、涼しげに感じられる音。

麻子が敦志と下った坂には木々が茂っていて、その木蔭からひんやりと涼しい空気も流れてくる。そして、今、社員たちが立っている場所には、ゴツゴツとした少し大きめの砂利。

今年の懇親会バーベキュー会場は、都内の河川敷で行われていたのだ。

ジャリッジャリッ、と音を鳴らしながら、動かない麻子の元に麗華がさらに近づいてくる。その様子を、そのままの位置で眺めるようにしている美月。近くには、ほかに誰もいなく三人だけだ。

麻子は手に汗を握り、緊張状態になっていた。それは、麗華や美月と三人だからという理由ではなく……。なるべくなにも考えないように。目の前の麗華と、その足音だけに集中するように、麻子は少し目を閉じる。

麗華がにっこりと麻子の前で止まると、意味深なひと言を投げかけた。

「……知っているのは、連絡先だけじゃないわよ？」

少しずつ、聞かないようにしている音が、麻子の耳に迫りくる。それと相乗して、ざわざわと、激しい動悸が再び始まる。

「芹沢さん。あなたの過去を……」

麻子の視界はすでに狭まっていて、麗華の明るい色の口紅が引かれた唇しか見えなくなっていた。

（ああ、やっぱりダメだよ。お父さん……）

ドサッ、と重々しい音と同時に、右肩に痛みを感じる。麻子は自分が肩から倒れたことに辛うじて気がついたものの、視界が一気に暗転し、意識を失った。

「……さん！　芹沢さん‼」

近くにいた麗華は、ある程度のことを予想していたにもかかわらず、見事な演技で麻子を心配する。意識が遠くにある今の麻子には、周りでなにを言っているのか理解できず。

こんな状態でも聞こえるものと言えば……。ときたま岩にぶつかって水しぶきをあげる、川の音だけ。どんどん、その音が大きくなると、麻子の意識がより深くのみ込まれていく。

（……目を開けるのが、怖い……）

恐怖感が先に立ってしまっている麻子は、意識を取り戻す努力よりも、そのままなにも考えないでいられる夢の世界にいたかった。

「どうし……せっ、芹沢さん⁉」

そこに誰よりも早く駆け寄った人物は敦志だった。

「大丈夫ですかっ⁉」

敦志は周りを気にすることもせず、麻子に触れると呼吸を確認する。呼吸音が正常なことにホッとすると、ゆっくりと抱き上げ、離れた木蔭に移動させた。

そんな姿を見て、誰もが麻子の心配と、ひとつの想像をしてしまう。

〝敦志にとって、麻子は特別な存在なのでは〟と。

今はそんなことを言っている場合じゃない。けれど、皆、心ではそう思っているのもまた事実だった。

その敦志の様子を見て、陰で同じように思っていた人物がもうひとり。

「たぶん、ただの貧血かと。私がついてますから、どうぞ皆さん戻っていてください」

敦志がなるべく大事にしないように、柔らかく落ち着いた口調で、駆け寄った数人の社員に言う。周りの社員は敦志に言われた通り、数十メートル離れた元の場所へ戻っていった。

「顔色が……」

木蔭にいる麻子は、その影のせいではなく、蒼白い顔をしている気がした。ぐったりとした麻子に、敦志もいささか心配になる。

「脱水症状……？　日射病……ではないと思うけど……」

敦志はひとり、寝ている麻子の横で原因を思いつくままぶつぶつと呟く。そこに、ひとつの影が現れたことに気がつき、敦志は顔を上げた。

「……しゃ⁉」

「しっ！」

驚いて声をあげかけたが、人差し指を立てられ、敦志はそのまま閉口してしまった。

rival：恋敵

そこに立っていたのは、敦志の記憶では、懇親会に一度も参加したことのない純一の姿だ。純一は、少し肩で息をし、額には汗が若干にじんでいる。

「……ちっ。バカか、この女は！」

純一は麻子の顔を見てひと言漏らした。そんな純一の様子と言動を目の当たりにした敦志が、驚いた顔をする。

「もしかして……こうなることを知っていたの？　純一くんは」

麻子に自分の羽織っていたシャツをかけながら、敦志は目を大きくして純一を見上げる。純一は、視線を敦志に向けることなく、珍しく目を泳がせて言葉を濁した。

「俺は……俺には、関係ない」

そう言ってから、また麻子に視線を落とす純一を見た敦志は思う。純一は、麻子に対してなにか特別な感情を抱いている、と。

敦志は自分のメガネを外しながら、突然こんなことを口にした。

「じゃあ、オレがもらってもいい？　……純一くん」

サァァ……と、さっきよりも幾分か流れが穏やかになった川の音が、ふたりの間を流れた。しかし、今の純一の心は、激流のように渦巻いている。

しばらく、純一と敦志の視線が交錯する。そして、とうとう純一が口火を切った。

「……好きにしろ」

「……本当に、いいんだね？」

「別に、俺の許可はいらないだろ。全てはコイツ次第なんだから」

この一瞬。ふたりは社長と秘書ではなく、従兄弟同士……いや、男同士になっていた。


純一は、ほかの社員に見つからないよう、すぐにきた道を引き返していた。駐車場への道のりはさほど遠くはなく、自分の車に乗り込むとハンドルに両腕をつけて寄りかかる。

（……また。また、繰り返す気か……俺は。一度目は〝母〟に。二度目は〝彼女〟に。三度目の今回まで、もし同じようになったのなら……）

体をシートにボスッと預けると、乱暴にハンドルへと拳を振り下ろした。

（〝女〟は金のためならなんでもできるものだ。人を裏切ることも厭《いと》わない。でも、アイツは……？　芹沢麻子という女は、あのとき、俺の差し出した金を拒否した。一度じゃない。二度も、三度も。普段にしてもそうだ。決して贅沢はしていないし、そんな欲望も感じられない。感じるのは、父親への家族愛と責任感。俺の瞳に映るアイツは、腹が立つほど強く。そして、弱い……）

グッと自分の手を強く握りながら思い出されるのは、あの夜のこと。

（あのまっすぐな瞳は、誰かを裏切るなんて知り得ない瞳。その瞳があの日、確かに揺らいで……今にも消えてしまいそうだった）

「……くそっ……」

自分を縛っている感情と、本当は目の前で倒れた麻子のそばにいたかったという思いの狭間で、純一は顔を歪めてしまうほど、ひとり頭を抱えていた。

（……額が、冷たい……。この人影と手は……？）

意識が引き戻されていく過程で、頭の中に描かれてる残像は……。

「しゃ……ちょ、う？」

薄ら目を開けながら、麻子が口にする。ぼやけた視界から見えてきたのは黒髪。そして、黒い縁のメガネ。

「残念」

「さっ、早乙女さん……!?」

そこにいたのは、心配そうに覗き込む敦志の姿。

「あ……れ？　私……。どれくらい、こんな……」

「心配しましたよ。時間にして十分程度ですが。救急車を呼ぼうかどうか、迷ったくらいです」

「きゅっ……救急車！　いえ、大丈夫です。すみません！」

麻子は慌てて起き上がると、事の重大さに気づいて謝罪する。

「本当にもう、大丈夫ですから」

「いいえ。もう少し休んでいてください。やはり顔色がよくない」

「や、本当に……早乙女さんは戻ってください」

「オレの言うことを聞いて」

麻子の気遣いを、あの物腰の柔らかい敦志が一蹴した。

それに驚いた麻子は、改めて目の前の敦志を見てみる。私服のせいか、いつもの会社での雰囲気とは違い、〝男の人〟に感じられた。

「……すみません。だけど私、ここはちょっと……」

「ああ。大勢いると確かに落ち着かないか。ちょっと待ってて」

そういう理由ではないが、それを訂正することもできない麻子は、ただ敦志の背中を見送った。

横たわっていた自分に、敦志のシャツがかけられていたことに気づく。そんな優しさにさらに申し訳なくなり、すぐにそれを綺麗に畳むと敦志の戻りを待った。

（……あれ？　そういえば、さっきからなんか違和感が）

遠くで社員に説明している敦志の姿を見つめ、その違和感がなんなのか首を傾げた。

「ごめん、芹沢さん。いこう」

その答えが出そうになったときに、敦志が麻子の荷物を手に戻ってくる。

「早乙女さん。これ、ありがとうございました」

手にしていたシャツを、申し訳なさそうに敦志に返す。

「ああ。寒くない？　まだ使っててもいいけど」

（……あ。言葉が違う。敬語が抜けてるんだ）

麻子は敦志の違いに気がつくと、「いえ、大丈夫です」と断り、敦志を見上げた。

先を歩く敦志は、振り向いて麻子が付いてきていないことに気がつくと、再び麻子の元へと戻る。

「やっぱり、まだ調子悪い？　オレが運ぼうか？」

「そっ！　そんな、大丈夫です！　ひとりで歩けます！」

敦志の言葉は本気だ。麻子もそれがわかったから、慌てて遠慮する。

「じゃあ、ゆっくり行こう」

スッと差し出された手に、麻子は躊躇いながら自分の手を重ねた。

駐車場まで辿り着き、敦志の車に乗ると、ゆっくりと車が発進する。

「あの、近くの駅までで結構ですから」

「芹沢さん……」

敦志はちらりとナビシートに座る麻子を見て、名前だけを口にした。麻子は、敦志の目と雰囲気で、なにを言わんとしているかわかったので、それ以上なにも言わなかった。

敦志の気遣いで、少しだけ開けてくれている窓から流れ込む風が、頭を冷やしてくれて心地いい。

やっと麻子が落ち着きを取り戻した頃、敦志が口を開いた。

「……芹沢さんは、純一くんのことをどう思ってる？」

聞き慣れない口調に、ただでさえドキリとさせられているのに、内容がまたそれを上乗せする。

「……彼は本当に傷つき、寂しい人生を送ってきた。大人になってそういうことは隠せているかもしれないが、オレには全部が全部、隠し切れてるわけじゃない」

ハンドルを握り、まっすぐと前を見ながら敦志は静かに話し始めると、麻子は窓を閉めて黙って耳を傾けた。

「彼の母はあまりいい育ちじゃなくてね。いや……〝育ち〟というか人間性、か。まあ、彼の母の妹が、オレの母親でもあるんだけど」

そういえば、敦志と純一は母方の従兄弟だったと麻子は思い出して軽く頷いた。

「なんていうか……本当、〝女性〟に恵まれないというか……。色々とあったから」

「『色々』……」

色々とひと口に言っても内容は無限大で、麻子はピンとこない。

「そんな彼を少しでも支えられたら……。本心でそう思うから、今、こうして純一くんのそばにいるんだけど」

経緯が具体的にわかったわけではないが、やはり敦志と純一とは深い繋がりがあるのだ、と麻子はこのときに再確認した。

「だけど」

キッ、と赤信号で車を止めたと同時に、敦志がメガネを押し上げ、麻子を見つめた。麻子は、敦志のまっすぐな視線から目を逸らすこともできずに、戸惑った顔で見つめ返すだけ。よく見ると、純一と同じように綺麗な顔立ちで、雰囲気も似ていると初めて気づく。

だから、余計に麻子は純一とのキスを思い出してしまい、警戒する。

「あっ、あの、青に……」

指をさし指摘すると、慌てる様子もなく敦志は再び前を向いて、車を発進させた。

「……なにか、言いかけましたよね……？」

「……いや、なんでもない」

結局、敦志の「だけど」の続きを聞くことはできずに、麻子は自分のアパートに着いてしまった。


週明けの月曜。第二秘書課で、花瓶の水を入れ替えた美月が麗華に話しかける。

「あの日は、早乙女さんの行動が誤算でしたね」

「まぁ……仕方ないわ。終わったことですもの」

「でも、あの女の秘密を握っているのは確かですもんね」

「……追い詰めて、辞めさせればいつか私も……」

怪しげなふたりの会話に水を差すように、プルル、と内線が鳴り響く。

「はい、第二秘書室……」

美月が率先して受話器を手に取り、その内線を受けた。

「……はい？　あの、いい加減覚えてくださいここは第二ですから」

ガチャッと、普段は音を立てないように置く受話器を、苛立ちと共に乱暴に置いた。

「どうかしたの？」

そんな美月は少し珍しいと言わんばかりに、麗華は様子を窺って聞く。

「インフォですよ。あの新人、未だに間違えて電話をよこすんです」

「ああ。あの、見た目で採用された子」

「そう！　しかもこちらの話を聞かずに、一方的に用件を言うんです」

「……そう。ちなみにどんな用件だったのかしら」

麗華は何気なく、美月に聞いただけだった。しかし、美月の返答を聞いて、麗華は静かに笑う。

「……芹沢麻子は、絶対に引きずり下ろすわ。社長のそばには、私が……！」

第二秘書室に内線がかかってきた直後。次は第一秘書課でその音が鳴る。

「はい、わかりました」

カチャリと受話器を静かに置いて、社長室に入ってきたのは敦志。

「あの、社長……」

「……なんだ」

麻子は花の水を取り替え、それをまたローテーブルに戻しているところだった。

そんな麻子は、朝から純一が不機嫌なように感じていた。自分に対していつもにこやかなわけじゃないのだが、今日は取り分けご機嫌斜めに感じる。

別にそれに怯えることはないのだが、そういう純一と今日一日仕事をすると思うと、麻子の口から小さなため息が漏れる。

「お客様がお見えになっているようです」

「誰だ」

「城崎様、と伺っております」

その名を耳にすると、麻子はまた動揺する。

「また、か」

少々面倒臭そうに漏らすと同時に、部屋にノック音が響き渡った。麻子がドアを解鍵して〝来客〟を出迎える。

「おはようございます。純一さん」

礼儀正しくお辞儀をしてから歩く姿はまさに百合の花。

先程麻子が水を入れ替えた花も霞むほどに、やはり可愛らしく美しい女性に思えた。

「では、わたくしたちは仕事がありますので」

敦志はまた気を利かせてそう言うと、麻子を連れて隣室へと向かった。

雪乃が会釈だけすると、純一は淡々と話す。

「ここよりもほかに、いく場所があるだろう」

「でも、〝婚約者〟はあなたでしょう？」

（〝婚約者〟……）

「ふふ」っと可愛らしく言ったその言葉が、隣室に通じているドアが閉まる直前に、麻子の耳にしっかり届いてしまった。

「どうやら、本当にそのようですね」

麻子に聞こえていたことは、敦志にも聞こえていたということ。麻子にとって、純一に婚約者がいようがいまいが関係ないはずなのに、敦志の言葉に穏やかではいられなかった。

(あんな奴の妻になるだなんて、逆に可哀想だわ)

そう頭では冷ややかに考えた。でも、心はなぜか落ち着かない。

(大体、なんであんな奴だと思ったの? ……あの河原で倒れたとき。でも……微かに感じた雰囲気が……。きっとあの日、お父さんから余計なことを聞いたからだ)

「……さん……芹沢さん!」

麻子がひとり考え事をしていると、敦志が心配そうに自分を覗き込んで呼んでいるのに気がついた。その距離があまりに近く感じたので、麻子は慌てて後ろに下がる。

「はっはい、すみません! なんですか⁉」

「……具合、まだ悪いですか?」

今、目の前にいる敦志はいつもと同じ、上司の敦志。皺ひとつないスーツを身を纏って、ネクタイも曲がることなくキッチリ締めて。メガネをかけて優しい口調で問いかける姿は、いつもとなんら変わらない。

だから余計に、あの日の彼が嘘のよう。

「だ、大丈夫です! し、仕事しますね」

麻子はその敦志を思い出して、よそよそしく離れるようにデスクに向かおうとした。

麻子が背を向けた瞬間。グイッと手を掴まれる。麻子は目を見開いて、敦志の方を振り返った。

「絶対に、無理はしないで。なにかあったらオレに言って」

見上げた彼は、オフィスでは初めて見る、あのときの敦志だった。

【昨日のお詫びをしたいから、ランチをご一緒にどうかしら】

昼休み直前に、麻子に届いた一通のメール。

画面に映るそのメールを見て、麻子は呆気にとられる。

(『お詫び』なんて初《ハナ》めからする気なんてないでしょ。今度はなにがしたいのよ、宇野麗華は)

これは挑発。あの河原での事件の直前に、麻子の過去を調べていた。それはまだ、終わっていない話。一体なにが目的で突っかかってくるのか。

(……なんて、大体予想はつくけれど)

麻子は、この誘いを断り逃げたとしても、おそらく彼女らの嫌がらせはずっと続くであろうと考える。ならば、一刻も早くケリをつけようと、心を決めて返信をした。

【構いません。時間と場所の指定はご自由に】

麻子がメールの返信をしていた頃、隣の社長室では雪乃がまだ居座っていた。

「あら? 純一さん、まさかそれ」

話し込んでいた雪乃が、そろそろ、と腰を上げたときになにかに気がついた。視線の先には、純一のデスクの上の小さなブルーのバッグ。

「お弁当なんて持ってきているんですか?」

興味津々で、机上のバッグに近づいてくる雪乃に、純一は視線だけ上げる。その視線に気がついた雪乃は、クスッと笑った。

「ああ。そんなわけないってわかっています。どなたかからの、差し入れですね?」

ゆっくりとそのバッグに触れようとしたそのとき。純一がエンターキーをトンッと叩き、雪乃に言った。

「雪乃ちゃん。そろそろ外出する準備をしなければならないんだ。タクシーを呼ぶから帰って」

純一がそう言うと、同時に雪乃は伸ばしていた手を引っ込めた。

「……お弁当。いいかもしれませんね」

にっこりと笑って、雪乃はソファから自分の荷物を手に取ると「またきます」と言って帰っていった。

会社からすぐ近くの、オシャレなオープンテラスのカフェ。

今はランチタイムで、それなりに賑わってはいる。高級そうな店なので、麻子が知るような店の賑わい方とは違い、上品な雰囲気だ。

その店内にいても決して浮かず、華奢《きゃしゃ》な脚の椅子に優美に座っていた麗華が麻子の姿を見つけた。

「お待たせしたようで、申し訳ありません」

「お気になさらず。お好きなものを注文してよろしいわよ」

「いえ。自分の分は、自分で支払いますから」

先輩だからおかしいことではないのかもしれないが、麻子に対しての態度は常に上から。それが言葉の端々に感じ取れてしまうから、麻子も正直面白くはない。

正面に座る麗華と対峙する。美人で頭もよくて……でも、今は、獲物を狩るような鋭い目つき。

麻子と目が合った麗華は、グラスに口をつけてテーブルに戻すと、にっこりと笑った。

「昨日はごめんなさいね。まさか、本当にあんなふうになるなんて」

（……その言い方は謝罪じゃないじゃない）

麗華へ心の中で悪態をつくと、麻子は瞬きもせずに麗華を見た。それが、挑発的に感じたのか、麗華はさらに続ける。

「でも、あなたのことを知れば藤堂社長も距離を置くんじゃないかしら。……自分の母親を殺した、だなんて」

麗華は、物騒な内容なだけに、周りの客に聞こえないよう声を潜めてそう言った。

「あくまでも噂だと思っていたのですけどね。でも、昨日の様子だとどうやら……」

「……秘書って、そんなにヒマな仕事ではないと思ってましたが」

麗華の言うことに弱みを見せるような反応を少しでもすれば、すぐに噛みつかれるだろう。そう思った麻子は、なんの反応もせずに切り返し、麗華を見据えて答えた。

これには一瞬、綺麗な顔を歪めて言葉に詰まる麗華だったが、さすがにタダじゃ終わらせない。

「あなたの代わりなんて、いくらでもいるわ」

先程より、幾分か余裕のなくなった麗華の目からは笑みが消えている。声も心なしか震えているようで、麗華の逆鱗に触れたのが予想できる。

「今は社長に気に入られているかもしれないけど、所詮、あなたは社長の気まぐれで秘書課に配属になったのよ」

このとき、麻子は気づいた。

麗華は、社長秘書になりたくてこんなことをしている。……そして、その理由は、藤堂純一に想いを寄せているからだ、と。だから余計に、こんな新参者のどこの馬の骨かもわからないような自分を目の敵にするのだ、と。

「まぁ、あなたも知っているでしょう?」

少し落ち着きを取り戻しながら言った麗華に、麻子は疑問の目を向ける。

麗華は、抑揚のない声で続けた。

「社長には、婚約者がいるということを」

今朝も来訪してきたおかげで、麻子の脳裏には、鮮明に焼き付いている雪乃の姿。

雪乃と一緒にいた純一を思い出しては、なんとも言えぬ思いにさせられる。

でもそれは、きっと罪悪感から……。何度もそう、心で言い聞かせて。

「近々あなたを飛ばして、その婚約者のお嬢様をそばに置くかもしれないわね」

麗華は自虐的に吐き捨てる。

「とにかく、あなたはこれ以上出しゃばったりはしないことね。もしも、なにか変な動きでもしたら……切り札はこちらが手にしていることを、くれぐれもお忘れなく」

麗華は苛立ち気味に席を立つと、料理も運ばれぬうちに、お金を置いて店を出てしまった。

麗華とすれ違うようにして、店員がふたり分のランチを運んでくる。

「お待たせ致しましたー」

「あ、はい……」

(ふたり分をどうしろというのよ)

麻子は、目の前に並べられた紅いソースが絡められたトマトのパスタと、緑色がみずみずしいサンドイッチを見て、ため息を漏らした。

(「切り札」だなんて大袈裟もいいところだわ。別にそんなことを、誰になにを言われたってどうとも思わないもの。……それに)

テーブルの上の水に視線を落とすと、父や純一、そして忌まわしい幼い頃の自分を思い出す。

(……アイツはお父さんから聞いて、すでに知っているはず。私の過去の罪を――)

麻子は静かに目を閉じ、その瞼の向こう側に過去を見るように自分の世界へと入り込む。

(それよりも、私の話を知ったアイツは、私をどこに飛ばすのか……。いや、退職させられるかも。やっぱり、あの人の言うように、社長の気まぐれね。秘書課に配属されたことも、あの夜のことも……)

そんなことを考えながら、ボーッとテラスの外に視線を向けたときだった。余りに脳裏に鮮明に記憶されているため、幻影かと思ってしまった。

しかし、それは現実のもの。

「城崎……雪乃、さん……」

ひとりで歩いているのに、どこかうれしそうにしている小柄な女性。麻子の座るオープンテラスを横切って、ふわりと甘い香りの髪を靡かせて去っていった。

(……タイミングがよすぎ……)

どうしてこうも、純一に関わることをいつも考えているのだろうか。考えないように、気づかないようにしているはずなのに。それなのに、麻子の一度落ち着かせたはずの心が、またざわざわと音を立てて騒ぎ出す。

「ただいま戻りました」

麻子はノックの後にそう言って、社長室に入った。純一は特に声を発さずに、ただ麻子と目を合わせて確認しただけ。

そのとき、純一のすぐ横にいた敦志がスッと麻子の元に近づいた。

「芹沢さん、大丈夫でしたか」

「え？」

その声は、不自然すぎないほどの、小さな声。純一のいる場所までは、おそらく聞き取れないような大きさだ。

「すみません……あなたのパソコンが、そのままになってまして」

敦志に言われると、麻子は〝しまった〟という顔をしてしまう。

「先日のこともあり、少し気になったので……。そのままだった、宇野麗華からのメールだけ、拝見させてもらいました」

敦志は純一に気づかれないよう言うと、心配そうな顔で麻子を見る。

午前の終わりにはパソコンから離れた仕事をしていて、スクリーンセーバーがはたらいたため、メールを開いたままだということに気づかなかった。そのままうっかり、休憩に入っていたのだ。

そして、なにかの拍子にマウスに触れた敦志が、それに気がついてしまった。

「宇野があなたを慕ってランチに誘った……と考えるには少々無理が……」

「いえ、特になにも。大丈夫ですから」

「本当に？」

心から心配をしてくれているのがわかる。それほど、敦志の眼差しはまっすぐと温かい。だから、麻子も心を込めて言う。

「はい。ありがとうございます」

敦志に向けるそのときの麻子の笑顔は、敦志の心を揺さぶる。

仕事は仕事。今の彼女は部下。しかし、心がそれについていけなくなるような笑顔を向けられたのだ。

その笑顔に取りつかれていたのがもうひとり……。

「おい。休みは終わりだ。早くそれをまとめてくれ」

明らかに不機嫌な声色の純一が、そのもうひとりだった。

「午後は、私はなにから手伝えば？」

「ああ、ではこれをお願いできますか？」

そんな純一のことなどお構いなしに麻子は会話を続ける。とはいえ、すでにもう業務上の会話だ。

しかし、どうしても麻子が敦志を見る目と、敦志のあの日の言葉が純一を不安にさせる。雪乃を見ても、到底こんな思いなんかにはならない。

世の中全ての女に、なにも感じず、期待せずに生きてきた。

（でも、どうだ。今も、この前も……。アイツが敦志へ向ける笑顔を見るたびに、頭がおかしくなりそうだ）

目の前の仕事に集中しようとすればするほど、目が、耳が、全てが、麻子という存在を追っているようで。

純一は固く目を閉じると、手にしていたボールペンを強く握り、そして書類の上に放る。

（……もう、やめだ）

そのとき、純一はある決心をした。

もうそろそろ終業時間という頃だが、麻子は純一にコーヒーを差し出した。

「コーヒーです。少し薄めにしてあります」

胃の調子があまりよくなかった純一を知ってか知らずか。麻子はそう前置きをして、毎回コーヒーを差し出す。純一は一瞬手を止め、そのコーヒーに視線を移すと、麻子は表情ひとつ変えず一礼して下がる。いつもならそれで終わりなのだが……。

「おい」

背を向けて一歩踏み出した麻子に、純一が声をかける。麻子はそれに反応すると、足を止め、振り向いた。

「ありがとう」

麻子はしばらく静止した。動かなかったんじゃない。動けなかった。

誰が想像できようか。出会いから最悪だった目の前の社長が、庶務上がりの自分に、コーヒーごときで礼を言うなど。

そして、礼を言った純一の顔は、決して嫌味でもなんでもない……むしろ、少し照れたような表情にさえ見える。

「は……いえ」

だから、麻子もそう答えるのが精一杯。

ふたりの間を流れるのは今までにない、くすぐったいような空気だった。


「今日は、芹沢さんに残ってやってもらいたいことがある」

突然純一が、敦志と麻子がいる前で言った。

「最近物騒な事件も多いですし、遅くまでかかるようなものでしたら私が……」

「いや、そんなに時間は取らせない。心配なら、俺が送ってもいい」

即答で敦志の意見を退けて、純一が言い切る。

「私は何時になっても構いませんので」

麻子は気遣ってくれた敦志に目配せをし、残業を了承した。

敦志はこのとき、純一の変化を感じとった。

純一の雰囲気がこの前と違う。定まらない気持ちが、今、揺るがないものになったのでは、と。

「……確認したいことがあるだけだ」

純一は、敦志の視線を受けたまま……。でも、敦志を見ることなく、麻子に熱い視線を注いでいた。


その後、敦志は退社しようと廊下に出る。

エレベーターホールまで歩き進めると、ボタンを押した。すぐ到着したエレベーターに乗り込んだ敦志は、いつまでも目的階のボタンを押さずにたたずむ。

「……ここまで本気になっていたなんて」

ボタンの上に拳を置き、俯きながら苦しげな声を漏らしていた。

past：過去

それは、敦志が十六歳、純一は十四歳のときだった。

『あの女が、消えた』

純一が人形のように冷たい表情で、敦志にひと言そう言った。

さらに時は遡《さかのぼ》り、敦志が十三歳、純一が十一歳の頃。

ふたりは従兄弟。母たちが姉妹で、近所に住んでいたため、よく一緒に過ごしていた。

『敦志！』

敦志は、ふたつ下の純一に呼び捨てにされるのは普通のことで、特になにも思ったりはしなかった。

『ああ、純一くん。きてたの』

反対に、ふたつ上のはずの敦志が、「くん」付けするのは彼らの家庭に理由があったからだ。

『敦志！　勉強教えてくれ！』

『いいけど……家庭教師がついたんじゃないの？』

『俺は、敦志がいい』

純一はそう言って、敦志の狭いアパートの玄関前によく座って待っていたものだった。

『また、警察沙汰になったりしない？』

『……大丈夫だろ。もう』

その日よりも前に、同じように敦志のアパートに純一がきたとき。いつもより遅くまでアパートに滞在していたら、警察がサイレンを鳴らしてやってきた。

『誘拐疑惑だなんて、バカかっていうんだよ』

その事件を思い出しながら鼻で笑って、純一はノートにペンを走らせていた。

『あら、純一くん。いらっしゃい』

夜になると敦志の母がパートから帰宅して、純一を笑顔で迎える。

『敦志の母さんは、いいな』

それは、たぶん、純一が常に思っていたこと。しかし、口に出したのはこのときの一度だけだった。

『純一くんの口に合うかわからないけど、お夕飯食べていく？　……姉さんには、私から言っておくから』

いつでも笑顔で、美味しいご飯を作って守ってくれる、〝母親〟という存在。純一にももちろん母親は存在するが、その定義に当てはまるような女ではなかった。

『敦志の母さんのご飯が、一番美味しい』

純一はお世辞を言わない。本心でいつも答えて、敦志の母を喜ばせていた。

『庶民の味だけどね！　栄養は満点よ』

狭いキッチンで菜箸を持ちながら、にこやかに言う敦志の母は、確かに敦志の自慢の母でもあった。

『……同じ姉妹でも、こんなに違うものなんだな』

ぼそっと言う純一の言葉に、食卓での楽しい時間が一瞬止まる。

そして、なにもなかったかのように、純一が「おかわり」と言って、時間を再び動かした。

中学生にもなれば、敦志は薄々事情を察していた。……いや。本当は、もう少し前から気づいていた。

純一の家族のことを――。

彼の家は、藤堂という名の実業家。それも代々受け継がれている大きな家。彼は、その家の長男として産声をあげ、後継ぎとしてだけ必要とされたことを。

純一の母。敦志の母の姉であり、敦志の伯母にあたるその人は、ごく普通の一般家庭で生まれ育った。その女性は、敦志が物心ついたときから夜の世界にいた。いわゆるお水だ。

別に、敦志はそういう職業に偏見を持っているつもりはない。ただ、その人が特別だというだけで……。

純一の母は、尋常じゃないほどに金に執着していた。彼女になにがあって、そうまでなったのかは知ることはできない。

ただ、事実として。彼女はそれが理由で、藤堂の人間に取り入って純一を孕《はら》んだ。

全ては計算の上で……。

純一の父である藤堂が、そのことを女に知らされたのは、もうあと二ヶ月後に出産を控える頃。母体にも影響が出やすい。簡単に堕ろすことも不可能。加えて彼女は、脅迫まがいに藤堂に迫ってきた。

『私に手出ししたら、警察とマスコミに。責任を取らない場合も、世間に隠し子の存在を知らしめる』と。

女は、藤堂の妻はすでに他界していることも、子どもが未だにいないことも初めから知っていた上で、こうなるように仕組んだのだ。

『性別は……男の子よ』

それはダメ押しのひと言。

藤堂の当時の年齢はすでに四十半ば。他界した妻は、子どもができる体ではなかった。後妻も考えたが、妻を愛していたために仕事に明け暮れ、歳だけ取っていっていた。

そんな妻のことを、過去のこととしてようやく整理が付き始めた心に、その女は入り込んだのだ。巧みな言葉と、信用させる態度で。

そうして半ば無理やり入籍をして、すぐに純一が生まれた。

しかし、彼女は産まれて一度も純一を抱くことなく、ベビーシッターに任せて自身は自由に暮らす。

彼女は自由に使える金を得るため、より深い繋がりを求めるように……三年後、女は二男を身籠った。

そんな環境で育った純一は、当然、母親の愛情を知らない。

純一が幼稚園に上がる頃、敦志は初めて純一と出会った。

『お前、なんなんだよ。最近よく俺のこと見にきてんだろ。金か？』

敦志にとって、衝撃だった。

五歳前の子どもが、大人顔負けの台詞をすらすらと言うのだから。

『ねぇ、お母さん。ぼく、弟か妹がほしい』

敦志には兄弟がいなかった。物心ついたときには、父がいなかったから。

それでも幼かった敦志はなにもわからず、ただ、周りの子たちを見て、『自分も兄弟がほしい』と思った。

その要求があまりにも続いたので、敦志の母は苦し紛れに敦志に言う。

『敦志。兄弟は……無理なんだけどね……？　従兄弟なら……いるのよ』

『いとこって、なに？』

『近い親戚……兄弟みたいなものよ』

その言葉に、敦志は飛び上がって喜んだ。

それから今度は、その〝弟〟に会いたいと、母を困らせたのは言うまでもない。

ほんの少しの情報で、純一のいる幼稚園を割り出して、時間を見つけては純一を見に足を運んでいたのだ。

そんな出会いではあったが、敦志と純一は心を許せ合う〝兄弟〟になった。

でも、度々敦志は母に諭される。

『乱暴しちゃダメよ』

『呼び捨てなんかしちゃダメよ』

『私たちと違う世界の子だから、ずっとは一緒にいられないかもしれないわよ』

敦志はそのひとつひとつの意味を、歳を重ねるごとに理解していく。けれど、純一はそんなことなどお構いなしで、敦志を慕っていった。


そして、ある日。

『あの女が、消えた』

純一が敦志にそう言った。

『……金を持って』

いつか、そうなるんじゃないか、と敦志は正直思っていた。

もちろん、それは純一も思っていたことだ。

でも、やはり純一の受けた傷は計り知れない。

生まれても自分に見向きもしない。名前すら呼ばない。金が常に最優先。そして、最後には捨てていった。

一度もその名を口にすることなく。初めから、必要のない自分という存在……いや、〝金のためだけ〟に必要だった存在だ。

そのとき見た純一の顔を、敦志はずっと忘れられない。なにも感じていないような、ぞっとするほど冷徹な表情。うっすら口元を弓なりに上げて……。

『敦志がいれば、いい』

濁った瞳で遠くを見つめ、確かに十四歳の純一は敦志に言った。

心の奥底で『もしかして』と、ずっと小さな希望を持っていた。その純一の中で、なにかが音を立てて崩れたのを、敦志は目の当たりにした気がした。

敦志は、実の弟のように大事な存在の純一を支えてあげたかった。支えなければならなかった。

そして、その後再び。純一を、奈落の底に突き落とす女が現れる。

敦志は十九歳、純一は十七歳の頃。

『敦志、女ってどう思う?』

普通の、思春期真っ只中の男子が言うのならなんてことない。ただの浮かれ野郎だと思って軽くあしらえる。

けれど、〝女〟を嫌悪してきた純一から聞くその言葉は衝撃で、なにを意図しているのかわからずに敦志は戸惑った。

『いや……色んな人がいるんじゃないかな。きっと』

『そう……そうか。そうだよな』

少しだけ、人間的な感情を表して笑った純一を見て、直感的に思う。

彼を変えてくれる女性が現れたのか、と。

それからすぐ、敦志は予想は的中したと喜ぶ。そう手放しで心から喜んだ。……そのときは。

『敦志の女バージョンだ』

純一は、「その女性をたとえるならば」と敦志に教えた。

『なんでも話せて、俺を受け入れてくれる』

敦志はその言葉に少しだけ、『ああ、その人に純一くんを取られてしまうのか』なんて弟離れできないような気持ちに駆られていた。

間もなく、敦志はその女性に対面することになった。

『はじめまして。純一くんを教えてます、安積千紗《あづみちさ》です』

「アヅミチサ」と名乗った彼女は、敦志と同い年。

肩につくほどのストレートの髪で、清楚な服装。いかにも優しく包み込んでくれるような印象の女性だった。

『あ、はじめまして。早乙女です』

そう挨拶したときの、千紗の異様な視線に敦志は違和感を持った。

『敦志悪い、ちょっと』

純一が席を外した、その少しの時間だ。

『早乙女くんて、下の名前はなんて？』

『え……敦志です、けど』

『ふぅん……敦志くん、ね。ねぇ、彼のおうちってかなり資産家よね？』

純一が去っていった方向を見ながら頬杖をつき、千紗が突然くだけた口調で話し始める。

『彼とイトコなら、あなたのおうちもそうなのかしら』

そこまで聞いて、敦志は沸々と怒りが込み上げてきた。この女は演じていると、そう確信したからだ。

『いや。オレの家は一般家庭だから』

『なーんだ。そうなの？　残念』

最初の印象とはまるで違う。清楚だなんて、よく思わせたものだ。そんな千紗を茫然として見ながら、敦志は思う。

（コイツはヤバイ。こんなにも、人格や人相まで変えられる〝女〟。一刻も早く、純一くんから遠ざけなければ……）

『私、あなたの方がタイプだから、同じような家柄なら、あなたにしようと思ったのに』

クスリと笑いながら水を飲む千紗は、まるで、天使のような姿をした悪魔。

『……今すぐ、純一くんから離れろ』

『えぇ？　やーよ！　やっとイイ感じになってきたんだから！』

『好きでもない癖に』

『好きよ？　……お金持ちのおぼっちゃま！』

千紗の言葉が終わると同時に、近くで、ガンッ！と激しい音が聞こえて、ふたりは驚き顔を向けた。

そこには、転がった椅子と、怒りに満ちた瞳で睨みつける純一の姿。

（しまった……！）

敦志は、この場で話すべきことではなかったと、自分の失態を悔んだ。しかし、そう後悔したときには遅い。

『……オイ。もういっぺん、言ってみろ』

近くの椅子が変形しているのを見ると、千紗もさすがに言い逃れできないと思ったのか、言葉に詰まり余裕のない表情を浮かべる。

『……ふざけんなよ?』

千紗を見下ろし凄む純一に、敦志はどうにもできないでいた。

『あははは っ!』

ゴクリと生唾を飲む敦志とは相反して、千紗は高らかに声をあげて笑う。

『これだからおぼっちゃんは! いまさらそんな顔をして怒っても、所詮、私の芝居に騙されてたじゃない』

『や、やめろ!』

千紗の開き直りに、今度は敦志が声をあげて止めようとした。

『ふん! 金じゃなきゃ、誰があんたみたいなガキ、面倒見るっていうの? ママの代わりをしてあげてたんだから、その見返りを求めてもいいじゃない』

(最悪だ……!)

敦志は収拾できない事態に、この上なく落胆する。

純一は、確かにまだまだ子どもの部分がある年齢だ。それゆえに、こんな女にうまく手懐けられた。

（もっと、早くオレが助言してさえいれば……）

敦志は自分の手を、グッと握りしめる。

きっと、もう、純一は立ち直れない。たった二度の……けれど、生涯消えない傷を負わされたのだ。

こんな汚い、ふたりの女のせいで。

それから数年後。敦志が二十四歳、純一は二十二歳になった。

『敦志、俺のところにきてくれないか』

まるでプロポーズのような台詞。

この頃、敦志は就職先がなかなか決まらずに、バイトのかけ持ちで母を支えていた。選ばなければ就職口はあるのだろうが、どうしても老いた母のために、少しでも条件のいい会社を探していた。

でも、二十四歳……そろそろ潮時だと感じ始めていたとき、敦志は純一にその言葉を言われた。

『純一くん。それって……』

『俺が任されるのは、まだ数年先だ。でも、そのときに即戦力になるように……今から一緒に付いていてきてほしい』

そんなふうに言われて、うれしくない人間なんかいない。敦志は目頭が熱くなるのを感じながら、「オレでよければ」と返事をした。

純一には感謝しなければならない。そして、今度こそ、兄として幸せになってほしいと願っている。

敦志は常に、そういう思いを持ち続けているのだ。

『芹沢さんは、純一くんのことどう思ってる? 彼を少しでも支えられたら……本心でそう思うから、今、こうして純一くんのそばにいるんだけど』

あのとき自分が口にした言葉を思い返す。

「計算外だ、こんなことは」

敦志は、母の待つ自宅マンションの集合ポストで数枚のチラシを握りしめると、そう呟いた。

double-faced：裏表

残業を言い渡された麻子は、平常心を心がけて、純一とふたりきりでいた。

「これをチェックして、間違いがなければプリントアウト。その後ファイリングしてほしい」

純一がパソコンの画面を見せ、麻子に指示をする。それを覗き込んで確認すると、麻子は一歩下がって返事をした。

「はい。わかりました。メールでくださるんですよね？」

「ああ。今、送った」

麻子は、自分のデスクとパソコンのある隣室へ移動して、早速指示された業務に手をつけた。

（……これ、残業する程重要なのかな？　そもそも、私に確認したいことがあるって言っていた気がするんだけど）

頭の中に疑問符を浮かべながら、とりあえずは言われたことを忠実に実行する。

そして、三十分かからずに全てを終えると、麻子は再び社長室へと足を踏み入れた。

「最終確認をお願いします」

麻子は手にしたファイルを純一へ渡す。敦志ならば、大抵、デスクに向かう純一の真横に立つ。それに対し、麻子はあまり純一のそばには近づかない。こうしてなにか用件があるときも、決して横ではなく正面に立って顔を見据える。

無言で純一が目を通すと、パサッとデスクにそのファイルを落として麻子を見た。

「問題ない」

「……そうですか。では、後はなにか？」

きっともう帰してくれると、麻子は思って純一に尋ねたのだが。

「……君に、『確認したいことがある』……と、言っただろう」

「は……」

「まさか君が、少し前のことを忘れるなんてことはないだろ」

純一がそう言って、大きな椅子の背もたれに体を預け、長い足を組んで座りなおす。

その姿を見れば、多少リラックスしているような雰囲気にも取れる。が、純一の言う「確認したいこと」が、なんの話なのかが見当もつかない麻子には、まったく気が抜けなかった。

「いえ。もちろん、覚えてますけど……」

麻子は、いつもの威勢はどこへ、といったような力ない返答をする。

いくら記憶力がよくても、機転がきいたとしても、誰かの頭の中まではわからない。ましてや純一は、今の麻子の中で最も謎多き男。伏し目がちだった純一が、ひとつ息を吐いた。麻子はその小さな息を耳で拾い、色々な想像を思い巡らせる。すると、麻子がまったく予想だにしない言葉が、純一の口から飛び出した。

「……君は、敦志が好きなのか？」

なにを突然に、と、麻子の頭は真っ白になる。

話題が変わったのか？　それとも、まさか聞きたいこととはこのことなのかと考え、純一を窺う。

「どうなんだ」

純一を見る限り、ふざけている様子はない。

そんな純一を前に、麻子はなぜかわからないが声も、体も、足も、指一本ですら動かすことができなかった。

純一はギッ、と音を立てて、椅子の肘かけに手を乗せると席を立つ。麻子から一度も目を逸らさずに、ずっと視線を向けたまま。それがまるで呪縛かのように、麻子はその場に足が張り付いたように動けない。純一は、デスクの横を通過し、麻子の真横へと立つ。その距離に、麻子は必死に警鐘を鳴らす。

（……ダメ。早く逃げなくちゃ）

それでもなお、言うことのきかない声と足。

純一はそっと手を伸ばすと、麻子のひとつにまとめていた髪留めを外した。はらりと落ちる黒髪は、あの日と同じように艶めいて、純一の瞳に映し出される。

そしてようやく、一語ずつだが麻子の口から言葉が聞こえてくる。

「や、め……」

どうしようもない。

やはり、こんなふうに一対一の場面だと、自分は弱者《おんな》なのだと思い知らされる。けれど、中川のときのような嫌悪感はない。自分でも、全然わからない。

「敦志が、好きか？」

（どうして、そんなことを聞くの……？　あなたには、決められた人がいるんでしょう……？）

心では生意気を言えても、現実に口にすることなどできやしなくて。

じりじりと詰め寄られる距離に、純一の熱い視線が、麻子の理性を壊していく。

「そう……いうふうに……思ったことは、ない……」

麻子の途切れ途切れのその言葉に、純一の目の色が変わった。そして、あの日の夜のように力強く、優しく、麻子を胸の中へ引き寄せる。

(その瞳が私を酔わせる。その手が、私を迷わせる。その声が……)

「嘘、じゃないな?」

(だったら、なに。どうして、こんな試されるようなことを、私がされなければならないの?)

動揺と高揚。そんなふうに心が揺らぐ中で、麻子は最後の理性で反抗的な瞳を純一へと向ける。けれど、完全に純一の雰囲気にのまれてる麻子は、純一を突き返す力など持ち合わせていない。麻子は瞳を大きく揺るがせたまま、必死に立っていた。

「……そんな顔をしたって無駄だ」

「好きに……、したらどうですか」

「その言葉の意味、わかって言ってるのか……?」

純一の胸の中で、彼の香りが媚薬に変わる。

(知らなかった。いけないと思うことが、逆にこんなにも火をつけるなんて。私に近づかないで。……心の底では、『私にキスをして』……)

それは甘美的なとき。

すでに解かれている髪をかき上げるように、大きく熱い手が、優しく頭を撫でる。少し屈んで近くなった瞳を見れば、それは、変わらずに澄んでいて情熱的。

数秒間、そのまま互いに見つめ合う。そして、麻子はそのままゆっくりと背伸びをした。一度触れた唇が離れると、純一がそれを阻止するかのようにまた重ねた。自然と、麻子の手が純一の背中に回される。背に伝わる感触が、彼にとって、堪らなく愛しいものになる。

麻子もまた、自分の腰に回される手に翻弄され、立っていられなくなるほど力が抜けていく。

理屈じゃない。全身が、血が、細胞が。お互いの存在を欲している。

危険だと、頭ではわかっていたはずなのに。

麻子がうっすらと目を開けると、視界の端にドアが入り込む。そのドアを見ると、婚約者である雪乃の姿を思い出して、とっさに純一を押しやった。

「……やめてっ……」

純一の顔を見ることができずに、隣室へ駆け込むと、麻子はそのまま会社を飛び出した。

アパートに帰った麻子は、冷たい水で顔を洗うと、鏡に映る自分を見つめていた。

(ダメ……、ダメダメ……ダメ!)

少し前に起きた出来事を思い返しては、自分にそうきつく叫ぶ。けれど、そう思えば思うほどに思惑から外れていく。

先程純一におろされた髪を見つめ、麻子は純一を思い浮かべる。

(あんなに失礼で、嫌味で、面倒くさい人! だけど……)

『ありがとう』

コーヒーを差し出したときの、あの純一の言葉がふと麻子の頭を過《よぎ》った。

純一は、父の言うように本当に不器用なだけなのかもしれない。ぶっきらぼうだったり、冷酷に感じたり。出会ったときなんかは、特にそんなふうにしか感じられなくて。でも、秘書課に異動してから見る純一の行動には、いつも人間味があるように感じる。

わざわざ、麻子の父の病院へ足を運んだ。それも一度じゃない。

さらに、彼自身の損益関係なく、麻子のことを気にしていたと父も言っていた。

初めは疑っていたが、彼のあの澄んだ薄茶の瞳と、熱を帯びた大きな手を感じたときから納得し始めていた。

トップに立つ立場ながら、汚い嘘を吐くような人間にも思えない。それは近くで見ている麻子が一番わかること。

「どうすればいいの……」

両手で顔を覆うと、そのままずるずると壁からずり落ち、座り込んでしまった。

ほとんど眠れなかった翌日の朝。

「おはようございます」

「ああ、おはようございます」

麻子は、全てを押し隠すようにして、いつも通りに敦志と挨拶を交わした。

「……おはよう、ございます」

「……ああ」

しかし、どうしても純一に対しては、ぎこちなさが出てしまう。ふたりの空気は、微妙に今までと違い、敦志にはそれをすぐに感じ取れた。

おそらく昨夜なにかあったのだと勘付く敦志だが、気がついたところでどうしていいかわからない。

敦志は柄にもなく、就業時間中だというのに仕事以外のことに思考を奪われる。

昨日なにかあったのは歴然。それは今、目の前にいる麻子と純一を見れば容易にわかる。

（オレはどうしたいんだ……。純一くんを取るのか、自分を取るのか）

あれほどまでに純一に恩を感じ、同情心もあった敦志。彼を変えてくれそうだからと麻子の父に頭を下げてまで麻子を秘書にした。

純一が、麻子を女性として愛する可能性はゼロではなかった。それは頭の片隅に、常にあったはずなのに。

しかし、もう一方でそんなことになるのは奇跡に近いくらい、出会い方も最悪だったふたり。おそらく、限りなくゼロに近い。どこかでそう勝手に思っていたのだ。

だけど、現実にはそのゼロはゼロではなかった。

（こんなに苦しい想いは……いつまでもつか……自信がない）

敦志は苦しそうにメガネの奥の目を細め、ふたりに背を向けた。

一方、純一もまた、仕事中だが目の前の仕事ではないことに思考を捕われていた。

昨夜、二度目のキスを交わした。それは、自らが出した答え。

（余計なことを考えるのはやめだ。アイツは自分にとって特別なんだ。こんなに心をかき回されて、想って止まない。あれだけ嫌悪していた、あの女たちとは違う。それは、今までの自分の経験から肌で感じている。理屈じゃない。俺の瞳が、体が、手が、心が、唇が……。全てが、彼女を欲している。きっと、こんな女は二度と現れない）

デスクの上で組んだ手をグッと握り、純一は閉じていた目を開けた。

「本日は、システムジャパンとの予定が入ってます」

敦志がどうにか思考をビジネスモードに切り替え、手帳に視線を落とすと、純一に報告する。それは時間的にすぐ移動しなければならない約束で、ふたりはバタバタと外出の準備を始めた。

「芹沢さん、先方にお渡しする資料をまとめてありますか？」

「え？　あ、はい」

未だ全てを覚えてはいない麻子は、頼まれた資料の内容をさらりとしか見ていない。それでも、とりあえずは言われた通りにまとめてはいた。

その分厚いファイルを持とうとすると、敦志が自然に手を出してそれを取った。

「これは、私が持ちますから」

「あ、でも……」

今まで、常に優しかった敦志。だからそれは、特に珍しいことではない気遣いだ。

けれど、そんな場面を見た純一は、ふたりに割り込むような態度を取ってしまう。

「もたもたしてないで、車を手配しろ」

純一は、大抵正面玄関ではなく、裏口からひっそりと出入りする。

インフォメーションを通れば、当然のことだが人の出入りが多く、たくさんの人物とすれ違う。女性が純一を見れば、必ず振り返るだろう。純一が〝好まないような女性たち〟が。自社の社員だけではなく、来客もその場にはいる。

自社の社員だから、とロクに目も見ず通過するだけなんてところを、どこの誰に見られているかわからない。しかし、そのたびに煩わしい挨拶などを交わさなければならないのも、正直、純一にすると面倒でしかなかった。

確かに、麻子に初めて対面したときのような態度を誰かが見ていたのなら、社長といえども評判に関わるだろう。

そして結局今回も、裏口に止まっていた車に三人は向かっていた。

「どうぞ」

運転手がドアを開けて、純一に声をかける。車まであと数歩といったときに、麻子が突然声をあげた。

「きゃっ……！」

一瞬の出来事だった。運転手はなにもできずに、ただ一部始終を見届けていただけ。

そして、ハッと我に返った運転手が声をかけた。

「だ、大丈夫ですか？」

目の前のマンホールに視線を向けると、ヒールが穴にハマっている片方のパンプス。それは、足を取られて転びそうになった麻子のものだ。

運転手がパンプスから麻子へと視線を移動すると、麻子の左右で、純一と敦志が腕を掴み、支えている図があった。

「芹沢さん、大丈夫ですか」

「……ったく、なにしてる！」

「も、申し訳ありません……」

ふたりの手に助けられた麻子は、転ぶことなくひと言謝罪の言葉を口にする。そしてひとりで立つと、脱げた片方のパンプスへと駆け寄った。

「……んっ！」

見事なまでにハマった、そのパンプス。それは、非力な麻子には到底取れそうもなかった。

「どけ」

そう言って、麻子の前を大きな手が伸びてパンプスを掴む。あれだけ麻子が両手に力を込め、体重をかけても取れなかったのが嘘のよう。その手は難なくパンプスを救出した。

「早くしろ」

マンホールを避けて、そのパンプスをそっと麻子の前に置くと、すぐに背を向けて車に乗り込んだのは純一だ。

「す、すみません」

麻子は顔を赤くしながら俯いて靴を履くと、敦志の後に続くように車に乗り込む。

敦志はただ、ほかの人から見たら何気ない純一のこの行動に驚いていた。


三人が乗る車が発進したのを、オフィス内から眺めていた人物がいた。

発車したところだけではなく、その敦志が驚愕する純一の行動の一部始終を……聞こえはしないが全て見ていた。

それだけで、十分状況を理解したその人物は身を翻す。

「……報告しなくちゃ」

そう呟くのは、ピンクのルージュがひかれた唇。その唇は、なぜか弓なりに口角が上がっていた。ウェーブの髪を靡かせて、向かう先は第二秘書室。

「戻りました。宇野さん、報告があります」

ニコリと可愛い笑みを浮かべ、小首を傾げると、美月は一番にそう言った。

（実際、私は〝藤堂純一〟になんか興味はないのよ。まぁ〝社長〟っていうところには惹かれるけれどね。とりあえず、今は常務付きであの中川に取り入って過ごしているけれど、そんなの好き好んでしているわけじゃないわ）

美月は心でつらつらと好き勝手思いながら、表では〝いい後輩〟を演じてそこに立つ。そうして表向き、従順な態度で一連の出来事を説明する。本心では歪んだ笑みを零しながら。

（もっと、もっと上へ。別にうちの社長じゃなくてもいいのよ。この会社は取引先は無限にあるんだから。肩書がよくていい男。そういう男を探しているのよ。そして捕まえる。人生の勝ち組になるためにね）

そんな美月の下心に気づくはずもなく。麗華はキーボードに乗せた手を止めて、目を大きくする。

「社長が、あの女に手を貸した……？」

さらに美月の報告に、信じられないという声を漏らした。

それもそのはず。

純一は、女性に触れることはおろか、必要以外声もかけない人間だ。

目の前にうずくまっている女性がいたところで、彼はまるで見えてないかのようにその場を通り過ぎるだろう。百歩譲って、自分の手を伸ばすことはせずに、隣にいる敦志に声をかけるかもしれない。でも、それだけだ。

そんな純一の人格を、秘書室に長年いる麗華が知らないわけがない。だからこそ、衝撃の事実なのだ。

まさか、女性に自らの手を貸し、まして助けるなど。

そして、美月はそんな麗華を見つめながら思うことはいつも同じ。

(宇野さん……宇野麗華は、望みがゼロに等しいのにもかかわらず、あの藤堂純一に想いを寄せている。それはこの数年、同じ職場にいればすぐにわかること。宇野麗華は確かに仕事は素晴らしい先輩。だからこそ……彼女に気に入られれば、自分も自動的に上の世界に近づける)

下唇をぎゅっと噛み、顔をしかめる麗華をちらりと見る。美月の視線になど、気づく様子もない。

(彼女が仮に、社長秘書の座を獲得したとして。恩を売っておけば、多少の見返りはあるでしょ。そして年齢的にも私より先に退社し、後任に抜擢される可能性が一番高いのは、この私。……そのはずだった。少し回り道だとは思ったけれど、まだ二十四。少しくらい、遊んでから結婚したって全然いい歳だわ。そう思っていたのに)

そして今度は、美月も軽く唇を噛んだ。

(……芹沢麻子。アイツが少しずつ計画を狂わせている。もう回り道なんかしなくてもいいわ。あの女も、この女も。ふたりが失脚すれば、自分がトップになれるんだから)

歪んだ目論見を抱えていることも知らず、麗華の頭の中は純一と麻子の関係を探ることでいっぱいだ。

「相川さん。そのときは、社長だけでなく早乙女さんも手を貸したのね?」

「ええ。そう見えましたけど」

そんな美月をよそに、麗華はひとつの予測を立てる。

先日のバーベキューのことと合わせて考えても、早乙女敦志は芹沢麻子に惹かれ始めているのではないか、と。

純一までには及ばないが、敦志も容姿はかなりいい方だ。絶対にモテるはずなのに、浮いた話のひとつも聞かない。あまりに純一にべったりなことから、ふたりの間になにかあるのでは、と、非現実的な噂が流れるくらい。

敦志が純一と違うのは、女性に普段から優しいこと。でも、あのときは明らかにその範疇を超えていた。

女の勘というのはなかなか鋭いもので。あの日麻子に電話をかけ、敦志が代わって話をしていたとき。そして、麻子が倒れたとき。全てにおいて、敦志が見る麻子への視線は普通を越えていたと判断する。

(なぜ、あんな見た目だけの、過去に傷があるような女が好かれるのか理解できない。でも、相手が純一以外ならどうでもいい)

「……すぐに、そこにいられなくしてあげるわ」

そうして麻子のことをまた思い出すと、麗華は再び嫉妬と攻撃の念を燃やし始めた。


「ああ。ご足労かけてしまい、申し訳ない」

「いえ……こうして会えなくなるなんて残念ですから。今のうちに」

「ははは！　もう老いぼれだからなぁ！」

到着した取引先で、かなり年配の男性と純一とが和やかに談笑していた。

「お……？　彼女は？」

「ああ、彼女には今、私の第二秘書を務めてもらってます」

「ほう……綺麗な女性だ。藤堂くんも隅に置けないなぁ！　今まで頑なに秘書は早乙女君だけ、と聞いていたから。特別な事情が?」

「いえ。期待に添えるような答えはないですよ」

(はぁ……。また、だ……)

麻子はこの手の話題に、短期間で何度も遭遇してきた。

『女性をそばに置くのは珍しい』と。

それにより、純一はそれほどまでに、女性と無縁だったということが本人に聞かなくともわかる。

「次期社長の息子さんは……?」

「ああ！　すみませんね。ちょっと出張中なんですわ」

純一の質問に、男性は豪快に笑いながら大きな声で返す。

(ああ。だから、この男性と直接会う機会がなくなるって話なのね)

麻子は先程、純一が言った言葉の意味をようやく理解すると、普段は見せない、純一の営業スマイルを眺めていた。

ひと通り資料を広げて、純一たちふたりが話をする。そして、その話がようやく済むと、純一が席を立った。

「それでは」

「私はギリギリまで働いているから、いつでも顔を出してくださいよ」

純一が頭を下げたときに、その社長はそう言ってノートパソコン画面を見せた。

「ほら。これ、今やってる仕事なんだけどね」

その向けられた画面に、純一を含め全員が目を向ける。

「浄水場の現場なんだけどねぇ。排水のシステムがよくトラブルになると……」

その映像を見て、凍りついたのは言うまでもなく麻子だ。

濁流がものすごいスピードで流れ、時折、渦を巻くような箇所も見受けられる。そんな映像を目に映せば、たちまち心臓が騒ぎ出し、全身が総毛立つ。

目を逸らそうと脳が指令しているのだが、硬直してしまった体がそれに反応しない。

麻子の浅い呼吸に、いち早く気づいたのは純一だ。

「ああ。やはり、次期社長の息子さんにも、先に名刺を渡しておいてもらおうか。あ、申し訳ありません。準備不足で……芹沢。車に戻って、すぐに名刺を」

純一が、ポケットの名刺入れを探るフリをして麻子に指示を出す。

「は、はい」

動けなくなっていた麻子は、純一の命令によって再び足を動かせるようになり、席を外した。

その純一の行動を、不思議に思ったのは麻子だけではなかった。

「いやぁ。わざわざあの息子に！　すみませんねぇ」

「いえ。また直接挨拶には伺いますが、先に名前だけでも覚えていただこうかと」

何事もなかったように、会話を重ねている純一に違和感をおぼえながら、敦志は見ていた。

純一が、名刺を切らすような初歩的ミスをする人間ではないことを知っている。

では、なぜ？

その明確な理由はわからないが、麻子になにか関係しているのかと、敦志は首を捻った。車に名刺を取りにいくのなら、自分でも問題なかったはず。たまたまかもしれない。しかし、やはりなにかのわけがあってのことなのかもしれない。

わざわざ麻子を指名して、車にいかせた理由とは……。

敦志が答えの出ないことを考えていると、名刺を手にした麻子が戻ってきた。

「お待たせ致しました」

ちょうど、全員が応接室から出てきたところに麻子が合流する。

「では。こちらをお渡し願えますか。『ぜひ一度、ご挨拶したい』と、しがない一企業の者が言っていたと。お伝えください」

そう言いながら、麻子から受け取った名刺の一枚を、純一は差し出した。

「ありがとうございます。バカ息子に伝えておきますわ」

肩を揺らして大笑いしながら答えた社長に玄関先まで見送られ、麻子らはシステムジャパンを後にした。


車内に戻ると、麻子はちらりと隣に座る純一の顔を窺った。そして、敦志とまったく同じことを考える。

(この人が、名刺を切らすなんてありえない)

秘書について間もない麻子でも断言できるくらいだ。純一は、なにをするにしても用意周到。じゃあ、なぜ、あるものをないと言ったのか?

思い当たることと言えばひとつ。

(まさか……私のことを、考えて……?)

二度のキスが、自分の都合のいいように考えさせてるのではないか。そう何度も自分を戒めるように考えるが、行きつく先は結局は同じ。

彼の気遣いと優しさからの、嘘だったのかもしれない……と。

「ああ、やっぱりここが落ち着くな」

社長室に着いた純一が、ドサッと自分の椅子に腰をかけてそう漏らした。

「普通は自宅で使う言葉ですけどね。社長は自宅よりも会社がお好きなようで」

「……なんとでも言え」

敦志と純一のやりとりは、やはり社長と秘書を通り越して兄と弟のよう。麻子は見慣れたふたりの関係を、いつしか微笑ましく感じていた。

〝あの〟藤堂社長が、早乙女という秘書といるときだけに見せる顔と態度。やはり彼らには、親族という強い絆がある。

歳が近く、信頼できる人がいる。それは麻子にはないもので、心底羨ましかった。


昼になった直後、麻子の前にサッと姿を現した敦志が言った。

「すみません。お先にいいですか?」

「ええ。もちろんです」

「ありがとうございます。キリのいいところで、芹沢さんも休憩を」

ニコリといつもの笑顔で敦志は言うと、スッと秘書室から退室していった。

敦志が去った扉を見つめる麻子は、不思議そうな顔をしていた。

彼が昼の時間と同時に席を立つだなんて……と、いつもはないことだけに、なんだか気になってしまう。しかし、休憩時間はプライベート。

余計な詮索をやめて、やりかけの仕事を続けようとしたときだった。麻子のパソコンの画面に、一通のメール通知の知らせが出る。

（メール？　まさかまた、なにか文句でも言われるのか……）

麻子の頭には、宇野麗華が真っ先に思い浮かんだ。

つい先日、同じような時間帯にメールで呼び出されたのだから、当然と言えば当然だ。

麻子は気を重くして、右手のマウスを動かしカーソルを合わせる。

しかし、開かれたメールの主は予想もしない相手だった。麻子は驚き目を大きくする。そして無意識に顔を上げると、隣の部屋に繋がるドアを見た。

【話がある。今すぐ隣に。　藤堂純一】

それは、すぐ隣にいるはずの純一からの呼び出しメールだった。

敦志が昼休みと同時に秘書室を出て、向かった先は資料室。そこに、もうひとりの人物の姿があった。

「早乙女様をお呼び立てするだなんて……失礼な真似を致しまして、申し訳ございません」

美しい最敬礼と共にそう言ったのは……。

「一体、なんの用件でしょうか……宇野さん」

麗華にメールで呼び出されていた敦志は、いつもと違う、抑揚のない声で言った。

普段、滅多に人のこない資料倉庫。こんなところに呼び出す理由など、いい話なわけがない。

「……出すぎたことだと承知の上で……早乙女様に、お話が」

「話？」

敦志は、正直あまり乗り気ではなかった。

ついこの前の懇親会での麻子への態度。加えて、なにをしたのかまではわからないが、麻子宛にメールを送っていることも知っている。そんな敦志は、当然、麗華のことをよくは思っていなかった。

しかし、麗華が次に言った言葉に、不覚にも意識を奪われてしまう。

「……芹沢麻子さんの、秘密を」

「秘密……？」

ぴくりと眉を上げ、少し目を大きくさせると、これまでよりも興味をもつように麗華と向き合う。しかし、敦志は用心深い性格だ。簡単に麗華の言うことを信じるなんてことはしない。話半分で聞こうと心に言い聞かせて、麗華の話の続きを待つ。

「はい。彼女が、誰にも言わずにいることです」

「それは一体、なんです?」

敦志はわざと間髪いれずに問う。麗華はそれに乗せられて、完全に敦志が食いついた、と思って流暢に話し出す。

「彼女……芹沢さんは、トラウマがあるようなんです」

「トラ……ウマ……?」

「ええ。なんでも、幼少期に川で怖い思いをしたようで……。以来、水場にはまともにいられないとか」

(水が……?　だから、あの河原で倒れたっていうのか?　だとしたら、もしかしてさっきの浄水場のモニターも……)

敦志は、麗華の言うことはあながち嘘でもなさそうだ、と口元に手を添える。

「普段は微塵も見せませんが。あの強さの裏に、かなり弱い部分があるかと……」

「……なるほど。で、宇野さんは、なぜそんなことをご存知で?」

敦志の鋭い切り返しに、麗華は言葉を一瞬詰まらせて視線を落としてしまう。

しかし、キレ者で必要とされている節もある秘書の麗華は、すぐに形勢を立て直して敦志に向き合い、こう言った。

「……たまたま。〝相川さんの友人〟が、芹沢さんを知る方と繋がっていらしたようで。そして、これも失礼を承知で言わせていただきますが……早乙女様は、芹沢さんを女性として……特別に見ておられるかと思いまして」

うっすらと笑みを浮かべて動かした口からは、自身に疑いの目を向けられないようにと嘘がついて出る。

麗華の言うことは、明らかに取ってつけたような話だと感じた。にもかかわらず、敦志は、自分の麻子への気持ちが見透かされていることに、さすがにすぐにはうまく対応できない。

「彼女がそんなふうに傷つき、繊細な精神であるなら……早乙女様のような方が、お近くにいて支えて差し上げたら……と思ったんです」

今回、麗華は、それが言いたかっただけ。距離を縮めそうな純一と麻子を引き離せるよう、敦志に「麻子を守ってやってはどうか」と勧めたのだ。

敦志と麻子がくっつけば、それが一番望ましいというのが麗華の思惑だった。

「失礼します」

その頃。社長命令のため、麻子はすぐに隣室の純一の元にやってきた。

デスクに向かっている純一を見てみると、頬杖をついて書類に目を落としたままだ。

麻子がデスクの前に立っても、すぐにはその視線は動かなかった。

(え……？　なに？　急用かと思えば……。メール、見間違えてないよね？)

あまりに純一が自分のことを気にしないので、麻子もいささか不安になる。そのとき、頬杖をついている純一が、そのまま目だけを上げた。

(……この目が、私を狂わせる)

麻子は高鳴る動悸を抑えるように、静かに呼吸を整える。

「大丈夫か」

純一の突然のひと言に、麻子は目を丸くした。

その真意は、おそらくさっきの出先での件。

「は……い。やはり、先程はわざと……」

「……あの人は、話し始めると長いからな」

(本当に、この人はなんなの？)

昼になっても仕事をしていて。そんな忙しい中、わざわざ自分を気にかけてくれてるようなことをする。

この間まで、ただの部下だった自分に急に優しく声をかける。それは、いつも見ている、敦志へ向ける目と同じ、優しい目で。

いくら今までロクに恋愛をしてこなかった麻子でも考えてしまう。『純一は、自分を想ってくれているかもしれない』と。

二度のキスが、麻子にそれを一層思わせる。

「ああ、余計なお世話か」

「……父から聞いて、ご存知なんですよね？」

麻子は、どこか焦点の合わない虚ろな目で呟いた。

「今後も同じようなことが起こるかもしれません。いえ。きっと起こります。今のうちに、私以外の人を……」

「そのつもりは、ない」

（あの二度の過ちを三度、四度と繰り返す前に、私をあなたから引き離して）

麻子はその思いで純一に意見するが、当然却下される。

「君は優秀だ。それでいて、俺のトラウマをも忘れさせる」

「……トラ、ウマ……」

その単語は、自分にも当てはまる。

薄々は気づいていた。麻子は自分と同じ傷を、まさか目の前の人間も秘めているだなんて、と興味をひいたのも事実。

「おそらく、もう気がついてるんじゃないか？　俺が極度の女嫌いだ、と」

麻子は声には出さなかったが、その雰囲気が『そうだ』と言っているようなものだった。純一はそれがわかると、ふっと小さく笑う。

「俺がガキだったと言えばそれまでだ。高校生のときだ。……家庭教師の女に、いいように裏切られた」

純一は椅子の背に体を預け、肘かけに手を乗せると、再び頬杖をつきながら淡々と話を続ける。

「あの頃はまだ観察力がなかった。その観察力がそれなりになった今、周りにいる女を見れば、金目当てか、見た目と肩書目当て。どいつもこいつも……反吐《へど》が出る」

苦虫を噛みつぶしたように顔を歪めると、もう片方の手を握りしめて肘かけを抑え気味に叩きつける。

「……そんな奴らを見ては思い出す。……自分の母親を」

「……母親……」

その言葉も、麻子にとっては特別な存在《もの》。

「俺は、母親だなんて、一度たりとも思ったことはないけどな」

その言葉は、今までのどのときよりも抑揚がなく、冷淡。表情も無表情で、さっき麻子を見つめたような光の灯った瞳ではなかった。

「最低な女。金と、自分の欲望のためだけに俺を産んで……捨てた」

麻子はなにも言えなかった。簡単に同情することも、関係ないと聞き流すこともできなくて。

「でも、俺は紛れもなく、その、最低な女の……子どもなんだよな」

純一は、自らの手のひらを虚ろな瞳で見つめてぽつりと漏らす。そして、再び力の限り握り拳を作って奥歯を噛みしめながら、苦しそうに吐き出した。

「……そんな自分に、虫唾《むしず》が走って気が狂いそうになる」

さすがに思い詰めたような純一を目の当たりにして、麻子が初めて動く。

「あなたは、汚れていない」

今まで、決してデスクより奥へは歩み寄らなかった。それが、自分と純一との境界線だと決めていたから。その麻子が、純一の元へ。固く握りしめていた彼の手に、そっと自分の手を重ねるために踏み入れた。

次第に、純一のその拳は力が緩んでいく。

そして麻子は、純一の手のひらの爪の跡を見つめて黙った。

「……自分でも、『なんでこんな話を、君に』……と思う」

力なく笑う純一に、自然と同調するように心が軋む。

「笑うか？　……まぁ、君の事情だけを知るのも心苦しいから、ということにしておくか」

純一が麻子に手を掴まれたまま、自嘲気味にそう言った。

「笑いません」

だけど麻子は、終始真剣な面持ちで純一と向き合う。

「あなたが私を……。私の過去を、笑わないように。私もあなたを笑う理由がありません」

そうして次は、麻子も自分の過去を初めて語り始める。

atonement：贖罪

麻子が五歳になったばかりの頃。

『おとうさーん！』

麻子の父は仕事人間。休みもほとんど取らないほど忙しい。その反動もあってか、麻子のたまに一緒に過ごす父への依存はすごかった。

『きょうは、いっしょにおでかけできるの？』

『ああ。今日はお母さんと三人で出かけよう』

『うん！』

父は、麻子にとても優しい。

きちんと叱ったりもするけれど、根本的なところが本当に優しかった。仕事がない貴重な休日でも、麻子や妻への家族サービスを欠かさない。麻子はそんな父が大好きだった。

『天気がよくてよかったな、麻子』

そうして麻子たち家族はその日、ある河原に辿り着いた。

『ほらっ、麻子！　危ないからそっちはダメッて言ったでしょ！』

麻子にすると、母はいつも小言がうるさかった。今思えば普通のことだったのに、当時の麻子はそれが鬱陶しくて仕方がなかった。子どもだったのだ。

しかし、そんな言い訳は通用しないと、大人になった麻子は自分を責め続ける。

あのときの自分の罪は……と。

『おかあさん、おこってばっかり』

『麻子が怒らせるようなことばかりするからよ』

『……おとうさーん……あれ、ねてる』

『疲れてるのよ。少し寝かせてあげましょう』

ごつごつとした岩場の手前には芝生と木々が茂っている。そこに敷物を敷いて、父はのんびりと寝転がり、寝息をたてていた。そんな父に口を尖らせた麻子は、そこにただいるだなんてつまらなくて、ひとり敷物を飛び出した。

『麻子っ』

『あっちにはいかないよ！　ちょっとさんぽしてくるの！』

『遠くへ行っちゃダメよ！』

（ホント、うるさいんだから、おかあさん！　あたしはもうすぐおねえちゃんになるんだから、だいじょうぶなのに！）

子どもながらにイライラと、麻子は母の言うことを背中で聞いて歩き出した。目の前に流れる、キラキラした川を眺めながら。

川へは父と後で入ろう。だから、ちょっとだけ探検してみよう、と、そう考えて林の中へと潜り込んだ。暑かった陽射しが木漏れ日に変わり、肌を撫でる風が涼しさを感じさせる。脇道に咲いている見たこともない花を見て、そこに駆け寄った。

『わぁ！　きれい！』

麻子は花が好きだった。そして、麻子の母も、花が好きで。

だから、父はなにかある日には、母に必ずと言っていいほど花を買ってくる。麻子の『花が好き』、は、母を真似てるところもあった。

そんな麻子は、最近こんなことを考えていた。クリスマスには毎年、欲しかったおもちゃを買ってもらっていたけれど、今年はちょっと違うものをお願いしよう、と。

その『違うもの』とは……ネックレス。

それは、母の誕生日に父が贈っていたのを見て、羨ましく思ってそう心に決めていた、小さな計画。

（おかあさんばっかりずるいもん）

「もうすぐお姉ちゃんになるんだから」と、最近はそればっかりでうるさい母。

そんな反抗心が、自分だって母みたいに大人になりたい、と対抗心と羨望感を助長させていた。

『麻子ー？』

ちょうどそんなことを考えているときに、母の声が聞こえてきた。

麻子は咄嗟に、生い茂る草に身を隠した。

ちょっと驚かせよう、と、本当にそれだけだった。

まるでかくれんぼをしているかのように、麻子は無邪気に息を潜める。母がまた自分の名を呼び、過ぎ去っていくのを黙って見ていた。

そのとき、いたずらな風が、麻子の麦わら帽子を上へ上へ、と飛ばしていった。

『あ！』

くるくると面白いくらいに飛んでいく自分の帽子。

取りに行かなきゃ！と、自然に思ってその場を立ったときに、麦わら帽子が母を飛び越えて川までいってしまったのを呆然と眺めていた。

（おかあさんに、またしかられる！）

そんな思いが勝って、すぐに母の元へは戻れなかった。

このときに駆け寄っていたらよかったのに。のちに、そう何度も後悔する。

小さいときの麻子には、なにもわからなかった。

母がうるさいのは、自分を大切に思ってくれているからだということや、キラキラ煌《きらめ》いている川は穏やかそうに見えて、奥へと進めばすぐに足を取られてしまうほどに激しいということも。

麻子は草むらから、川の前で立ち止まった母の後ろ姿を見ていた。そして、麻子を呼びながら探し続けている母の視線の先には、飛ばされたクリーム色の麦わら帽子。

母に、帽子を飛ばしてしまったことがばれてしまった!と、焦る麻子は、信じられない光景を目の当たりにする。

『……麻子っ‼』

次の瞬間。母は、今までとは違う緊迫感のある声で叫んで、迷わず川の中へと足を踏み入れた。

奥へ奥へと流される麦わら帽子を、母はただ、必死に追うようにしていった。そしてまるで、麻子の視界から、手品のように急に母の姿が消えた。

五歳の麻子にはそう感じられたのだ。

真実は、川の急速な流れに足を取られて、冷たい川の中に沈んだということだったのに。

麻子は、ごつごつとした岩場をふらふらと歩いていく。

『麻子！　あれ？　お母さんは？』

『……おとう……さんっ』

（おかあさん。ごめんなさい。いい子でいられなくて。いいおねえちゃんになれなくて……）

翌日、見つかった母の首元には、綺麗な赤い石のついたネックレス。

念願のクリスマスプレゼントだったはずのネックレス。それはその日に、こんな形で母から受け取ることになった。


「……だから、私は」

「その罪を背負っている、と？」

純一に言葉を先に取られた麻子は、ゆっくりと俯いて口を開く。

「だから、私は母の分も、そのときのキョウダイの分も、何倍も努力して生きようって決めました。私の幸せを、父は願っているって知ってます。母もそれを望んでいると言ってくれます。だけど、私にはどうしても……そんなふうに考えることなんてできない」

そう。だから麻子は、ただ必死に、常に前を向いて生きるように頑張ってきた。

本当は、いつまでもあの日を振り返ってしまいそうだったけれど、それがせめてもの償《つぐな》いだと信じて。

(それ以外に迷うことなんてなにもなかった。……今までは)

心で呟いて、いつの間にか立ち上がっていた純一を見上げたときに、ふわりと首元に手を回された。

ドクン、と脈打つ心臓に、麻子の想像とは違った行動を純一は取った。

また、抱きしめられてしまったら……。そんなことを思っていたが、純一はそうはしなかった。

「じゃあ、これはちゃんと、君の元に戻るようになっているんだな」

純一の言葉に目を見開いて、首元にひんやりとした感触を感じた麻子は、そこに視線を落とす。

「これっ……」

「チェーンが切れていたから、それを直してた。だから返すのに時間がかかった」

それは紛れもなく、母の形見のネックレス。

母を忘れないように、自分の罪を忘れないように……。

「……だって、人を殺したんですもの。もしそうだとしたら、きっと〝それを忘れるな〟っていうことで……私のところに戻ってくるんです」

つまむように赤い石を手にして、麻子は悲しげに目を細めた。

「俺も同じだ」

その言葉に、麻子は再び顔を上げて純一を見る。

「……え？」

「俺も殺《あや》めている。何度も」

「冗談……」

安い慰めかと思いかけたものの、純一の顔は真剣そのもの。

「頭の中で、母親を。それと、自分自身も殺して、今まできたんだ」

麻子の肩を掴む純一の手が熱い。麻子は、純一がただ自分を慰めてくれているだけじゃないとわかると、すぐに否定しようとする。

「あなたは私とはちがっ……」

「でも、君が現れたんだ。〝芹沢麻子〟という人間が」

まっすぐに向けられる、純一の澄んだ瞳。

そんな瞳で見つめられると、自分の中のなにかが音を立てて崩れていきそうで。

（私……私だって……こんな話をした人なんて初めてで……。そんな人が目の前に現れて……でも）

麻子は自分の中で、初めて沸き上がる感情を懸命に抑えると、純一の手を軽く振り払い後ずさる。

「……私は違いますから。勘違いしないで」

気丈に振る舞い、敢えて一番冷たい声で突き放した。

（お願いだから、これ以上私に近づかないで。これ以上、あなたと距離を縮めてしまうと、私はあの日のことを差し置いて自分のために生きてしまう）

手を拒否された純一は、麻子の目が泳ぎ、自分の方を見ようとしないことから本心ではないと確信する。すでに気持ちが吹っ切れている純一にとって、こんなことで引き下がるわけもなく。再び麻子との距離を縮めていく。

「俺には君が必要だ。仕事でも、それ以外でも」

「でも……私は」

「君がどうでも関係ない」

純一が麻子の腕を捕まえると、自分に引き寄せて胸の中へと閉じ込める。その手、香り、心拍音。全てを心地よく感じてしまう自分が、麻子は怖かった。

(離れなきゃ、離さなきゃ……!)

ドンッ、と胸に手をつき、純一との距離を開けると麻子は言い放った。

「あなたには、ふさわしい人がいるんでしょう?」

(手を汚した私なんかよりも、ずっとずっと純潔でいて、ふさわしい人が)

そう思って脳裏をかすめるのは、婚約者といわれている雪乃の姿。

ふたりの距離はそれ以上縮まることはなく、麻子はそのまま秘書室へと駆け戻っていく。

たった一枚の扉で隔てられた場所が近くて遠い。

麻子は閉じた扉に預けた体をずるずると沈ませる。純一も、デスクの角に手をつき頭を垂れて、もどかしさを感じていた。

(どうしたら、あの手を掴める……?)


ガチャリ、というドアの開閉音に麻子は我に返る。

「芹沢さん?　どうかされましたか!?」

「……いえ、すみません。なんでもありませんから」

じっとりと手に汗をかいていた麻子は、差し伸べられた敦志の手をやんわりと遠慮して自力で立つと、デスクへ戻った。

顔色が優れないようだが以前のときとは違う様子だと、敦志は麻子を観察する。

今しがた耳に入った、麗華からの話。決して惑わされるような人間ではなかったはずの敦志も、麻子が関わることには私情を挟んでしまい、冷静でいられなくなる。

「芹沢さん」

「はい」

「……いえ、なんでもありません」

敦志は、本人にトラウマの確認などしていいものかと、言いかけた言葉をのみ込んだ。

いつもなら、敦志の言いかけた言葉はなんだろうか、と思うはず。しかし今の麻子はそこまでの余裕などなく。パソコンの手を止めて、胸元のネックレスに触れた。

（……本当に、よかった）

自分の背負う十字架の意味よりも、やはり大切な母の生きていた証。それは、これまでの麻子にとって、自分の命よりも大切なものだ。

そうして何度も指でその舞い戻ってきた存在を確かめた後、それを見つけて直し、首につけてくれた純一を想う。

（私、本当は彼のことを……）

途中まで心で呟いていた言葉をやめた。

純一には決められた人がいる。自分には絶対敵わない、可愛らしい女性が。

それは、麻子が自分の中に芽生えた気持ちを摘み取らなければ……と、思うには十分な理由だった。

あと少しで、一日の仕事が終わる時間。

麻子が腕時計を確認したときだった。再び、目の前のディスプレイに、一件のメール受信の表示。

（今度は、誰？）

メールなど、本来麻子には頻繁にくるものではない。

メールのほとんどは、仕事の資料や書類が添付されて送られてくる。それも、直接敦志や純一から先に声をかけられることが多いから不意のメールはほとんどない。

（社長……は、さっきもう……）

メールの差出人が純一ではなさそうだと思ったときに、薄々送信主がわかった気がした。麻子は、重い手でクリックする。

（やっぱり……）

あの人物がこのままでいるはずない。きっと、なにかまた、大きな武器を持ってトドメを刺しにくる。

そう予想していた麻子は、メールを見てそれが的中していたことに、深いため息をついた。


仕事を終えて敦志に挨拶を済ませると、秘書室を後にする。そのまま麻子は、メールで指定された場所へと足を向けた。

「なにかご用でしょうか？」

向かった先は、昼に敦志も訪れていた、誰もいない資料室。そこで、ひとり待つ麗華の元に麻子は訪れた。

「時間も守れないだなんて、秘書……いえ、社会人失格だわ」

「直前に、それも一方的に決められた時間でしたし。〝それよりも〟大事な仕事が残ってましたので」

麗華の嫌味にものともせず、麻子はいつもの調子で切り返す。

麗華も口では麻子には敵わないと思ったのか、唇を噛んだ後、再びニッと口角を上げて話し始めた。

「……まぁ、いいわ。その仕事も、もうすぐなくなるでしょうから」

「……どういう意味ですか」

「そのままの意味よ」

資料がぎっしりと並べられた棚に背を預け、腕を組みながら不敵な笑みを浮かべる麗華は、表向きの姿とはまるで別人だ。

「仰っている意味がよくわかりません」

「ふふ！　そう。じゃあ、単刀直入に言うわよ」

麗華の姿勢が正されて、鋭い目つきを向けられた。

「早々に、退職願を提出していただけないかしら？」

いくらなんでもストレートすぎる麗華の言葉に、麻子はさすがに目を白黒させた。

麗華は、綺麗なローズカラーの唇をゆっくりと動かす。

「先日も、お伝えしたわよね？　あなたの過去を、私は全て知っているの」

その過去とは、今日自ら純一に暴露したもの。簡単に話せるようなものではなく、知られてしまって動揺しないわけではない……が、麻子はそこまで取り乱すことはなかった。

純一以上に、自分の過去を曝け出すことに緊張し、動揺する相手など今の麻子にはいなかったから。

「人を……それも、お腹の大きかったお母様を殺してしまっただなんて。たとえ事故だとしても、その事実が露わになれば社内でも……下手をすれば、取引先にも影響すると考えるのが妥当だわ。ねぇ？　そう思わない？」

麻子の目の前で立ち止まり、再び腕を組みながら麻子の顔色を窺う麗華は、すでに勝者の顔つきだ。

「あなた……この会社と、社長を……つぶす気？」

そして、麗華は麻子にゆっくりと近づくと、耳元に唇を寄せた。

「……お金が必要だったなら、辞めることもできないかしら？」

それは自分の父の話だと麻子はわかると、眉間に皺を寄せ、すぐ横にある麗華の顔を凝視した。自分のプライベートを探られることに、嫌悪感と苛立ちとが交錯し、手を力の限り握りしめる。

「……どうしろっていうの」

「そうね、辞めるか……それとも、ほかの男とどうにかなるか。たとえば、早乙女様とかね」

麗華の頭には、ある程度のシナリオができていた。

ここまで追い詰めたとしても、芹沢麻子という人間は簡単に首を縦に振るわけがないだろう。自身の生活と、最愛の父のためにも金が必要なのだから。

それでもいい。要はこれをきっかけに純一と距離を取って、あわよくば敦志とくっついてくれればいいのだから。そう仕向ける予定だった麗華だが、そのプランを見事に裏切るひと言を、麻子は躊躇いなく吐いた。

「辞めます。それで、満足されるんですよね?」

麻子は力を入れていた手を緩めて方向転換すると、麗華を見ることなくそのまま資料室を後にした。

あまりに予想外だった麻子の反応に、麗華はその場に茫然と立ち尽くす。

「……お金が、必要だとわかっていたから、てっきり、秘書という立場を守って、もう一方の条件をのむものだと思い込んでいた。

麗華には逆に、その方がよかった。下手に純一の心になにかを残して去られるよりは、身近な敦志とどうにかなってくれた方が、自分の気持ちにも余裕ができると思った。

後は、婚約者の存在。どうせただ決められただけの存在ならば、心はまだ奪えるはず、という可能性を考えていた。……なのに。

「どうにか、しないと……」

焦りをにじませる麗華は、親指を噛んで顔をしかめた。


足早に資料室から遠ざかる麻子は、複雑な思いを抱いていた。

皮肉にも、麗華によって、より鮮明になった自分の心。元々責任感はある麻子。なにもなくとも自分が原因で誰かが……、会社が危うくなるのなら、同じ選択をしていただろう。

だけど、今の麻子が辞める理由はそれだけではなかった。その理由こそが、麻子をずっと苦しめている。

まっすぐな性格の麻子は、どこまでもまっすぐで。

（自分の気持ちを我慢はできても、嘘はつけない。いっそ辞めた方が会社にも、社長にも、自分にも……いい）

相手には決められた人がいる。

そんな人をこれ以上想って……。これ以上、罪を重ねないように。

すでに帰り支度をしていた麻子は、そのまま逃げるように会社を出た。外はまだほんのり明るくて、少しだけ気持ちも明るくなった気がする。

気づけば麻子は昼食を食べ損ねていた。カバンには手つかずの弁当。一緒に入れていた保冷剤が功を奏して、弁当はまだ大丈夫そうだった。

麻子は、少し先にある木々に囲まれた公園のベンチに座ると、弁当をひと口頬張った。

「美味しそうですね」

不意に聞こえてきたその声の主は、甘い香りと共に麻子の横へと近づいてきた。

「ご自分で作られたのですか?」

振り返ると、麻子は驚きのあまり手にしていた箸を落としそうになってしまった。

「し、城崎、様……」

「あ。あなた、純一さんの」

お互いに弁当から視線を上げて目を合わすと、見たことのある顔に同時に驚く。

麻子に声をかけたのは、偶然にもあの、城崎雪乃。

「こんな時間にお弁当って、お昼休みはいただけませんでしたの?」

「いえ……あの、そういうわけでは」

本心から、『休みが取れなかったのか』と心配そうな表情を向ける雪乃に、麻子は動揺した。そんな麻子の気持ちなど知る由もない雪乃は、ニコニコ笑いながら麻子の横に腰を下ろす。

「でも、本当に美味しそう。私は全然うまくできなくて」

「城崎様が、お弁当を……？」

「ええ。少し……練習してるんですけど。あ。そんな『様』だなんて呼び方やめてください。雪乃でいいですから」

「……雪乃、さん……」

屈託のない笑顔の雪乃は、夕方だというのに朝陽のように眩しく見えた。

「どうしたら、そういうふうに作れるようになるのかしら……」

「ほぅ」っ、と悩ましくつくため息までもが可愛らしい。

麻子はそんな雪乃の姿を見て、ますます罪悪の念に駆られてしまう。

「毎日作っていれば、誰でもこれくらい、すぐにできるようになりますよ」

「本当⁉」

「……はい。諦めちゃ、ダメですよ」

〝諦めちゃ、ダメ〟

人には平気でそういうことを言って、自分はどうなのだろう。その言葉は弁当だけではなく、なんにしても当てはまるはずなのに。

仕事、家庭、趣味、勉強、人間関係……恋愛。

麻子は今まで前を向いて歩いてきたからこそ、今、初めてなにかから逃げようとする自分に混乱する。

「そうですよね。諦めたらダメですよね。うん、もう少し頑張ってみよう」

ふわりと雪乃の髪が風に靡いて、再び甘い香りが麻子の鼻孔をくすぐった。雪乃はスッと立つと、くるりと麻子の方へ向いて聞く。

「突然ごめんなさい。あなたのお名前は？」

「……芹沢です。芹沢麻子」

「もしかして、私と同じくらいの歳かしら」

「二十二ですけど……」

「わぁ！　一緒だわ！　なんだか親近感が湧くわね。『麻子ちゃん』って呼んでいい？」

（純粋無垢とは、彼女みたいな人のことを言うんだ……）

麻子は可憐に振舞う雪乃を見て、改めて思った。

「……構いませんけど……でも、会社では……」

「ありがとう！」

麻子の言葉を途中で遮り、うれしそうにはにかむ。そして、ぺこっと頭を下げて、雪乃は「また」と笑顔で去っていってしまった。


その翌日。

純一に過去を曝け出し、あんなにも切なく苦しい思いをしたはずなのに。変わらぬ顔で仕事をしている麻子の様子が、純一にはもどかしく、腹立たしくもあった。

『自分ばかりがこんな思いをしているのか。……いや、そうではないはず』と自分に言い聞かせて。

一度踏み出した心は、二度とブレーキはきかない。

純一は、あの敦志とですらも、麻子と隣室にふたりきりでいることが耐え難く感じていた。

そんな中、直接社長室の内線が鳴った。

「……藤堂だ」

ぶっきらぼうに電話を取ると、電話の声はなんだか少し上ずっているようだった。

けれど、そんな相手に気遣うような純一ではない。淡々と用件を聞き出すと、時計を見て答える。

「いや、ああ。今は私ひとり……五分だけ、時間をやる」

受話器を置いて、すぐに社長室の扉が音をあげた。

いつもなら、誰かがこの社長室に入室する際には敦志がいて、ロックを解錠する役目を果たす。だが、今は突然の来訪、そして純一も敢えてひとりきりで対応をした。

「失礼致します、藤堂社長」

「用件を、早くしろ」

扉の近くで立ったまま、純一が話を急かした相手は……宇野麗華。

麗華は憧れの純一が間近にいることに頬を紅潮させながら、少し遠慮がちに目を伏せて緊張気味に口を開いた。

「あ、あの、お時間を取らせてしまいまして申し訳ございません」

「いいから、早く用件を」

「あ……はい。私、芹沢さんから預かっていたものを……」

「預かったもの？」

その名は先程も、麗華からの内線で聞いていた。

だからこそ、「五分」という時間と、「用件を」、と急かしていたのだ。でなければ、この純一が、仕事中に麗華に時間を割くはずがない。

「一体なにを……」

純一はその預かり物の正体がわからなくて、苛立ち気味に尋ねようとした。そのとき麗華が手にしていたものが目に入り、思考が一瞬止まってしまう。

「……それは、なんだ」

「……ですから、芹沢さんから預かっていました。……コレを」

「俺は、なにも聞いていない」

純一は、麗華の差し出すそれを、決して受け取ろうとはせずに反論する。しかし、麗華も負けずに言い返す。

「私は、『辞める』、と聞きましたが」

麗華が手にしているものとは……。〝麻子が書いた〟という辞表。

もちろんそれは偽物で、麗華が仕込んだもの。昨日、麻子の口から「辞めます」と聞いたことが、意志を確認したというこじつけた理由で。

そんな偽造文書を、追い詰められていた麗華は物怖じせずに純一に突き付けた。

「なぜ、俺や早乙女じゃなく、君に？」

「ええ。少し……言いづらいのかもしれませんね。その……早乙女様と……」

「早乙女と？　なんだ？」

「……男女の仲、のようですので……。近々、正式に発表されるのかもしれませんね」

頭を鈍器で殴られたような衝撃を純一は受けた。

信じられない。信じたくない。もしもそれが事実だとすれば、また女性に、そして、絶大な信頼を置いている敦志にまでも、事後報告という形で裏切られたことになる。

麗華の単純な嘘に乗っかってしまいそうになるわけは、敦志には直接「麻子をもらっていいか」と言われたことがあるからだ。

「彼女……芹沢さん。懇親会のときから、早乙女様とはいい雰囲気でしたし」

「……いい。とりあえずそれをよこせ。五分過ぎた」

「し……失礼致しました」

パタン、と扉が閉まるや否や、純一は自分の手の中にある辞表をもう一度見つめた。

少し目を閉じ、なにかを考えた後に、ふたりのいる隣室へと向かった。

まだ、麗華が社長室に足を踏み入れる前。

第一秘書室では、麻子も敦志も自分のデスクで、黙々とパソコンに向き合っていた。

敦志は、パソコン操作をしつつ、麻子を気にしている。

……衝撃の話。目の前で起きた事故で、母を亡くした心理的外傷。しかも、当時麻子は幼く、その傷は計り知れない。敦志は麗華に吹き込まれた話だけに頭を支配され、悶々としていた。

カタッ、と麻子の手が止まったときに、敦志はハッとして麻子から目を逸らした。

「早乙女さん」

「は、はい」

「私、やっぱりここには……」

急に麻子が深刻な顔つきで切り出す。今まで敦志の視線に気がつかなかったのは、それほど麻子もまた思い悩んでいたからだ。

敦志は不意をつかれ、慌てて麻子に近づいていく。

「なにを急に！」

「……元々、華やかな場にも行かなければならない秘書なんて、私には向いていないんです」

「そんなことありませんよ。芹沢さんは能力的にも印象的にも十分な……いえ、それ以上のレベルです」

「いえ。絶対にまた、迷惑をかけますから」

お世辞ではなく心から敦志がフォローをしても、麻子はまるで、なにかがすでに起きてしまったかのように譲らない。

その麻子の抱えている、後ろめたさに似たものの正体を知る敦志は、麻子を止めるのに必死で、つい、口を滑らせてしまう。

「河川敷での懇親会のことや、この前の訪問先でのことですか?」

言ってしまった後に、敦志はハッと口に手を当てたが……もう遅い。

「……早乙女さんも、ご存知なんですね……」

少し憂いた表情をして、自嘲気味に笑うと、麻子はそう呟いた。

(社長も早乙女さんも事情を知っているからといって、このまま甘えられるものじゃない……)

そんな理由も心にあるが、今では、なにより恋心のウエイトの方が大きい。

迷いがある、そんな今のうちならば……。そう思い、口を噤んでいたときだった。

ふわり、と、純一とはまた違った穏やかな香りに、麻子は包まれる。

「……オレじゃ、力になれない……?」

そう言う敦志は〝秘書〟ではなく、あの日の男の口調と顔つきで、麻子を胸に抱き寄せていた。

「君さえよければ、オレは……」

ガチャッ、とそのドアノブの回る音で、ふたりの時間が一瞬止まる。

麻子に回されている敦志の手は、少し緩むだけで解放されるまでには至らなかった。

抱かれた態勢のまま、麻子は音の正体を目で追う。

「なにを……してる」

低く、静かではあるが、どこか怒りが感じられるその声……。

「……純一くん」

ふっ、と麻子の体を敦志は離した。

いくら、『辞職して離れよう』と思った相手とはいえ、見られたくない場面を目撃されてしまった麻子は、この上なく動揺する。そしてなにも言えず、ただ純一の熱くも冷たくも感じる視線に射られたまま。

「違う」。そう声を大にして、否定してしまいたい。けれど、そうすることも、嘘をついて突き放すこともできない。

「敦志」

「オレは言ったはずだよ。純一くん」

敦志は覚悟を決めて、真正面から純一にぶつかっていく。そんなふうに向かってくるなんて予想していなかった純一は、一瞬耳を疑った。

自分を見る敦志の目は、秘書でも兄でもなく、ひとりの男のもの。

それを察した純一も、また、ひとりの男へと変貌する。

「……俺も気が変わった」

言葉少なに純一が答える。ふたりが火花を散らしているかのような状況に、麻子はまるで入ることができず。ただ、事の成り行きを黙って見ているだけだ。

すると、真剣な顔をしていた敦志が、横にいた麻子に穏やかな笑顔を向ける。

「芹沢さん。考え直して。オレは全力でサポートするよ。仕事も、それ以外でも」

敦志のそれは、さっきの話の続きだ。麻子が辞職を考えていることについてと、便乗するかのように、さらりと告白も付け加える。

「『サポート』？　……『考え直す』……？」

純一はその言葉に、つい今しがた麗華から渡された辞表が、本当のことなのかもしれないと思わされる。

緊迫した空気の中、プルルルッ、と、秘書室の電話が鳴り響いた。二コール目で、素早く受話器を取ったのは敦志。

電話応対している間にも、純一は、なにか言いたげな視線を麻子に向け続ける。けれど、実際にはなにも言わず。それは逆に麻子には心苦しいもので、純一の視線に犯されている間、一度も彼を見ることができなかった。

「社長。明日の午後に、安田《やすだ》デザインの内野《うちの》様がアポイントを取りたいと」

「空いているなら構わない。敦志に任せる」

「承知しました」

敦志の業務的な会話に応えた純一は、その後、麻子を見ることなく社長室へと戻っていった。麻子はその後ろ姿を見送りながら、純一がなぜここにきたのかと思考を巡らせる。

受話器を置いた敦志は再び麻子を見て、ニコリと意味ありげに微笑むと、自分のデスクについて仕事に戻った。

追及されず、でも、離れようとすることを許さないとでもいうようなふたりの視線を思い出し、麻子は平常心で仕事に戻ることなんてできなかった。

昼になると、敦志とも純一とも気まずい雰囲気のまま、麻子は秘書室を出た。向かう先は、久しぶりの元部署の先輩、泰恵のところ。

「泰恵さん。泰恵さんならどうしますか?」

「『自分のせいで仕事の妨げになる』って?」

「……まぁ……そんなような理由です」

もぐもぐと口を動かしながら、庶務課の机を挟んで、麻子と向かい合う。口に残っていたものを飲み込んで、泰恵は少し考える。

「でも、仕事でもなんでも、誰かに迷惑はかけてしまうことは普通だから……『サポートしてくれる』っていうなら、今はそれに甘えてしまっていいと思うけど」

「その理由が、もしずっと改善されない理由でも?」

「麻子ちゃんに限ってそんなことないでしょう! できる子だもの!」

泰恵は明るく「あはは」と軽快に笑う。

自分の相談の仕方が曖昧だから、そういう反応なのはわかっている。泰恵はいつも、麻子のことを高く評価してくれていた。だから今回も「麻子に限って」と口にするが、今の麻子はそれを受け流すこともできず。

(本当の私は、全然できる子なんかじゃないんだけどな)

マイナス思考のまま、本来の麻子の性質が心の中で見え始める。

結局、全てを打ち明けて相談できないために、的確なアドバイスや意見をもらえるわけもなく。麻子は、心の中で小さくため息をつくと、弁当に箸を伸ばした。

「それって、どっち？」

「は……？」

「どっちかでしょう？　今の話！」

弁当に視線を落としていた麻子に、前のめりで泰恵はニヤケた顔を近づけると、小声で麻子にそう聞いた。

「どっちかって……」

「麻子ちゃんをサポートしてくれるって話！　それって、仕事以上の気持ちがあるってことじゃないの？　それが、社長か、あの専属の秘書の人でしょ？」

麻子は、泰恵が噂好きだったことを、いまさら思い出しては少し後悔する。当然、そんな麻子の気持ちが読めない泰恵は、弁当そっちのけでぐいぐいと顔を近づける。

「やっぱり、秘書の方？　前にここにきたときに麻子ちゃんを庇ってくれたし、優しそうだったものね」

もうこうなると手に負えない。残りの時間のほとんどが、泰恵のマシンガントークで過ぎていき……。麻子はそれに苦笑いを浮かべつつ、ひたすら聞き流していた。

「じゃあ泰恵さん、突然すみませんでした。私、戻りますね」

昼休みが残り十分になると、麻子は弁当箱を持って席を立った。長身の麻子を、座ったまま見上げて泰恵は言う。

「麻子ちゃん。あなたをフォローしたいのは私も一緒だからね。だから、いつでもここにきて、頼ってね」

そんな温かな言葉をかけられたのは、本当に意外で。麻子は鼻の奥がツンとするのを感じながらも、頭を下げた。

「……はい。ありがとうございます。ほんと泰恵さんて……お母さんみたい」

きっと、母もこんなふうに優しくしてくれたはず。亡き母を重ねて見ては、不器用な笑顔を麻子は浮かべる。

「なーんて。仕事は麻子ちゃんの方ができるから、私はもうなにも手伝えないかもしれないけどね」

「いえ。泰恵さんがここにいてくれるだけで、十分救われますから」

もう一度頭を下げたときに、抑えきれなくて零れた一粒の涙。

それを泰恵に見せることなく、次に顔を上げたときはいつもの気丈な麻子に戻っていた。

第一秘書課に戻ると、午後の就業開始時間まであと五分。

早めに仕事の続きをしようと机に向かってパソコンを開いたときに、また嫌な予感のするメールがきていた。

(まさか、宇野さん……は、もう昨日で話はついたはずだし)

残る可能性は、午前中に修羅場にいて、痛いほど視線をぶつけてきた純一。

ドクンドクン、と騒ぎ鳴る胸を抑えながら、震える手でメールを開く。

そのメールを見て、麻子は心臓が止まるかと思った。

【明日午後八時に、ひとりで○○公園にくること】

その一文と、添付されていた画像。

麻子の目が、鬼気迫るものに変わっていた。

desire：欲望

深夜〇時を回る少し前に、社長室のある十五階のフロアにふたつの人影があった。

そのふたつの影は、音を立てないようにセキュリティを巧みに解除し、ある一室に侵入する。

「こういうのが得意って、すごく助かるわ」

「……もうこれで、しばらく巻き込まないでくれよ」

そのふたりが小声でそんな会話をしながら、あるひとつのパソコンを起動させる。

真っ暗な室内に、白く光る画面。それを操作している人物の肩に、後ろから白く細い手を軽く回して、くすくすと笑いながら囁く甘い声。

「あら。元々関係を迫ってきたのはそっちでしょ？」

「でも、さすがに今回はヤバイから。これきりにしてくれ」

「……ふん」

カタッ、とキーを打ち終わると、今度は後ろに回っていた人物が入れ替わり、そのパソコンに向かう。

カチャカチャカチャ、と軽快に響くキーボードの音。手を動かしながら、後ろに立つ男に言う。

「あ、見ないでね」

「まったく、怖い女だよ」

「ふふ。ありがと」

悪びれることもせず、軽く返事をする女の操作したパソコン画面には、【メールを送信しました】の文字。

「オッケー」

クスッと笑いながら送信したメールを消去し、なにもなかったように、パソコンを元の状態に戻す。その後ろから、今度はがっしりとした腕が、華奢な体に手を回す。

「じゃあ、お礼をしてもらえるのかな」

「んっ……あ、もう! ……二時間だけよ?」

薄暗闇の中で男女が影を重ねると、そのまま誰にも見つからずに夜の街へと消えていった。


翌日出社した純一は、いつものように上着を脱いで椅子に体を預けた。

デスクの上にはいつもと同じ、昼食用のブルーの小さなバッグ。

「おはようございます」

その声に弾かれたように純一は顔を上げた。

「どうぞ」

そう言って、いつものコーヒーをデスクに置く。トレーを脇に挟み、背を向けて去っていく麻子を、純一はただ瞬きせずに見届けるだけだった。

「……ちっ」

小さく舌打ちをしたのは、まるで中学生のように、好きな相手を目の前にしてなにもできないでいる自分自身に対して。

どうしていいか見当もつかない。ただ、もう目と心が、麻子を追うだけで。

麻子の淹れてくれた、少しだけ薄めのコーヒーを口に運ぶ。

そして、朝イチでするメールチェック。ひと晩で何件ものメールがきているので、それを開いて確認するだけでも多少の時間を要する。

純一は、差出人から優先度の高いものを予想して開いていく。

その日、一番に目をひいたメールは総合病院の医師からだった。正直、そのメールを見るまでは、詳細な時期までは忘れていた。

「明日、か」

それは少し前に純一がその病院に乗り込んで、無理やり話をつけようとした麻子の父、克己の手術。その手術が行われる日を、純一は前々からメールで送ってもらうよう、根回ししていた。

「失礼致します。何度も申し訳ございません」

そこにタイミングよく、麻子が今日の予定をまとめた用紙を手にしてやってきた。

「休暇を取らなくてもいいのか」

「は……」

脈絡なく、突然意味がわからないことを吹っかけられるのは、よくある。それでも毎回、麻子は渋い顔をして、純一に聞き返してしまう。

「明日だろう?　手術は」

そう言われて麻子は止まってしまった。

手術の日を忘れているわけではない。むしろ、その日が近づくにつれて、期待と不安が押し寄せて、眠れなくなってきたくらいだ。

やっと、喉から声を絞り出すようにして麻子は答える。

「いえ……大丈夫です」

手術はもちろん心配だ。けれど、ずっとひとりきりで、手術が終わるのを待てるかが不安だった。それなら仕事をしていた方がいいのかもしれない、と。

そしてもうひとつ。純一への借りがあるため、自分は仕事で貢献する、という理由。この手術を受けられたのは、純一のおかげ。そして、自分はその借りを返すために彼に服従しなければならない。

麻子はそう思っているから、仕事を選んだ。まして、近々退職する決心があるのだから、少しでも……。そういう気持ちで。

「今日と明日くらい、せめて定時で帰宅しろ」

「しかし」

「命令だ。残業になりそうだったら、敦志に」

「……わかりました。ありがとうございます」

麻子はやけによそよそしい口調で深々と頭を下げると、スケジュール確認の用紙を手渡して颯爽と秘書室へ戻ってしまう。

社長室に麻子の姿がなくなると、純一は再びパソコンに向かって仕事に戻った。

昼になり、純一が少し休憩をする。今では、麻子の手製のものを口にすることが習慣になっていた。味も悪くない。いや、むしろ上出来だ。

そんな昼をデスクで迎えながら、再びメール画面を見ていた。

今朝にはすでに届いていたが、前画面に入り込んで見落としてしまっていたメールに、純一はそのとき気がついた。

食い入るように、そのメールに集中し、顔を画面に近づける。

手にしていた、鮮やかな野菜が挟まれたサンドイッチを口から離して、純一はそれを開いた。

「……今日……応接室に……？」

その内容を確認するなり、顔をしかめて頬杖をついた。


それぞれが一日の業務を終えた頃。

「ああ。芹沢さん、社長に聞いてます。今日と明日は残業しないように、と」

「え……」

「後は大丈夫ですから。どうぞ、お父様に付き添ってあげてください」

(昨日あんなことがあったのに、やっぱりこのふたりはちゃんと繋がってるんだな)

今朝純一に命令された内容が、確実に敦志にも伝わっていたことに対してホッと胸を撫で下ろす。

考えてみたら、今日一日ギクシャクしているような感じだったのは自分だけかもしれない。純一も敦志も、まるで何事もなかったかのように仕事をしていたのを思い出す。

「すみません……」

そんな半端な仕事をしていた自分が情けなくて、心から謝罪の言葉を口にした。

「どうして謝るんですか。『全力でサポートする』、と言ったでしょう?」

下げた頭を上げると、そこにはやはり、いつでも穏やかに全てを包み込んでくれるような笑顔の敦志がいて。

その笑顔は不思議なくらいに、麻子から自然な笑顔を引き出していた。


「今、帰宅していきましたよ」

「ああ」

麻子が帰っていくのを見届けてから、敦志は純一に報告をする。

純一は、その報告を受けて少し手を止めると、渋い顔つきで考え込む。それからゆっくりと席を立った。足元から天井まである窓へと歩いていくと、そこに映し出される自分を眺めながら口を開く。

「明日、どんな顔をしてくるんだろうな」

「やはり、休暇は受け入れなかったんですね。妥協案での定時でしたか」

「想定通りではあったけどな」

窓越しに純一と敦志は目を合わせて話をしていたが、その後しばらく沈黙する。

「純一くん」

「敦志」

同時に互いの名前を呼んだ。今度は窓越しではなく、直接目を合わせながら……。けれど、どちらもその続きを口にすることなく。結局は、そのまま互いになにも言うことをせずに時間だけが過ぎていった。


定時で上がった麻子が、コツコツとヒールを鳴らしながら歩いていく先は病院ではなかった。いつも乗る地下鉄の駅へは向かわずに、そのまま通りを歩いていく。麻子はそこで、腕時計を確認した。

(六時、か)

こんなことのために、今日は残業せずに退社したわけではないのに。でも、病院にいく前に、気になることは終わらせておきたい。そんな不器用な自分の性格が、改めて嫌になる。

麻子が足を止めたのは、それから数十分後。

大きな木々が立ち並ぶ公園内に入る頃には、すでに陽は落ちかけていた。

平日ということもあってか、公園には人影が見られなかった。

麻子はひとり、近くに見つけたベンチに腰かけると空を仰いだ。藍色に染まろうとしている空が、木々の枝の隙間から覗いて見える。うっすらと暗い空に浮かぶ雲の流れを目でしばし追うと、ゆっくりと目を閉じた。

目を閉じて浮かぶのは、父と母、幼い自分。……そして、あの人物。

そんなことを繰り返していると、あっという間に時間は過ぎて、時刻は午後八時を回ろうとしていた。

そのとき、コツッと麻子の元に足音が近づいてくる。

「なっ……!?」

麻子は振り向き、そこにいた人物の正体に驚いたが、声をあげたのは麻子ではない。

目の前に現れた人物に驚きを隠せなかったのは麻子だけではなく、その人物も同じということ。

麻子は微動だにせず、口だけを動かした。

「う、宇野さん……！」

「せ、芹沢麻子⁉」

ふたりは未だ、互いに目を大きくしたまま。

なぜ？　その疑問だけが、しばらくふたりの頭を支配する。

その衝撃の偶然に固まっていると、ザザッ、とふたりの背後から別の足音が聞こえる。

ハッとしたふたりはその音の方へ顔を向けるが、次の瞬間には、麻子と麗華は何者かに口元を押さえられていた。後ろ手に拘束されると、身動きもできずに捕われてしまう。

周りには誰もいない。唯一、黒い雲から少し覗く月だけが、ふたりの異変を空から見ていた。


麻子と麗華の緊急事態が起きたときより、少し時間は遡る。

「もうすぐ八時、か」

「今日はまだ帰らないのですか？」

その意味深な答えに、敦志は首を捻った。

「……野暮用があってな」

手を止め、時計を確認した純一に、メガネを押し上げながら敦志が尋ねる。そして、その意味深な答えに、敦志は首を捻った。

「なにか、面倒なことでも……？」

「……まあ、大したことじゃないとは思うけどな」

純一は気だるそうに頬杖をついて、パソコンのメール画面を見るとそう答えた。

「ああ。でも、念には念を……」

純一はひとり考えて、敦志を手招きで近くまで呼ぶ。誰もいない社長室なのにもかかわらず、至近距離の敦志に、やっと聞こえるような声でなにかを告げた。

夜の八時を過ぎた頃には、すでに社長室は明かりが消されていた。

一見外から見れば誰もいないように見える。しかし、暗い中の廊下に、ぼんやりと人影があった。

非常灯の明かりを頼りに、ある扉の前に立っていたのは純一だ。

そこは、社長室と同フロアにある応接室。純一は、ドアをゆっくりと開けた。

廊下と同じく、応接室も当然明かりは消されていて、窓から射し込む月明かりが、暗がりの中にうっすらと影を作っていた。

パタン、と後ろ手で静かに扉を閉めた後、純一は辺りの気配を探りながら声を出す。

「芹沢……?」

純一が応接室に入ったところを、廊下の隅で見届けていた人物がいた。その人物は口元を緩めると、携帯電話を操作する。

コール音が耳元で鳴ると、すぐに発信先の相手が電話を取った。『はい』という応答を確認すると、ニヤリとしながらしおらしい声色を器用に発する。

「もしもし。今、よろしいでしょうか……」

『なんでしょう?』

「その……折り入ってご相談が……。これからよろしいですか?」

『……どちらに?』

「会社の近くのfive《ファイブ》というバーにいますので、そちらに……」

『……わかりました』

「ありがとうございます。……早乙女さん」

用件を告げ終えると、次は急いで純一の後を追うように、応接室へするりと入る。

静かに開閉したドアだが、静寂な空間では簡単にその気配を感じ取ることができた。

すでに室内にいた純一は、それを察知し、もう一度、あの名前を呼ぶ。

「芹沢？」

純一のその呼び声に引き寄せられるかのように。今、入室したばかりの人物は、暗がりの中、迷わずに純一に辿り着く。正面から純一に近づく影は、月明かりでその顔を確認される前に、純一の胸に飛び込んだ。

ふわりと鼻腔を擽《くすぐ》るやたら甘い香りと、抱きついてきている華奢な腕は明らかに女性だ。高いヒールでさらに背伸びをして、背中に回していた手を首へと移動させながら、ゆっくりと純一の唇へと距離を縮めていく。

「……麻子」

そんな女性に向かって「麻子」と名を呼び捨て、純一は腰に手を回し、その体を自分に引き寄せる……が、次の瞬間。

「きゃ……っ」

純一は、その女性と思われる体をものすごい勢いで突き放すと、恐ろしく冷たい声で言い放った。

「なんてな」

暗さに目が慣れてきたこともあり、突き飛ばし足元に座り込んだ女性の正体がはっきりと確認できる。純一は、ゆっくりと屈んでその人物の目線に合わせた。

「どっ……、どうして」

暗い中でも、大きな瞳が潤んで揺れているのがわかる。しかし、純一にはそのような〝女の武器〟はまるで役に立たない。

「なにを企んでいる」

背筋も凍るような声に、女はゾクリと冷や汗を流す。その威圧感に、なにも答えられずにいると、続けて純一は言う。

「残念ながら、アイツはこんなふうに俺を誘ったりしない。……相川美月」

自分の名前を見事当てられて、美月は大きな目をさらに見開き手に汗を握る。蛇に睨まれた蛙のように、身動きが取れない。

「あんなメールとその靴で、この俺を騙せるとでも？」

鋭い視線を美月のヒールに送り、片側の口角だけを上げてうっすら笑う純一が、薄暗い中に確かに見えた。その端正な顔が自分を睨んでいるとわかった美月は、思わず息をのんだ。

今日、確認した中にあった、純一へのメールの内容。

【本日、少しふたりだけでお話する時間をいただけますか？　午後八時に応接室で

待っています。　芹沢麻子】

アドレスも、間違いなく麻子のパソコンから送られてきていたそのメール。それは、前日に美月が中川を利用して忍び込み、送信したもの。

純一は麻子に気があるはず。そう思って、麻子に成りすまし、少し気があるふりをする内容を送ればあの純一だって、冷静さを欠いてやってくる。そんな浅はかな作戦を立てたのだ。

さらに、美月が先程敦志に電話をかけたのは、〝保険〟としてだ。純一との時間を邪魔されないように仕向けた作戦のひとつ。

「そもそも、アイツがあんなメールをするはずがない」

純一は、美月の顔を覗き込みながら、片手で髪をかき上げた。

麻子は自分の父の大事なとき。だから「早く帰れ」、と指示したはずの今日。そんな日に限って、麻子が純一にこんな誘いを絶対にするはずはないのだ。

「アイツは、誰かとは違って、一度言ったことは忘れない。優秀な秘書だからな」

苦虫を噛みつぶしたような顔をして、美月はゆっくりと立ち上がる。それに合わせて純一も立ち上がると、ポケットに手を突っ込んだ。まるでどこかの柄の悪い輩《やから》のような雰囲気で、じりじりと美月を追い詰めていく。

「言え。なにが目的だ?　お前の意志か?　それとも、中川辺りか」

「ふっ」

形勢は明らかに不利。なのにも関わらず、この期に及んで笑みを零す美月に、さすがに疑問を感じる。その疑問に、頭をフル回転させている純一に対して、美月はぽつりと漏らした。

「『目的』……。もう、達成している頃よ」

その意味深な台詞を聞いて、純一は弾かれたように顔を外に向ける。美月の横を大股で通り過ぎると、応接室を飛び出した。

「敦志か。今どこにいる⁉　やはり、嫌な予感は的中したみたいだ……！」

純一が、今にも走り出すように秘書室へ向かいながら、携帯で敦志に連絡をする。

一方、純一が出ていったドアを見つめ、美月がひと言呟いた。

「既成事実を作るのは失敗、か」

「ふ」と鼻で笑うと、麻子を真似てひとつに束ねていた髪留めを外す。前髪をかき上げると、ウェーブの髪を揺らして颯爽とオフィスから立ち去った。

美月が作戦を失敗に終えていた、その頃。

麻子と麗華は意図の読めない鉢合わせに戸惑い、得体の知れない人物に拘束されていた。ふたりはさらに、人気のない公園の奥へと連れていかれる。

（……こいつら、一体なんなの？）

麻子が徐々に平静を取り戻しつつ、自分の手を縛り上げ、口元にタオルを咬ませる男をチラリと確認する。

（……知らない。こんな奴ら……しかも、暗がりではっきりと顔を識別できない）

ふと、横で自分と同じように扱われている麗華を見た。麗華の差し金ではなさそうだということは一目瞭然。あの麗華が、この上なく恐怖に目を潤ませているのだから、自作自演という線はないと麻子は確信する。

しかし、自分だけならまだしも、麗華も一緒、というところが腑に落ちない。偶然出くわした、強姦目的の奴らではないはず。それは、麻子がここにいた理由が一件のメールだったからだ。

麻子は目を閉じ、なにかヒントはなかったかと、今日ここに呼び出したメール画面を思い出す。

アドレスは無作為に作られた感じの、規則性のない社外のもの。差出人は書かれていなかった。けれど、あの内容と添付されていたもの……。

【データが欲しければ、明日、午後八時にひとりで○○公園にくること】という一文。

そして、添付されていたのは記憶に新しい、中川に迫られたときの写真。

（あの写真……今思えば中川常務本人ではない気がする。でも、誰でも撮れるものではないし……。あれを撮ることが可能で、私と宇野さんに近しい人物……）

そこまで考えて、麻子の脳裏には、すぐにひとりの人物が浮上した。なにが目的かまではわからないが、『おそらくあの人だ』、と。

（でも。それがわかったところでこの状況は変わらない、か）

完全に冷静になった麻子が絶望しかけると、ふたりいる男のうち、片方の男の携帯が鳴り響いた。

「あー、もしもし」

通話を始めるとふたりの男はそれに集中して、麻子と麗華は草むらに座らされた。

麻子は目を盗んで、緩くなっていた口元のタオルをどうにか肩でずらし、外すことに成功した。しかし、手は未だ後ろに縛られたまま。麗華の手はもちろん、口も自由にしてあげることができない。

「え？　ああ、ああ……わかった。それで……」

電話の会話を気にしつつ、麻子は麗華を見て小さな声で言った。

「一斉に走りましょう。通りまで行けば、私が声をあげるわ」

しかし、麗華の顔は沈んだまま。妙なところで頭が働くのだろう。この拘束された手と、ヒール。相手は男となれば、走ったところで、すぐにまた捕まるということに気づいていた。

命すらどうなるかわからないのなら、いっそ大人しくしていた方が身のためだ、と。

麗華は目を伏せて、小さく首を横に振った。

「もうダメよ」。そんな声が聞こえるような態度をする麗華に、麻子は顔を近づけた。

「……諦めたらラクになれるとでも？　違うわ。立ち向かって、もがいて、闘って」

そうしてきたから、今の自分はここに立っているのだ。

そう麻子は伝えたかったのだが……。

「おい、お前っ……いつの間に！」

ひとりの男が、麻子の口が自由になっていることに気がついてしまう。電話をしているもうひとりは、仲間の騒ぎに気づいたが、まだ通話を続けていた。

「声……出すなよ？」

麻子に近づき片膝をつくと、低い声で静かに脅した。それから、男は麻子を先に草むらに押し倒す。

自分に意識が向けられたその瞬間、麻子は麗華に叫んだ。

「……走って!」

その言葉で、麗華は迷いながらも駆け出した。

「ちっ、バカが!」

せっかく麗華が勇気を振り絞って走り出したというのに、タイミング悪く、電話を終えた男がすぐに麗華を追いかける。

麻子は地面で横になりながら麗華を見つめると、必死に彼女の無事を願った。

「おい。お前、人の心配してるヒマはねぇよ」

馬乗りになった男が不気味に笑ってそう言うと、麻子の頬を片手で挟むように掴み、まじまじと見た。つっ、と首筋に指を滑らせると、夜空を背負った男が口を開く。

「こんなこと正直乗り気じゃなかったけど……あんた綺麗だからラッキー」

男は、この状況と麻子の容姿のよさで、興奮状態にあった。鼻息を荒くし、血走った眼で見下ろされながらも麻子の頭の中は変わらず冷静だ。

(別に自分が汚れたとしても、どうってことはない。どうせ、もう汚れているのだから。……でも。でも、どうせなら……。こんなふうに誰かに汚されるのなら、自分の手で、この命を終わらせた方がマシだった)

男は乱暴に、麻子のシャツのボタンに手をかける。

恐怖感はない。けれど、後悔の念だけが芽生える。

『こんなふうになるくらいなら、いっそ自分の欲望のまま、彼に身を預ければよかった』と。

心に、彼がまだいる。目を瞑ったときに浮かぶ人。

それだけに全神経を集中していたら、自分の上に乗っていたはずの男の重量感がまるでなくなった。不思議に思っていると、足元で、ドサッという音が聞こえてくる。

聞こえてきたのはそれだけじゃない。

「おい！」

（……この声……知ってる）

麻子がゆっくりと目を開けるとそこにいたのは……。

「社、長……」

自分を今見下ろしているのは、見知らぬ男ではなく。半円を描いた月を背負って、心配そうに眉を寄せている純一だった。

横たわったまま自分の足元を見ると、つい今まで自分に馬乗りになっていた男がのびている。

「まさか……なにかされたんじゃ……」

少し乱れていた麻子の衣服。その胸元から覗くネックレスに視線を向けると、純一が麻子に怖々尋ねる。

麻子は純一の言いたいことを察して、強く首を横に振った。

「……いいえ。社長のおかげで……大丈夫でした」

近い距離にある純一の顔が、その瞬間に安堵した顔に変わっていくのを見た。そんな小さなことに、麻子は胸がキュウッと締め付けられる。

「あっ！」

「どうした⁉」

「宇野さん！」

「彼女はここですよ」

ホッとした後に、麗華のことを思い出して麻子が声をあげる。すると、後ろから草をかき分けるような足音と共に、また聞き覚えのある声がした。

「早乙女さん……！」

麗華の肩をそっと抱きながら、麻子の横に現れたのは敦志だ。

敦志は麗華の口と手を解放すると、「大丈夫ですか」と気を遣う。その間に、純一も、麻子の手を縛り上げている紐を解いていた。

「間一髪……でしたね」

敦志がやれやれという様子でそう言うと、純一は未だに気を失っている男に冷たい視線を向けて言った。

「……地獄に落としてやる」

「しゃ、社長……早乙女さん……ふたりとも怪我は」

いくら一対一とは言え、相手も男。そう思って麻子は怪我の心配をして、ふたりを交互に見た。

「ない」

「ありません」

しかし、その心配は無用なようで、ふたりともピンピンした様子で同時に麻子に返事を返す。

麻子は眉を下げて安堵のため息を漏らした。

「私たちは、昔から色々と身につけてきましたので」

力の抜けた麻子に微笑みながら、敦志がひと言そう添えた。

穏やかな口調で説明する敦志の横にいる麗華をふと見る。麗華の足や腕、顔に擦り傷があることに気がついた麻子は声をかける。

「宇野さん、大丈夫ですか？」

「え、ええ……ちょっと転んでしまっただけよ」

「でも、結構血が……」

麻子がそこまで言うと、純一が代わって言った。

「敦志。彼女を手当てして、自宅まで送ってやれ」

「……承知しました」

そして、敦志は再び麗華の肩を抱き、ゆっくりとした歩調で公園を出ていった。

そんなふたりを見届けると、麻子はその場に座ったまま、自分の手を重ねるように握りしめた。

（……いまさら、震えるなんて）

思えば、人よりも非力な自分に為す術などなかったのだ、と気づいた。

「立てるか？」

純一に気づかれないように震える手を必死に抑え込むと、コクリと頷いて麻子は自力で立とうとする。『立てる』と意思表示したものの、自分でも予想外だった。腰が抜けたのか、足が今になってすくんでいるのか。それでも麻子は懸命に立とうと自分の体に命を下すが、まったく足が言うことを聞いてくれない。

そんな麻子の様子を見て、純一はふわりと麻子を抱き上げる。

純一の大胆な行動に、麻子は驚きすぎて声も出せなかった。決して小柄とは言えない自分の体を、いとも容易く抱き上げる純一に、普通であれば素直に心をときめかせる場面。けれど、素直になれないのが麻子だ。

「あ……の、ベンチに……」

このまま移動するのは避けたい。なんとかか細い声で、ベンチに腰かけるようお願いする。純一はただ黙って麻子の顔を見つめると、言う通りにベンチにゆっくりと麻子の体を預けた。麻子は、静かに深呼吸を繰り返す。

純一は麻子の隣に座ると、麻子の手がまたマンションでのときのように震えてるのに気がついた。

今は、あの〝トラウマ〟が原因ではない。けれど、下手をすれば、さらに麻子に新たなトラウマができてしまうところだった。それを思うだけで、一連の犯人たちに怒りが込み上げてくる。

しかし、その怒りよりも、目の前の大切な人が震えているのを、どうにかしてやりたいという気持ちが上回る。

そっと試すように。純一は、自分の手を麻子の手に重ねた。

「大丈夫だ」

触れられた瞬間に、びくっと反応をする。でも、麻子にとって純一の声と体温は不思議と心を落ち着かせる作用があるらしい。

純一は麻子に拒否をされないことを確認すると、堪え切れずそのまま手を引き、自分の胸の中に麻子をおさめた。

（また、この感覚）

男性なのに、どこか甘く落ち着く匂い。温かな胸から聞こえる鼓動は、まるで自分のものと同調しているようで、恥ずかしくも落ち着くリズム。

自分が、誰かに寄りかかるなんて想像したこともなかった。

（こんなにも、心地いいなんて）

ほんの数秒、自分の体を純一に預けていた。

しかし、すぐに我に返った麻子は動くようになった自分の手に、『突き放せ』と命令する。

「……やめてください」

どんなに頑張っても、純一の目をまっすぐ見ることができないままの言葉。明らかに揺らいでいる麻子の腕を、純一は離さなかった。

「それは本心じゃないな」

「……本心です」

図星をつかれた麻子は、焦点が定まらないまま小さく答える。

麻子はどんなときもまっすぐに相手《じぶん》を見る。出会ったときも、仕事のときも。そんな麻子が、目を見ずに話すことなんて、少しだって信用できない、と純一は思う。

「だったら、目を見……」

「結婚を、約束されてる方がいらっしゃいますよね？」

麻子はスッと立って、その瞬間だけ、まっすぐ純一を見つめた。そして、その答えを待つことなく、その場に純一を置いて走り去る。

「芹っ……」

すぐに純一も後を追ったが、麻子は公園沿いに止まっていたタクシーに素早く乗り込む。そしてタクシーは流れる車にのまれてすぐに消えていなくなった。

「……結婚の、約束……」

麻子の乗ったタクシーが走っていった方向を見つめながら、純一は小さく呟いた。

「おれよりヒドイ顔してるな」

父の病室に入るなり、麻子が言われた言葉がそれだ。面会時間はとっくに終わっているところを、「五分だけ」と頭を下げた。

「……そんな私のことなんて気にしてないで、自分の心配をしてよ」

相変わらず素直じゃない麻子を見て、克己は苦笑する。

「……そのヒドイ顔の心配くらい、したっていいだろう」

「……なんでもないよ」

やれやれという顔をして、克己は麻子に座るように促した。すると、克己はおもむろに、テーブルに置いてある卓上カレンダーを手に取る。

「もうすぐ、母さんの命日だ」

麻子はその言葉にハッとした。

夏の日のことだった。その日は、今年ももうすぐやってくる。なのに、それを忘れていたなんて……。

この十七年間、一度だってその日を忘れたりしたことなんかない。もっと言えば、一日だって頭をかすめない日はなかった。

(なのに、いくら色々とあったからって、私……)

「おれも闘うさ」

「え？」

カレンダーに目を落としていたかと思えば、克己のその視線は麻子に向けられていた。父の視線に気づいた麻子は、また心の中を見透かされそうで慌ててしまう。

「まだ、お前を置いていけなさそうだしな」

ガシガシと、麻子の頭を血管の浮いた手で撫でる。麻子は俯いて、強がるように乾いた笑いを漏らす。

「……そういうの、やめてよ」

麻子の弱々しい声を聞いて、克己は「ふっ」と優しく笑った。

「今年も一緒に墓参りいこう」

「……うん」

力なく、寂しそうな笑顔で顔を上げると、麻子は答えた。そんな麻子を見つめて、克己がまた静かに微笑んだ。

「母さんも、待ってる」

「……うん」

「麻子が闘うのをだよ」

「えっ……」

不意を突かれたその言葉に、麻子は瞳を揺るがせた。

「お前が縛られているものと闘って、心から笑う顔を見るの、母さんはずっと待ってるんだ」

「そんな……私は……」

「せっかく、麻子を解放してくれる人が現れたんじゃないのか? やっと、今。そんな相手が」

克己は麻子の肩に手を置くと、細い指からは考えられない力で、グッと力を込めた。

――『君が必要だ』

こんな自分でも、上辺だけでなく全てを知った上で存在全てを認めてくれた。

――『俺も同じだ』

決して安易に、気休めなんか言わない人。

「努力して、頑張って、生きる」

「……え?」

純一を思い浮かべていた麻子は、克己が突然言うことに驚き、目を丸くした。その言葉は、自分の今までの人生そのものを表わす言葉。常に、自分の心に言い聞かせていた言葉だった。

「お前は、今までそうして生きてきたんだろう?」

克己は妻を亡くした後、麻子をずっとずっとそばで見てきた。だからわかるのだ。自分の娘がもがき苦しんで、ひとり、必要のない十字架を背負い、ここまできたことを。

「そろそろもう、自分の意思で幸せになるべきだ」

それは父の願いでもあり、母の思い。

本当に幸せになるには、麻子自身がその意志で掴まなければ意味がないことを、克己は示唆して言った。

それでも麻子の中から、『でも』、という気持ちが拭いきれない。

読書灯の明かりが、より克己の笑顔を柔らかく見せる。

「母さんは、幸せだ、と笑う麻子を見たいんだよ。そんな顔じゃなくてな。せっかくのルビーも台無しだ」

克己は、麻子の胸元に光るネックレスを指差した。麻子はそのネックレスを手に取って見つめると、ギュッと握る。

「母さんは、『麻子が大きくなったらそれを譲るんだ』、と楽しみにしていたんだ。どんな笑顔で受け取ってくれるかなってな」

「え……」

「だから母さんは、それを失くさずに麻子にちゃんと譲ったんだろう」

胸に、目に、熱いものが込み上げてくる。

麻子はネックレスを掴んだ手を、そのまま口元にあてて、声を押し殺して涙を流した。

「……だから。母さんは、笑ってほしいと思ってるって言ってるだろう？　泣くな、麻子。笑え」

その手はどんなに細く、頼りないものになっていても、やっぱり存在感のある父の手で。大きく温かな手に何度も頭を撫でられた麻子は、まるで子どもに戻ったかのように、しゃくり上げながら止めどなく頬を濡らし続けた。


すっかり約束の時間を超えて面会していたが、看護師には優しく見送られた。明日、大きな手術を控えているということで、大目に見てくれたのだろう。そんなことを考えながら麻子は病院を出た。

見上げると、ぼんやりと光る月明かり。

自分には太陽のような明るい光より、こういったもの寂しい月明かりの方が性に合うな、なんてことを考えて、視線をそのままにゆっくりと歩き進めた。

病院の裏門を出たときに、人の気配を感じてその顔を、ふっと下げる。

「……なっ……!?」

その門に背を付けて立つ人物に驚くと、油断していたのも手伝い、バランスを崩してよろけてしまう。

「ったく」

文句を言いながらも、転びかけた麻子を優しい手で支えるのは純一だ。

(な、なんで、こんなとこまで！　もう時間も遅いのに！)

色々と思うことはあるが、なかなか声にならない。うろたえる麻子に構うことなく、純一はあくまでいつも通りに麻子に聞いた。

「芹沢さんはどうだった？」

「げ、元気でした……」

「そうか」

先程支えてくれていた手は、麻子がひとりで立った後も掴まれたまま。麻子は、正直、会話に集中できないほど、その手に意識が奪われていた。

そんな麻子を知ってか知らずか、純一は黙って麻子の顔を見つめる。

ドクドクと脈打つのは、もはや心臓だけでなく……。まるで、全身が心臓になってしまったような感覚に陥ってしまう。

月明かりで落ち着いていたはずの心は、いとも容易く崩壊させられた。ただ、ひとりの、温かい手で。

「……君は大丈夫か？　さっき、あのまま別れたから……」

優しく目を細め、切ないくらいに、愛情を注ぐような表情《かお》。

（……もう、ダメ。何度も、何度も何度も、手を離して。突き返しても、突き放しても、また近づいてくる。近づいては掴まって、逃げられなくなる。そんなふうに優しい言葉と、優しい瞳で）

『私に近づかないで』

（何度そう唱えたことだろう。でも……もう）

こうして見つめ合える時間は永遠じゃない。むしろ、限られた時間しかないのかもしれない、と不意に思う。すると、途端に心の奥底から沸き上がる感情。

（一度だけ。これが、生涯一度きりになっても構わないから――……）

月の力を借りたのか。麻子は、純一を見上げていた顔をゆっくりと下げ、額を彼の胸に添うようにつける。

予想だにしないこの麻子の行動に、純一は声を失った。

どんなことにも冷静な純一が、この上なく動揺、そして驚愕した。思考回路がショートしたままなのに、麻子は知らずに追い討ちをかける。

「大丈夫……じゃ、ありません」

麻子は、純一の胸の中で小さくそう呟いた。

長身の麻子だが、華奢で今にも折れそうな腕。それを、純一の背中にぎこちなく回した。

純一は、未だになにが起きているのか、理解できずにいた。しかし、頭で理解できなくとも、本能で麻子の全てを受け止める。

そのまま、力強く、優しく抱き返した。

truth：真実

心地よい体温と心音を互いに感じ合う。

麻子は、初めてのことに、より緊張と高揚感が増す。

唇と唇が触れるほどの距離で見つめ合い、大きな手に自分の指を絡ませる。自分の体を曝け出すと、その唇が、手が、全てを愛する。

カーテンの隙間から月明かりが射し込む部屋で、シーツの擦れる音と小さく漏れる声が混ざり合う。

「……んっ」

そして、その甘い声ごと覆われる唇は、艶めかしく音を立てて。

再び唇が離れたときに、蜜を含んだ低音で囁かれた。

「麻子」

それだけで、涙が出そうになる。

胸が締め付けられるのは、興奮と罪悪感。

切ないくらいに甘く、何度も呼ばれる自分の名前。口元で、耳元で、腕の中で。

……それは、足元でも。

下から見上げられるような目つきにドキリとする。

「好きだ」

静かな部屋で、確かに聞こえた愛の言葉。同時に、自分の体が自分のものだけではなくなっていくのを感じて、麻子は声をあげる。

「……あぁっ……」

ひとつになる感覚に、痛みよりもその切なさに、胸が軋む。

今は、自分だけを見つめて、自分だけを感じてくれている。そして自分は、この夜を生涯忘れることはない。

初めて麻子が、自分のためだけに行動をした日。それは、後にも先にもこの瞬間《とき》だけ。

そう思いながら、麻子は必死に純一の背中に手を回し、しがみつく。

「麻子。顔、見せて」

純一に言われて、しがみついていた腕を少し緩める。優しく笑いかける彼の顔が、また距離を縮めると唇を奪う。

こんなにも甘く、蕩《とろ》けるような時間。きっと、この先も、また思い出しては欲することがあるかもしれない。けれど、二度は叶わないことだとわかっている。

……それでも今、この腕に抱かれることを望んだ。

やめておけばよかったと思うかもしれない。しかし、麻子はこの手を取る選択をした。

ただ、一度だけ……と。

麻子はゆっくり目を開けた。

隣には、先程まで、愛でるように自分を抱きしめてくれていた人。

向かい合って横になっている麻子は、眠っている純一の顔をまじまじと見た。

男性なのに長い睫毛、鼻筋は通っていて眉はきりっとしている。健康的な色の肌は、よく見るとすごく綺麗で羨ましいくらいだ。

麻子は恐る恐る、純一の頬に手のひらを伸ばす。

触れられてもピクリともしない純一を見て、思わず笑みが零れた。

(全部、あったかい……)

いつもはキレ者で、厳しくもあるトップ。口を開けば、きついことや失礼なことを躊躇いなく吐き出す。そんな彼の穏やかな一面を今見てると思うと、なんだか不思議で自然と笑ってしまった。

その触れていた手を引き、見納めるように純一の顔を切なげに見つめた。音を立てないように、そっと寝返りを打ち、ベッドから降りようと試みる。

すると、背を向けた瞬間に、純一の手が麻子の体を包んでしまう。

(起きちゃった⁉)

バクバクと心臓を大きく鳴らしながら、麻子はそのままじっと息を潜める。

しかし、いくら待ってもなにも聞こえず、動かない。そっと頭を回してみると、心地よさげな寝息を立てる純一の寝顔。麻子はホッとする半面、寝ながらにしても捕まえてくれたということに、うれしさを感じた。

今度は、ゆっくりベッドから降りることに成功すると、純一の体にそっと布団をかけ直す。

身支度をして暗い寝室から出ようとしたときに、カサッという音で、なにかが足に当たったのに気づいた。

その足元にあったものは封筒。目を凝らして見てみると、そこには〝辞表〟と記されていた。思わず、飛び出した中身も見てみると、自分の名前が書かれていてさらに驚く。

（これって……。ああ。たぶん、あの人か）

麗華の仕業だとすぐに理解するが、辞表の意に異論はないのでそのまま黙っていることにした。

ただ、麻子には、ひとつだけ伝えておきたいことがあった。月明かりを頼りに鞄からペンを取り出すと、一文書き添える。そしてまた、元通りに封筒にしまうと、そっとベッドサイドのテーブルに置いた。

振り向いた先にある純一の寝顔に、触れるだけのキスをする。麻子は、名残惜しそうに部屋を後にした。

「さようなら」

歪《いびつ》に浮かべた笑顔で、そう呟いて。


「ん……」

翌朝、半分開いたままのカーテンから射し込む眩しい光で、純一は目を覚ます。

ボーッとしながら上半身をゆっくりと起こし、片手を額に添える。

（朝か……。今、何時だ。久々によく寝た気がする……。昨日……。昨日は……）

そこまで寝ぼけながら回想して、ハッとする。

「麻子……！」

広いベッドを見ても、ドアの隙間から見えるリビングに目を向けても、自分の隣にいたはずの麻子の姿がない。

それは、まるで昨夜のことが夢だったかのように、なんの痕跡も残すことなく。でも、夢ではない。自分の腕や唇。体中が、麻子の感覚を鮮明に覚えている。

純一は、自分の手のひらを見つめ、それを握ると、勢いよく布団を跳ね除けた。ベッドから足を出して一歩歩くと、横にあるサイドテーブルに目が留まる。

「これ、は……」

それは、麗華から預かった辞表。だけど、自分はこんなところに置いたりしていない。

純一は乱暴に封書から中身を取り出して、逸《はや》る気持ちで文章を目で追っていく。

【この度、一身上の都合により、退職したく、ここにお願い申しあげます。　第一秘書課　芹沢麻子】

それは、一度確認したときと変わらない文。

しかし、その文末に、もう一文、新たなものを発見した。

【お借りした手術費用は、必ずお返し致します】

「……くそっ」

くしゃっとその辞表を握ると、純一はすぐにワイシャツに袖を通し、上着を抱える。マンションを出て車に乗り込むと、一目散に会社に向かった。


会社に着くと、足早に社長室を目指す。

キーを解錠して勢いよくドアを開けると、自分のデスクをちらりと見てから、まっすぐに隣接している秘書室へと入る。純一はそのまま、麻子のデスクを確認した。

「なにも変わってない、か」

普段から整頓してあるデスクは、おそらく昨日と同じまま。

いけないとわかっていたが、純一は引き出しを引いてみる。麻子らしく、引き出しの中も整頓されていて、私物がいくつか入っているが、どれも取りに戻るほどの重要なものではなさそうだ。

そのとき、秘書室のドアがノックされた。

(誰だ？　敦志じゃない、おそらく麻子でもない……)

純一は顔をしかめたまま、ガチャッと乱暴にドアを開けた。

「あ……!?　しゃ、社長!?」

そこに立っていたのは、作業着を着ている清掃員。

清掃員は、まさか、この会社の長がいるなど思いもせず、見るからに動揺している様子。しかし、今の純一は焦るあまり、威圧してるかのような態度で接してしまう。

「……なんの用だ」

「あ……は！　す、すみません、まさか社長がいらっしゃるとは」

「いいから、早く用件を言え」

「は、はい！　これを」

その清掃員が差し出した手の中にあるのは、今、まさに純一が探している人物——麻子の顔写真が載っている、ＩＤカード。

それが目に飛び込むなり、純一の顔色が一変した。

奪うようにもぎ取ると、もう一度それが本当に麻子のものかどうかを確認する。そして、それが紛れもなく麻子本人のものだとわかると、清掃員を問い詰めた。

「これはどうしたっ⁉　どこで手に入れた⁉」

「あっ、あの、今朝早くに……玄関先でお嬢ちゃん本人から預かって。『早乙女さんにと』」

「本人から⁉」

「はい。なんでも急なことだったみたいで、時間がないとかなんとか……」

「ちっ……」

思わず舌打ちをした純一は、麻子のＩＤカードを持って駆け出した。

「あのっ……でももう、大分時間経ってますよ！」

清掃員の声も届かないくらいに、純一はとにかく今ある手がかりから、どうにか麻子に辿り着こうと必死だった。

廊下を走り、エレベーター前の角を曲がろうとしたとき、不意に衝撃が走る。

「わっ！」

誰かとぶつかり、その相手が声をあげる。純一は、跳ね返るようにして尻もちをついた。

フロアに投げ出されたのは、麻子のＩＤカードと、黒縁のメガネ。

「しゃ、社長⁉　これは……？」

ぶつかった相手を先に識別して、声をかけたのは敦志。

敦志は自分のメガネよりも先に、ちょうど手元に落ちていたＩＤカードに目が行き、それを手にする。

「芹沢さん……？」

メガネのない敦志は、目を細めながらＩＤカードを顔に近づけて、なんとか顔写真を確認した。

その間、純一が立ち上がる。エレベーターのボタンを乱暴に何度も押すと、敦志に近づき、そのＩＤカードを奪い取った。

「……まさか、芹沢さん、本当に」

「とにかくアイツを捕まえる。話はその後だ」

やっときたエレベーターに純一が乗り込むと、敦志もそれに飛び乗って、ふたりは一気に降下した。

エレベーターの中で、敦志は純一の様子を見て悟る。

「……純一くん、彼女と――」

ポーン、とそのときに音が鳴って扉が開いた。同時に純一は、敦志の言葉に耳も貸さずに飛び出した。

「しゃ、社長⁉　お、おはようございます！」

受付嬢も驚くほど、純一はエントランスに足を踏み入れるのは久方ぶり。

通勤してくる社員も、初めこそすぐに社長だとはわからずにいたが、ざわつき始めて皆が気づき出す。大勢の社員が自分に頭を下げているにもかかわらず、それすらも視界に入らないほど、純一は麻子の姿しか追っていなかった。

（……くそっ。やはり、もういないか……）

「社長、心当たりは？」

「そんなものない！」

取り乱す純一の姿に、社員も驚きながら遠巻きに様子を窺っている。

敦志は純一と比べ冷静なままだが、かといって今の純一をコントロールできる術はない。

そのとき、誰もが一定の距離を保っていた純一に、つかつかと歩み寄るひとりの人物がいた。その人物は、純一の目の前まで歩み寄ると、物怖じすることなく話しかけ、頭を下げる。

「おはようございます」

線の細い体を綺麗に傾け、そう挨拶をしたのは……。

「……雪乃ちゃん」

「純一さん。珍しいところでお会い致しましたね」

にっこりと笑いかけるその雰囲気は、つい今までの、一刻を争う事態を忘れさせるよう。そのおかげといえばいいのか、純一は熱くなっていた気持ちが落ち着いて、冷静さをわずかに取り戻す。

事情をなにも知らない雪乃は、のんびりと純一に用件を話し始める。

「今日は、純一さんにお渡ししたいものがあって……」

雪乃の話をまともに聞かずに、純一はくるりときた道を戻りつつ、言った。

「とりあえず、一度上に戻る。雪乃ちゃんも一緒に」

「え？　あ、はい」

踵を返した純一を、敦志と雪乃は慌てて追う。

ざわめくエントランスホールをそのままに、三人は再び十五階へと戻っていった。


ピッと解錠をして社長室に入る三人は、それぞれ無言だった。

そんな中、一番に口を開いたのは敦志。

「社長、まず携帯に連絡を」

「……おそらく繋がらないか、出ないだろう」

「まさか、本当に辞めてしまうなんて！」

「……え？　お前は知っていたんじゃないのか？」

純一の脳裏には、麗華の言っていたことが未だに引っかかっていた。

『敦志と特別な関係があるのかもしれない』と。

昨夜のことがあっても、純一にそこまでの自信がなかった。今朝、自分の隣に麻子の姿がないのだから余計に。

純一が目を丸くして言うことに、敦志は首を捻りながら、考えるようにして答える。

「いや……。この間、少しそんなことを相談されただけで……」

「本当か？」

「なにが言いたいの、純一くん」

敦志は秘書としてではなく、兄としての返答が咄嗟に出た。

どうしても疑い深くなってしまっている純一は、敦志に即座に聞き返されると、そのまま閉口してしまう。

その後はなにも言葉を続けない純一に、敦志はメガネを外しながら雪乃に視線を移す。

「純一くんは、一体どうするつもりなんだ？　彼女と、芹沢さんを」

「なにを……」

「お取り込み中、申し訳ありません」

純一が言い返そうとしたときに、雪乃が間に割って入る。

「『辞めてしまった』というのは、もしかして、麻子ちゃんのことかしら？」

姿が見えない麻子を探すように、雪乃はきょろきょろと室内を見回した。

「まだ、正式にそうなったわけでは」

敦志が純一の代わりに即答する。雪乃は手にしていた小さなバッグをそっと横のローテーブルに置いて、純一に一歩近づいた。

そして、純一をゆっくりと見上げて、真剣な眼差しを向ける。

「私も手伝います。捜しましょう」

「いや、君は……」

「私、純一さんだけじゃなくて、麻子ちゃんにも用事があってきたんです。それが理由にはなりません？」

毅然と、一歩も引かない姿勢に純一は降参して、ひとつ息を吐いてから自分のデスクへと着いた。

「ご自宅にいってみてはいかがですか？」

「いや、おそらく不在……」

純一は、雪乃にそう言いかけつつ、ハッと目を見開いた。今、かけたばかりの椅子から飛び上がるように、純一は立ち上がる。

（そうだ！　こんなことを忘れるなんて！）

「病院だ！」

その言葉と共に飛び出そうとした純一を、敦志が両手を広げて止めた。純一の動きを制止させると、ゆっくりと首を横に振る。

「……純一くん。芹沢さんの手術は今朝から始まってる。一般的にバイパス手術は五時間前後かかると言われてるから……」

その時間までは、麻子も極度の緊張状態にあるはず。だから、もし病院にいたとしても、迂闊に刺激しない方がいい。そういう意味で、敦志は純一に訴えた。

「……よこせ」

「は？」

「あと約四時間。それで今日の仕事を片づける」

そうして純一は、今まで以上の集中力で仕事をこなし始める。

部屋の隅にあるソファで、雪乃は純一を見つめながら時間が経つのをただ座って待っていた。

「敦志、車を用意しておいてくれ」

「すでに手配済みですよ」

昼頃になってそんな会話が出ると、敦志は声をひそめて純一に言った。

「昨夜の件については……どうするつもりで?」

それは未遂に終わったが、麻子や麗華を襲おうとした男たちと、それを依頼したと思われる美月についてだ。

純一は、背もたれに預けていた体を前に起こし、デスクに頬杖をつく。

物騒な話題が雪乃に気づかれないように、声を落として敦志に答えた。

「……とりあえず、アイツを掴まえるのが先決だ。あんな女は逃げてもすぐに探し出せる。まぁ、追う価値もないが」

純一の指が苛立ち気味に音を立てて机を叩いていると、さらに敦志が言いづらそうに口を開く。

「……あの。少し、秘書室へきていただけますか?」

雪乃にうまく断って、ふたりは隣室の第一秘書課に足を踏み入れる。

「なんだ?　手短にしないと彼女が変に思う」

「……もう彼女もなにかあったことは知っているから、多少は目を瞑ってくれるのでしょう？」

それは、敦志なりのささやかな嫌味。

麻子をそれだけ思いつつも、婚約者である雪乃への体裁を気にする純一に対して。

敦志は正直、面白くはなかった。そんな敦志の発言に純一はなにも言わずにいると、敦志が本題へと移った。

「……これを」

そう言いながら純一に向けた、一台のパソコン。それは、麻子に与えられていた個人のパソコン。敦志がそれを操作し始める姿を、純一は怪訝そうな顔で黙って見る。

「どうやら昨日はメールで呼び出されていたようですね」

敦志があるフォルダを開き、パソコンを純一の見やすい角度に動かす。

「黙っていても、純一くんのことだから。そのうちばれてしまうと思ったので……」

純一がパソコンに近づいて画面を確認すると、見る見るうちに顔が赤くなり、瞳が怒りの色に染まっていく。

「どういうことだ⁉」

純一は、手を握りしめて震わせながら、敦志に問い質す。

「以前に、こういう事件があったのは事実です。合成写真ではありません」

敦志は心苦しそうに話し始めた。

目の前にあるのは、麻子が中川に迫られたときの写真。

敦志のおかげで大事には至らなかったが、まさかこんな写真まで残されていたとは誰も……敦志でさえも、思っていなかった。

純一は無言で身を翻すと、社長室ではなく、直接廊下へと出るドアを思い切り開け放つ。

その大きな音に反応して、隣室で待っていた雪乃も恐る恐る廊下へ身を出した。

「しゃ、社長！」

「純一さん……？」

敦志が冷静になるよう呼びかけても、頭に血が上っている純一にはまったく届かない。そんなふたりを追うようにして、雪乃も後に続いた。

ガチャッと、なんの前触れもなく開かれたドアに、目を丸くしているのは中川だ。

「社長……！」

その姿が、社長だと認識すると慌てて席を立ち純一らを凝視する。

「な、なにか、ミスでも……？」

中川が問いかける途中に、純一は中川との距離を詰め、胸ぐらを思い切り掴んだ。

飛びかかるようにした純一の背を見た敦志と雪乃は、驚きすぎて声も出せないでいた。

「なっ……にを!?」

「ミス？　ああ、俺の最大のミスだ。お前をここに置いていた俺の、な！」

そうして力任せに胸ぐらを掴んだ手を押しやる。中川は、よろけながらも、顔を苦しそうに歪めて純一を見た。

「……身に覚えがないとは言わせない」

純一のひと言に、思い当たる節がありすぎてどう答えていいかわからない。

「な、んの……こと」

とぼけるような回答に、純一はさらに力を込めた。

中川は尻もちをつき、両手を床につけたまま。鬼の形相で見下ろされている状況で、目を合わすのが精一杯だった。しかし、純一はそんなこと関係ないとばかりに、血管が浮き出るほど奥歯を噛んで、再び中川をねじ伏せる。

さすがに本気でキレている純一だ。脅しなどでは済まない。けれど、それをわかっていても、敦志は止めることができずにいた。本心では、敦志も純一と同じように、中川を許せずにいたからだ。

純一の右手が大きく上に振りかざされたときに、ひとりの声が室内に響く。

「やめてくださいっ」

純一はその声にハッとして、握りしめていた拳の力を緩めた。

「……やめてください。純一さん」

そう静かに仲裁に入ったのは、いつの間にか純一の近くに立っていた雪乃だった。

「社長であるあなたが、どんな理由があったとしても部下に手を出してはいけません。この方に非があるようなので、冷静に処罰を下してくださいませ」

淡々とそう言う雪乃の姿は、いつもの子どもっぽい様子とはまったく異なっていた。堂々とした立ち居振る舞いは、どことなく麻子と共通するものがある。

そんな雪乃に、純一も敦志も目を奪われて、純一は中川の体を完全に解放した。

「純一さん、そろそろいってみましょう」

「え？」

「そのために時間を作ったのではないのですか？　このようなことをするためではなく」

雪乃は大人びた表情でそう言うと、背を向けてドアノブに手をかけた。

「……そうですね」

ようやく敦志も本来の冷静さを取り戻して、メガネを押し上げながら雪乃に同調する。

純一は、ふたりの言葉に唇を噛んだ後、眼下にある中川の顔に近づいた。

「……これは執行猶予じゃない。せいぜい残りの数時間、のんびりしておけ」

そう吐き捨てて純一は立ち上がると、雪乃の待つ扉へと向かい、消えていった。

「……はぁ。美月に付き合って高くついたな……」

嵐が去った常務室で座り込んだまま、頭を垂れた中川が力なく漏らした。

三人は、一度社長室へと戻り、その後すぐに敦志が手配していた車に乗り込んでいた。

「城崎様のおかげで、傷害事件にならずに済みました」

「いえ。きっと、純一さんも寸でのところで気がついたはずですから」

冗談混じりにお礼を言う敦志に、にっこりと笑って答える雪乃。そんな車内のふたりに、純一は目もくれなかった。

今はただ、麻子の元へ。その逸る気持ちだけが全てを支配していて、いつもと同じ車のスピードさえも、遅く感じてイライラしてしまう。

「麻子ちゃん、いてくれるといいんですけど」

小さく雪乃がそう言うと、初めて純一が窓の外から雪乃へと視線を移した。

(雪乃ちゃんは、一体いつからそんなにアイツを慕うようになったんだ……?)

そんな疑問を感じていたときに、やっと病院に到着する。

純一の頭からはそんな疑問もすぐに消え去って、一番に車を飛び降りた。

病院に似つかわしくない、慌ただしい革靴の音が鳴り響く。あっという間に純一は、麻子の父・克己の病室へと辿り着いた。

「すみません、院内ではお静かに」

後ろから歩いてきた看護師にそう言われると、純一は謝罪よりも先に自分の用件を口にする。

「ここにいる、芹沢克己さんの手術は？　その家族は……！」

「お知り合いの方ですか？」

「わたくしどもは、ご家族である芹沢麻子さんの勤務先のものです」

焦る純一に、看護師が疑いの眼差しを向けられたところを、敦志が名刺をスッと出してフォローを入れる。敦志の対応を受けると、看護師の顔も少し緩んで教えてくれた。

「患者様は、先程無事に手術は終わったと聞いてます。ご家族の……娘さんは、おそらくＩＣＵに付き添われているかと」

「ありがとうございます」

その礼の言葉も、発したのは敦志で、純一は言葉よりも先に体が動いていた。

「あそこか……！」

やっと見つけたＩＣＵ。硝子張りになっていて、当然中に入ることはできない。廊下には麻子の姿はなく、おそらく中に入っているのだろうとその硝子を覗き込んだ。

「とりあえず、無事終わってよかったですね」

無言で視線を動かしている純一に、敦志は小さな声で言った。

ちょうど中から出てきた別の看護師に純一は近づくと、前置きなく突然声をかける。

「芹沢麻子は⁉」

「え？」

「……あの、芹沢克己さんのひとり娘だ」

「あ……ああ。一度、お父様が意識を取り戻したのを見て安心されて。それから少し、必要なものを揃えてくる、と外出されましたよ」

動き回っていた。

純一は、掴めそうで掴めないもどかしい距離に、イライラと落ち着きなくその場を

（またすれ違いか……！）

とりあえず病院の中庭に出た三人は、次にどうするのかをそれぞれが考える。

そして敦志は、ひとり冷静に携帯電話に電源を入れて、麻子に繋がるかを試した。

「……ダメですね」

期待していなかったからか、それほど驚くものもいない。

「……私、捜してみます」

突然そう言って、立ち止まっていた場所から一番先に歩き出したのは雪乃。

「し、城崎様？」

「私、どうしても麻子ちゃんに会いたいから。こうなったら、手分けした方が確率高くなるでしょう？」

呼び止める敦志に振り返りそう言うと、雪乃は病院の敷地から出ていってしまった。

「……純一くん。なぜ、城崎様があそこまで……？」

「……いや、俺にもわからない……」

髪を上下に揺らしながら、小走りでいなくなる雪乃の背中を、ふたりは疑問の眼差しで見つめていた。

少し前に病院を後にしていた麻子は、いつか弁当を広げていた公園のベンチに座っていた。ぼんやりと、ゆっくり流れる雲を、ただ静かな気持ちで眺める。

（……お父さん、本当によかった）

この空の下で、また父と生きていける。そんな実感がじわじわと湧いてきて、麻子はその喜びをひとりで噛みしめていた。

どんなことがあっても、負けたくない。諦めないで、生きていきたい。

でも、現実にはそんな心だけじゃ、どうにもならないことがあると痛感した。大切な人の命は、どう頑張ってもその運命には抗えない。救うためには、お金と人脈も必要なのだ、と。

そして、それを援助してくれた人がいた。

初めは氷のように冷たいかと思っていた、ひとりの男が手を差し伸べてくれた。

全てに感謝を。そして、多くを望むことはしないように。

呆けたように、空を見上げていた麻子の後ろから、ガサッと音がした。

昨夜のこともある麻子は肩を上げて驚くと、その音のした方へと視線をやった。すると、青々とした草をかき分けるようにして目の前に立っていた人物。

その正体に、麻子はまた心底驚いて目を大きくした。

「ああ！　会えてよかったです！」

「しっ……城崎様⁉」

いつも綺麗な装いでいるはずの雪乃の衣服には葉が付き、髪の毛は少し跳ね上がっている。

「ど、どうしたんですか……？」

麻子は、本当にそのひと言に尽きた。

驚いた様子の麻子に構わず、ニコニコしながら雪乃は麻子の隣に腰を下ろす。

「コレ、味見してほしかったんです。麻子ちゃんに」

そうして麻子に突然見せたのは、小さなバッグ。そのバッグを目の前に出され、麻子はそれがなんなのかを理解して答えた。

「……コレって……。それなら私じゃなくて、本人に……」

「あ。純一さんの分もちゃんとありますから。おふたりに意見を聞きたくて」

バッグには、弁当箱がふたつ入っていた。

「麻子ちゃんに一番に食べて、批評してもらえたら安心だな、って」

にっこり笑ってそう言うと、麻子に弁当箱を持った白い手をスッと伸ばす。

差し出されたその手作りの弁当を、麻子は断ることもできずにそっと受け取った。

キラキラした目で見つめる雪乃に圧されて、麻子はゆっくりと蓋を開ける。そこには卵焼きに胡麻和えなど、至ってシンプルなおかずが詰まっていた。

「いただきます……」

麻子はそう言って、気乗りしないままに卵焼きに箸を付けた。

「……うん。美味しいです」

「本当？」

「はい。本当です」

「もう！　敬語使わなくていいのに」

そう言う雪乃はとてもうれしそう。麻子の横で、両手を頬に添え、首を少し傾げながら可愛らしく笑っている。

そんな仕草や表情全てが羨ましく、そして、そんな雪乃を見ると、罪悪感に押しつぶされそうになる。

「でも、彼の好みがわからないから。純一さんに確認しなくちゃ」

「……そうですね」

そっと箸を休めて、麻子は地面を一点見つめる。すると、雪乃が静かに口を開いた。

「……あんな純一さん、初めて見ました」

「え？」

「純一」という言葉に勝手に反応してしまう辺り、自分にはまだ彼の存在がしっかりと残っているのだと、麻子は認識させられた。

「麻子ちゃん……なにか大変なことがあったみたいね」

「大変なこと」と言われ、それが一体なにを指しているのかわからない。心当たりがありすぎるのだ。麻子はどんな反応をしていいのかわからずに、困った目を雪乃に向ける。

「あ！　私は特に詳しく知ってるわけじゃないの。ただ……」

（「ただ」……？）

その後、雪乃は間を置いてしばらく黙る。そして、顔を上げて麻子に伝えた。

「……今日。中川という部下に殴りかかったり……病院へも、いち早く足を踏み入れてあなたを捜していました」

「中川」というフレーズにも敏感に反応してしまったが、そこは声に出すまい、と麻子はまだ黙って雪乃の話に耳を傾ける。

「私は、純一さんとは知り合って間もないですけど……それでも、あんなふうに感情的になる姿は想像したことなくて……」

そのとき、タイミングがいいのか悪いのか。話の途中で鳴り響いたのは、雪乃の携帯。

「あ……そうだわ。みんな麻子ちゃんを捜してるんだった」

着信画面を確認した雪乃は、目で『いい?』と麻子に合図をすると、麻子は黙って頷いた。すると、雪乃はその着信に出て話し始める。

「もしもし。ああ、純一さん?」

雪乃は、スッとベンチから立ち上がると、くるっと体を回し、後ろを見て話を続ける。

「ええ。今は、会社と病院の間あたり……はい。麻子ちゃんと一緒で……麻子ちゃん?」

雪乃が話しながら、麻子のいた方へ振り向いてベンチを見る。すると、すでに麻子の姿はなくなっていた。

唯一、食べかけの弁当が、麻子がこの場にいたことを証明するように残っていた。

「え？　いなくなった⁉」

病院の中庭で、雪乃との電話を切った純一に、「麻子がまた姿を消した」と聞いた敦志は声をあげた。

「追えば逃げる、捕まえれば消える……」

ひとり言のように純一が呟く姿に、敦志はずっとはっきりさせたかったことを切り出す。

「純一くん。今だけ兄として……いや、男として言わせてほしい。純一くんは、一体どうしようとしてる……？」

「は……？」

純一は呆気に取られた顔と声で、敦志を見た。

「城崎雪乃と芹沢麻子、どちらを……っていう意味だよ」

「どちらって……なにを言っているんだ？」

それは、とぼけたふりでもなんでもない。純一は心から本当に、敦志がなにを言っているのかがわからなかった。

今まで大切だったはずの存在、純一に、苛立ちを感じるほど珍しく敦志は熱くなる。

「なにを……って！　純一くんには城崎さんという婚約者がいるんだろう⁉」

「……婚約者……」

目を丸くして、敦志の言葉をそのまま繰り返すと、顎に手を当て思い出す。

（待て……そういえばアイツも……）

その違和感の理由を察すると、純一は口元に笑みを浮かべた。そして、息の荒い敦志に一歩近づく。敦志の肩に、ポンと手を置き、不敵の笑みを向けた。

「敦志。悪いが、俺をこんなふうに動かすのはアイツだけだ」

純一は、敦志に背を向けて正門へと向かって歩き出す。

敦志は、勝ち誇ったような顔をしていった純一に目を奪われたまま。少し遅れて我に返ると、純一の背中に声を投げかけた。

「純一くんっ……その意味はっ」

敦志の叫び声に、純一がピタッと足を止め、半身だけ振り向かせる。ギラリと光る目で、敦志に迷わず答えた。

「もう気持ちは固まってる。敦志が相手でも容赦しないぞ」

得意げに言い放つその顔は、社長として見せることの多い、自信に満ちたもの。敦志をひとり病院の敷地内に置いて、純一は外へと出ていった。

その数分後。一度は麻子と接触した雪乃が、再び病院へと戻ってくる。

「あら？　早乙女様、おひとりですか？」

その声に驚いて敦志が振り向くと、平静を装うようにゆっくりと話す。

「あ……。今、出ていってしまって……。すれ違いませんでしたか？」

「あ。私、今は裏口から入りましたので。出ていかれたって、アテがありまして？」

「いえ……」

アテがあって出たのではなく……。自分の言葉で、純一を動かしてしまった気がする敦志は、歯切れ悪い物言いしかできない。敦志は、今、自分を見つめる雪乃の存在が未だに腑に落ちず、胸に引っかかり続けている。

「城崎様。先程から気になっていましたが、それは……？」

「え？　ああ！　……ちょっと、お弁当を」

俯き、少し照れるように頬を染めながら雪乃が答えた。そんな純一への想いを目の当たりにして、敦志が堪え切れずに口を出してしまう。

「城崎様……。もしも……。もしも、純一くんから破談を申し込まれたら……どうなさいますか」

言ってしまった後に、やはり多少の後悔もしつつ。

「え？」

ほわんとした雰囲気の雪乃は、敦志の言っていることがわからなかったようで、きょとんとした顔で小首を傾げると敦志を見上げた。

「いえ……ですから……」

敦志は言いづらそうに、もう一度、今の言葉の意味を説明しようとした。が、目下に立つ雪乃の表情が少し変わったことに気づき、言葉を止めた。

雪乃は、自分の理解した内容で合っているのかと、少し不安そうな目で敦志を見る。

もしかして、というような顔で言った。

「早乙女様。なにか、勘違いなさってるのでは」

「……え？」

雪乃は自分の手にある、弁当が入ったバッグを両手で大事そうに抱えると、キリッとした表情をし、長い睫毛を伏せる。

「私は、確かに親が決めた縁談で、藤堂に嫁ぐ予定です。そのお相手に名前があがったのは、純一さんということも事実。……でも」

その先に続く言葉を、敦志は吸い込まれるように黙って聞いていた。

すっかり陽も落ちて、空が暗くなり始めた。

逃げるように雪乃の元から姿を消した麻子は、院内のフリースペースに座っていた。父の容態も安定して、今は眠っている状態。ずっと横にいるのも……と、麻子も少し休息をとっているところだった。

設置されているテレビの音や、入院患者の話し声。ナースステーションから聞こえる看護師の声を、ぼんやり耳に入れながら麻子は静かに目を閉じる。

――コツッ。

麻子の耳に、ひと際大きく感じられた靴の音。けれど、その音の先を確認することもできないくらい、連日の疲れがひどい麻子は半分眠りに入っていた。

「結局、ここで捕まるとはな……」

その声で、一気に夢から引き戻される。

パチッと目を開け姿勢を正すと、それは夢ではなく現実のものだと思い知らされた。眠気なんてすぐに飛んでなくなるほど、自分を見下ろすその姿に麻子は驚く。そして切なく胸を締め付けられた。

「ちょっといいか」

そう言って、呆れたような視線を麻子に向ける男。上着を手にして汗をかき、息を上げている純一を、麻子は大きく揺らいだ瞳に映し出していた。

純一に言われるがまま、病院の中庭へとついていく。その間は、互いに終始無言。

中庭に着くと、すでに陽が落ち、暗くなっている屋外には人ひとり見当たらなかった。そんな中庭のベンチに純一が先に腰を下ろす。麻子は、少し離れて両手を前に組み、そのまま立った。

「……きちんと、退職の旨を伝えなかったことは申し訳ありません」

バツの悪そうな顔をした麻子の第一声は、よそよそしい言葉。

「アレは、君が書いたものではないだろ」

「……でも、意志はそれと同じですから」

麗華の書いた辞表を思い出して、麻子はそう答える。

もう、会わない。その代わりに一度だけ、と決めた上で触れた人が、再び目の前に座っている。本当に出会った頃から、突き放しても、突き放しても追ってくる。

「麻子」

純一がベンチから麻子を見上げると、優しい声でその名を口にした。

(……やめて。この期に及んで、そんな瞳で、そんな声で、私を見つめて呼ばないで。

本当に、戻れなくなる)

「ゆ、きのさんが、いるのに……」

あんなに優しく、可愛らしい雪乃を傷つけてしまう。

(いや、もう傷つけている。自分はもう、何度も罪を犯してしまった……)

心で懺悔《ざんげ》するように、麻子は何度も小さく首を振る。

純一の目を一度も見ず、顔を逸らす。しかし、それが仇となり、立ち上がった純一に手首を掴まれた。

そして、一瞬で抱き寄せられると、不意打ちのキスが待っていて――。

「やめ……っ」

拒むのは上辺の言葉だけで、唇や手や、心は……。どうしても、純一を受け入れようとしてしまう。

「これ以上、私を罪人にしないでっ……!」

麻子の目から、ひと筋の涙が落ちていく。

懸命に手を振り払おうとする麻子を、純一は構うことなく自分の中に閉じ込めた。

思い返せばいつでも助けてくれた。父のことも、昨日のことも、過去のことも。不器用で、寂しそうで、でも本当は手の――心の温かい人。

「君は、初めから罪なんか犯してない」

そうやって、いとも簡単に。長年縛り付けていたはずの鎖から、麻子を解放する。

「昔も、今も、これからも」

純一の言葉に、麻子は声を殺して首を横に振るしかできずにいた。

ずっと俯いたままの麻子の顔を、純一の両手がそっと包み込む。抱きしめられてから、初めて麻子の潤んだ瞳に純一が映った。

「この涙は、俺を好きだからだと思っても？」

純一は親指で目尻から零れたばかりの涙をぬぐい、いまさら、面と向かってそんなことを臆面もなく言う。麻子は頬を赤らめて唇を噛んだ。純一は、引くこともせずに問い詰める。

「言え」

元々俺様気質の純一が、ここにきて顔を出す。麻子は、その命に従うように涙で濡れた唇を小さく開いた。

「……でも、雪乃さんが」

「雪乃ちゃんが『婚約者だから』、か？」

改めて、純一の口から直接「雪乃」と「婚約者」という言葉を聞いてしまうと、想像以上に衝撃を受ける。奥歯を噛みしめ、固く目を閉じ俯いた麻子に、信じられない言葉が耳に飛び込んできた。

「でも、それは俺じゃない」

「え……?」

言葉を聞いたそのときは、麻子の今までの人生の中で一番、虚をつかれた瞬間。

「え……? 『俺じゃない』……って……」

麻子は、一体どういう意味なのか全然理解できず、放心状態になる。

そんな麻子の表情を見たこともない純一は、小さく笑って優しい声で諭すように続けた。

「君が言う〝罪〟というやつが、もしも、雪乃ちゃんに対しての罪悪感なら。それは、感じる必要がないということだ」

「必要が……ない?」

未だにその意味を理解しない麻子に、純一もさすがに苛立つ。片方の手を麻子の顎に添えると、強引に顔を上げさせた。

「ものわかりがいいはずなのに、こういうときだけ鈍い」

至近距離で見つめ合う麻子の目は、ずっと見開いたまま。純一の話を頭で繰り返していると、瞬きすらできずにいた。

純一は涙を流すことも忘れている麻子を見て、「ふっ」と声を漏らし、呆れるように目を細めて笑った。

「誰が、いつ。雪乃ちゃんが俺の婚約者だと言った？　彼女の婚約者は、俺の弟だ」

「おっ……弟……!?」

「そうだ。ああ、言ってなかったか。俺に、弟がひとりいるということを」

先程の呆然とした表情に続き、今度は聞いたことない素っ頓狂な麻子の声が中庭に響く。

「でっでも……！　以前、雪乃さんが社長に向かって『婚約者はあなたでしょう』って言ってたから……！」

「あぁ、あれは、あまりに素っ気ない俺に、彼女が皮肉混じりの可愛い冗談を言ったってとこだ」

純一は「はぁ」と軽いため息と共に目を伏せて、少し間を置いた後に言葉を続ける。

「俺には弟がいる。まぁ……特に仲がいいわけでも悪いわけでもないが。ちゃんと血の繋がった弟が。弟も、藤堂コーポレーションの傘下にある企業の重役だ。確かに、見合いと言われて初めに持ちあがったのは俺の名だが……」

すらすらと説明される内容を、麻子の脳にはインプットされるが、心が追いついて行かない。

「当然俺は、即断った。その理由は、君ならわかるだろ」

純一は、普段から理解が早い麻子を知っているからか、麻子の反応を待つことをせず、次々と話を続ける。

「目的は藤堂と城崎の提携。なら、別に俺じゃなくても同じこと。加えて、あのふたりはどうやら相思相愛らしい」

「え……でも。だったら、どうして城崎様は、社長のところに毎回……」

「……彼女に会って感じただろう。雪乃ちゃんは古風……というのか、今どき珍しいほど純で奥手のようだ。だから、なんでも兄である俺に伺いを立ててからじゃないと不安らしい」

（それじゃ……あの、お弁当も……）

麻子が今までの雪乃の言動を思い出しながら、ひとつずつその事実に当てはめていく。すると、純一がため息をついた。

「……『聞かれても困ることばかりだ』と、再三言っていたんだけどな。俺は弟よりも敦志と一緒にいる時間が長かったし、わからないことの方が多いから」

ぽかんとして、麻子はただ純一の顔を見ていた。そして徐々に、『彼女を傷つけた罪は、背負う必要がなかった』と、心から安堵する。

「わかったか？」

「え？　あ、はい……」

なんとも間抜けな返答をする麻子に、純一がズイッと顔を近づけた。

「……散々俺を振り回して、このまま逃がすと思うか」

「ふ、振り回すって……んっ！」

抗議しようとした麻子は、唇を呆気なく純一にふさがれ、言葉にすることは叶わない。

それは全てを奪われるような、熱いキス。

「……っふ、ちょ、待っ……あっ」

そのぶつけられる想いに苦しくなり、麻子は純一の腕の中で小さな吐息と共に抵抗する。しかし、純一の力に、非力な麻子が敵うわけもなく。頭の中で抵抗するだけで、心と体はそのまま純一の胸の中で、その思いに応えるように……。きゅっとシャツを握りしめると、得体の知れない高揚感が麻子を襲う。

麻子にまったくペースを握らせることなく、純一は不意に唇を離した。

「認めろ、麻子。『俺が必要だ』と」

「……ま」

「……なに？」

優位に立ったかのように、純一が麻子に詰め寄ると、麻子は小さく呼吸を整えながらぼそりとなにかを口にした。純一は腕を緩めて距離を取り、麻子の顔を覗き込んで聞き返す。

純一の胸に手を添えたまま、上目遣いで、眉間に浅い皺を寄せながら再度言う。

「本当、あなたはいつも、俺様……ですよね」

その麻子の渋い顔に、純一は一瞬ドキリとする。

暗い中、じっとよく麻子の顔を見てみると、涙目でこちらを睨みつけ、頬を紅潮させているのがわかった。その表情は、麻子なりの照れと、それを隠すためのものだと思うと、どうしようもなく愛しくなる。

「ひゃっ……」

「そう。俺様だ。だから、俺を裏切るなよ」

純一が麻子の腰を引き寄せると、眉をほんの少しひそめ、わずかに口角を上げた。

「裏切るな」と言ったときの、少し不安げな表情を浮かべた純一の気持ちを麻子は悟る。

彼は彼の傷を抱えている。それを乗り越えるのに自分を選んでくれた故の台詞。

「……秘書は、どんなときでも忠誠を誓うものだと、思ってますから」

そのとき、初めて麻子は、純一に対して素直に心から微笑みかける。

「……秘書としてだけか？」

「……あなたがそれでいいのなら」

「俺には君しかいない」

（可愛げもなくて、素直じゃなくて、甘えられなくて。それでも、こんな私でいいと言ってくれるなら）

思えば、出会ったときから、ある意味純一は常に偽ることなく、まっすぐに接してきてくれた。だからこそ、純一が言う言葉は、どれも本心なのだろうと素直に受け取れる。

「あなたが必要である限り、そばに……」

純粋な純一に感化されるように、麻子も心を曝け出す。そして、純一の首に手を回して背伸びをした。そんなことを自ら意識してするのは、生まれて初めてで……。

心を通わせるように、ふたりはまた、唇を重ねる。その動きと共に、シャラッとひと筋のチェーンが弧を描き、足元に落ちていく。

その赤い石が、地面から月とふたりを見上げていた。

「……あ。私、そろそろ戻らないと……」

しばらく抱き合った後に、そっと離れて麻子はぽつりと言った。

名残惜しそうに、腕を離せずにいるのは自分と同じだと、純一はそんな小さなことですら喜びを感じてしまう。

「あれ……?」

麻子が急になにかを探すように、きょろきょろ辺りを見回した。

「どうした」

「いえ……あ、あった！」

それは、ふたりの足元に落ちていた。

麻子は大事そうに手のひらに乗せると、それをじっと見つめる。

「……チェーン……取り替えてもらったばかりなのに……」

悲しそうな、寂しそうな……。なんとも言えない表情の麻子を見て、純一がそっと手を重ねる。

「もう、いいってことだろう」

弾かれたように、麻子は純一の顔を見上げる。麻子の目には、純一もまた、少しもの悲しげに見えるような気がした。

「もう、母親が『いい』って言ってるんだ」

「……お母さん」

麻子はそう呟くと、また視界がにじんでぼやけていく。

純一が、そっとネックレスを乗せた手を握らせる。そして、麻子の頭を一度撫で、また自分の胸に引き寄せた。

「お父さん。本当、よかったな……」

「はい……」

辺りはすっかり暗くなっていた。実際には肌寒かったはずなのに、麻子はいつまでも体に熱を帯びたままだった。

renewal：一新

『辞表は受け付けない。明日、遅刻してもいいから出社するように』

麻子は昨夜、純一からそう告げられた。

まさかまた、会社の前に立つことになるとは思っていなかった麻子は、今までと同じ、少し早目の時間に出社した。

（そう言われても、ＩＤもないし……）

「なにをなさってるんですか」

外でうろうろとしていると、後ろから声をかけられ、慌てて振り向く。

「さ、早乙女さん！」

そこには、黒縁メガネでピシッとスーツを着こなした敦志が立っていて。朝陽をレンズに反射させながら、ニコリとする。

「そんなに挙動不審になっていたら、警備員にチェックされますよ」

握った手を口にあてて笑いながら、敦志は麻子を先導するようにオフィスの自動ドアを潜り抜けた。

「はい。お返し致します」

敦志に差し出されたものは、あの日手放した自分のＩＤカード。それを受け取ると、難なく中へと入ることができた。

十五階へ向かうエレベーターの中で、麻子は敦志の背中を見つめて気まずい思いを抱える。あれだけ、「力になりたい」と言ってくれていたのは、上司以上の気持ちがあるからだとは気づいていた。

でも結局、麻子はそれを受け入れられない。そして、その理由は敦志の身近な存在にあるのだから、後ろめたい思いになるのも仕方がなかった。

ポーンと音が響いて、敦志に「どうぞ」と譲られた麻子は、先にエレベーターを降りる。

「……やはり、あなたが変えましたね」

「え?」

「いえ。社長が首を長くしてお待ちですよ」

敦志の伏し目がちの微笑みが、麻子の胸を少し痛めた。けれど、そのまま麻子は敦志から目を逸らすことなく、見つめた。

「いっそ奪う……なんていう性格だったら、よかったたな」

敦志は、ふいっと顔を逸らしてそう言った。

やはりメガネが反射して瞳は見えなかったけれど、その声はどこか吹っ切れたように感じられた。


敦志と共に社長室へと入ると、麻子は純一に挨拶する。

「おはようございます」

麻子の出社を心待ちにしていた純一は、先程から同じパソコン画面を眺めていた。

そこに麻子の声が聞こえると、弾けたように席を立つ。

その純一の行動を見るなり、麻子は目を丸くし、敦志は苦笑した。

「お……遅い」

当の純一は、いまさら平静を装い、軽く咳払いすると再び椅子に腰かける。

歯切れ悪く言った純一に対し、敦志がわざと口を挟む。

「自分で『何時でもいい』と仰ったのでは？」

敦志の鋭い突っ込みに、純一は頬杖をつくふりをして口元を隠し、顔を横に向けた。

「ああ。こんなゆっくりしてられませんよ、芹沢さん」

「え？　朝からお客様がいらしたり……？」

「いえ」

「秘書はお前たちだけだからな」

敦志が仕事モードに切り替わると、純一も呼応するように、仕事モードをオンにする。

「……は？」

麻子は父の手術と、純一とのことと。あまりに大きな出来事が重なって、すっかり忘れていたのだ。昨日までの一連の事件を。

「まぁ、敦志と君だったらなんとかこなせるだろ」

「また、そうやって……。オレたちも同じ人間だよ？」

砕けた口調で敦志が言い返すのを、隣でまだ麻子は理解できずに立っていた。そんな麻子の様子を見て、純一がいつものように椅子に背を預け、肘かけに頬杖をついて足を組み直した。

「まず、中川。アイツはもうここにはいない」

中川という名を聞いて、麻子は一気に全てを思い出しハッとする。

純一の苛立った表情、口調。そういえば純一は〝あのこと〟を知っているのだと、麻子は顔を青くする。

「いない……と、いうのは……」

(クビ……?)

純一ならばやりかねないと、麻子が思ったときに敦志が口添えする。

「このオフィスにはいません。が、かなり下の……子会社の方に異動をしていただきまして。それで……」

「ベトナムだ」

「べ、ベトナム⁉」

思わず声をあげてしまう麻子を気にもせずに、純一は補足する。

「うちは、下では物も作ってるからな。工場に飛んでもらった」

なぜ、その気になれば職を奪うこともできる純一が、直接顔が見えないところとはいえ自社の系列会社に留めておくのか。まさか純一に限って、その辺りの情など持ち合わせているようには思えないのに。そう思った麻子は、自然と口から疑問が出てしまう。

「な、なんで……」

「なんで? あんな下衆《げす》……ただ、ここから放り出しても、どうせアイツのことだからうまく別のとこにこぎつけるだろ。そんなんじゃ、俺の腹の虫は収まらないからな」

要するに、純一は自分が監視できる範囲内で、中川をじわじわと追い詰めたいらしい。

(お、鬼……)

青くしていた顔を、さらに青ざめさせた麻子に、純一は構わず話を続ける。

「それと、相川美月」

その名を聞いて、麻子はまた顔を上げた。

「アイツは昨日から見てない。この分だとこのまま身を隠すつもりだろう」

「あ……じゃあ、やっぱり私と宇野さんを襲わせた犯人は……」

「相川だ。まさかここまでヒドイ女だとはな。やはり女など……」

純一は、そこまで言いかけて口を噤んだ。

『女など』。今までなら、その続きを容赦なく吐き出しては態度に表してきた。が、今は違う。

目の前の女《麻子》の存在が、そんなことはないと証明しているから。

「……どうせ、あの手の女は男に縋るしか能がない。今に干される」

そのまま放っておく。それは麻子も賛成だった。

元より、自分から面倒なことは避けていくような性格だ。わざわざ追いかけてまでどうこうしたいとは初めから思ってもいなかった。

「おそらく、肩書目当てで男を漁るのが目的だろう。それはこの先叶わないだろうな」

純一のその説明には、麻子はよくわからずに首を傾げた。

つまりこういうことだ。交流関係、取引関係者に美月の情報を軽く流すだけ。それで、あっという間に、警戒すべき女だということは知れ渡る。それと同時に、そういう女を求める男は逆に罠を仕かけるかもしれない。

麻子が、美月の行く末をなんとなく想像し始めていると、もうひとりの名前が挙がる。

「最後に、宇野麗華」

麗華の名を聞いたときに、麻子は美月のことから思考を一変させた。

そして、口にしたのは誰もが思いもしないことだった。

「あ、宇野さん！　彼女は大丈夫でしたか？　怪我は？　精神的に参ったりしてませんか？」

それは上辺でもなんでもなく、本心からのもの。純一と敦志は、そんな麻子にため息を漏らす。

「君は……あんな汚いやり方をされていたのに。よくそういう心配ができるもんだな」

「え？　あ……」

思えば、麗華にも執拗な嫌がらせを受けていた。しまいには『退職しろ』と脅され、偽造文書を作成されるまで。

でも、麻子はその麗華の行動は、ただひとえに純一への想いがそうさせたと知っていた。だからかもしれないが、美月に対するような冷淡な気持ちにはなりきれない。

「彼女は大丈夫でしたよ。今朝早くに、ちゃんと挨拶に見えましたから」

敦志が麻子の心配に、眉を下げてそう答えた。


麗華が挨拶にきた、今朝のこと。

『あの辞表は、私が作成したものです。本当に……申し訳ありませんでした』

麗華は、まだほとんど社員がきていない早朝に社長室に姿を現した。

『……なぜ、そんなことをした』

『…………』

『君は優秀だと聞いていただけに、残念だ』

『……うっ……』

純一は頬杖をついたまま、審判を下すような目で麗華をまっすぐに見据える。その視線に耐えられなくなった麗華は、口を両手で抑えて嗚咽を漏らし、大粒の涙を零す。

『も、申し訳……ありません……』

『まだ、なにか?』

『あ、相川さんと……中川常務の件も……』

『まさか、お前の差し金か⁉』

頬杖をついていた手を、ドンッとデスクに勢いよく落とす。麗華の肩はびくっと跳ね上がり、息も止まる。けれど、すぐにそれは否定した。

『い、いえ……違います、本当です。それだけは信じてください!』

純一のデスクに両手をつき、身を乗り出しながら、身の潔白を訴える。取り乱した麗華に反して、純一は冷静に問い質す。

『じゃあ、どういうことだ』

想いを寄せていた相手に、鋭い視線を向けられる。麗華は、憔悴したような瞳を浮かべ、俯いた。

『ただ……事後報告を受けて……知っていた、のに……』

『……もういい』

そうして純一がくるりと椅子を回して背を向ける。麗華は力なく肩を落とし、俯いたまま……。ずっと、にじんだ視界に映る自分の足元を見ているだけだった。


その詳細を知る敦志が、結論だけを口にする。

「宇野さんは、全ての責任を取って退職致しました」

それについては、麻子は予想していたので驚くことはない。

「そういうことだ。しかし、そんな事情は関係なく時間《とき》は進む。溜まった仕事は待っていてくれない」

そう言って、純一は手元の書類に目を落とした。

「とりあえず、仕事に……」

「宇野さんは、どのくらい前にここに？」

純一の言葉を遮る形で、麻子は口を開いた。

なぜ、そんなことを聞く必要があるのか？と思う純一だが、麻子のまっすぐな姿勢に捕われ、それを口にすることが遅れてしまう。

「もう、かれこれ三十分は経ったかと」

純一に代わって、即座に答えたのは敦志。

「三十分……」

麻子は少し考えるように視線を落として呟くと、すぐに顔を上げて純一に申し出る。

「社長。ほんの少しで構いません。私に時間をいただけますか？　もちろん、今日の仕事は残業してでも終わらせるつもりです」

一体、麻子は麗華をどうしようというのか見当もつかない純一は、呆気にとられてしまう。あまりの驚きに、未だ声を発することができないほど。

麻子にとっては、辞表を偽造されたり、中川の悪事を知りながらもそれを黙っていた麗華は、決して尊敬すべき先輩ではなかったはず。

それは、今から会いにいく理由が、ただの別れの言葉ではないと、わかることでもあった。

「なぜ……」

「お願いします。本当に少しでもいいんです。時間を」

頭を深々と下げる姿勢は、麗華にも負けない綺麗な姿。

純一はひとつ息を吐いて、頭を下げたままの麻子に向かって呆れ声で言った。

「一時間だ。それを過ぎたら諦めろ」

「はい。ありがとうございます」

勢いよく頭を上げ、さらっとした髪を靡かせる。純一を見る麻子の目には、光が宿っていた。

社長室から急いで退室する際に、麻子は敦志にも言葉をかけることを忘れない。

「早乙女さん！　必ず自分の仕事はしますから！　すみません！」


その足で、麻子はとりあえず第二秘書室へと向かった。

あの麗華のことだ。こんな辞め方になったとはいえ、身辺整理は怠らないだろう。

麻子はそう思って、秘書室の扉を開けた。

しかし、そこはもぬけの殻。麗華のデスクは、綺麗に整理整頓されていた。

そっと、閉じてあるノートパソコンに触れてみる。未だ熱を持っていることに気づくと、麻子はすぐに秘書室を後にする。

「まだ、間に合うかも……！」

なかなかこないエレベーターを待ち切れずに、パンプスにも関わらず、階段を駆け降りる。息を上げながらオフィスの外に出て、ぐるりと一周見渡した。すると人気の少ない静かな道に、麗華の後ろ姿を見つけた。

「待って！」

その大きな声に、驚いた顔をして振り向いた麗華。麻子はその隙に、全力で麗華に駆け寄った。

「せ、芹沢麻子……！」

ものすごい勢いで自分の元に走ってきた麻子を見て、麗華はぽかんと目を丸くした。

「っ……はぁっ……し、知ってた……って？」

「……は？」

息を上げたままで意味不明なことを言う麻子に、麗華は眉根に深い皺を刻み、聞き返す。

「っ……だか、ら！　中川常務と相川さんの、企みを」

その言葉に、麗華は合ってしまった目を、ふっと横に逸らした。

すると、麻子がコツコツッとヒールを鳴らして、麗華との距離を詰める。至近距離でなにも言わない麻子に、麗華が再び視線を麻子に向けると、思い切り麻子の手が飛んできた。

「きゃっ……！」

パン！という乾いた音とほぼ同時に、左の頬を抑えて麗華は短く声をあげる。

少し涙目になった瞳を見開き、麻子を見る。

「あなたは、あなただけは。正面からぶつかってくる人だと思ってたのに！」

「な、にを……」

「確かに懇親会のときや、辞表のやり方は陰険だったけれど。でも、あなたは私に面と向かって言いたいことを言ってくる、強い人だと思ったのに！」

キッと睨みつけながら、麻子は麗華を罵った。

「……強くなんか、ないわ」

麗華は頬に手を抑えたまま、麻子に静かに反論する。

「私が強かったら……本当に強かったなら、こんなふうに辞めることになんかならなかったでしょう？」

口元には笑みを。しかし、目からはポロっと涙を溢して麗華は続けた。

「……バカよ。本当……ぶつかっていく相手が違ってた。あなたになにをしたって意味のないことなのに。嫉妬心だけが膨らんで、挙句に、美月に後輩《こうはい》にあんな形で裏切られるなんて……！」

手を震わせる麗華の目には、後悔の色しか浮かんでいない。

「宇野さん。社長のことが、好きなんですよね」

突然触れられた自分の思いに、麗華は戸惑いを隠せない。

「私もです」

麻子は、背中まである髪を風で靡かせながら、麗華に向かってはっきりと言った。

その言葉に初めは驚いて目を丸くするが、すぐに麗華が嘲笑う。

「知ってるわよ。いまさらなにを言うの？　両想いだからって、私に対する嫌がらせ？」

「……いえ」

麻子が短く否定すると、少し間を置いて再び麗華が沈黙を破った。

「相川美月があなたに見つかったら、こんなんじゃ済まされないんでしょうね」

麻子に殴られた頬を触ってそう言うと、麻子は少し言いづらそうに口を開いた。

「……いえ……それは……」

一瞬曇った表情をした麻子に、麗華は首を傾げる。

麻子には、美月が今、どこでなにしているのかは到底見当もつかない。しかし、麻子は美月についてある予感……というのか。色々と考えつくことがあった。

それは、自分の身には関係のない、ただの予測に過ぎないのだが……。

そんな思考を一度停止させて、麻子が再び麗華に焦点を合わせた。

「私、仕事に戻りますから」

「……引き出しにあるファイルと、私のパソコンのフォルダを見るといいわ。あなたなら、すぐに私の代わりができるでしょ」

そう言って、麗華はくるりと背を向けて去っていった。

しばらく麻子は麗華の背中を見ていたが、そのまま振り向くことなく歩いていく麗華を途中で視界から外し、オフィスに戻った。

そんな麻子と行き違うように、麗華は立ち止まって振り返る。

「……ごめんなさい。負けた相手があなたなら、諦めもつきそうよ」

今にも泣きそうな、でも、どこかさっぱりとした顔をして麗華が呟く。

それから前を向いて歩く足音は、どこか軽快な感じがした。


「まだ戻らないところを見ると、彼女、捕まえましたね」

「……俺にはまったく理解できないけどな」

麻子が麗華を追ったとわかっている純一と敦志は、忙しなく手や目を動かしながら会話をしていた。

「それにしても……強姦未遂。本当に警察に知らせなくてよかったの？」

敦志がそう言うと、純一はピタッと手を止め、視線はそのままに答えた。

「……本来なら、警察どころか、俺が直接地獄に落としてやりたいけどな……。警察沙汰にすれば、アイツも色々、苦痛なことがあるだろ」

「社長が、自社のことよりもひとりの女性を気にするなんて、ね」

「元々、この椅子にそこまでの執着はない」

全て、麻子を中心に世界が回る。今の純一はそうであっても、ついこの間までの男とはまるで別人だ、と敦志は思う。

しかし、元々はこういう人間だったのだ、と気づくと小さく笑った。

「『口外したら社会から排除する。いや、この世から抹消する』と、男たちに言ったのは、脅しではなく、本気だね」

そう言われて、純一は聞こえぬふりをするように、再び手を動かし始める。

「さすがに、あんなすごい剣幕だった純一くんの約束は守るだろうね。でも」

純一はただ黙って敦志の話を聞き、視線を落したまま。敦志がひとり、話を続ける。

「あの男たちは、もしかしたら矛先を変えて、相川美月に報復を……」

「それは、俺たちには関係ないことだ」

「……自業自得、ということですか」

その敦志の予想は、同じ頃、麻子が思っていることと一致していた。そして純一もまた、その可能性を否定しなかった。

そのとき、社長室にノックの音が響いた。

「はい」

敦志が返事だけすると、ドアの向こうから声が聞こえる。

「すみません。受付が混み合っていたもので、直接伺わせていただきました」

解錠して、ガチャリとドアを開くと、そこに立ち挨拶をしたのは雪乃だった。

（急がないと、早乙女さんに負担かけちゃう）

麻子は麗華と別れて、足早に社長室の前までやってきた。

ノックをしてドアを開けてもらうと、いつもは正面にすぐ見えるはずの純一が、ひとりの人物に遮られていた。

「麻子ちゃん！」

「え？　あ……城崎様……」

名を呼ばれた雪乃は、ふわりとしたスカートを翻す。それと同時に、下ろしている柔らかな髪も靡かせた。大きな窓から射し込む光をバックにすると、彼女はお世辞ではなく、本当に天使のように見える。

「色々と、誤解を招いてしまったようで、ごめんなさい！」

雪乃に勢いよく手を握られるなり、そう言われて麻子は瞬きをした。

「私は純一さんの弟の廉次《れんじ》さんと結婚を約束しているんです」

藤堂廉次。純一の弟で、出来は悪くないが兄の存在のおかげで霞んでしまうような男。傘下のグループ会社にいたが、純一ほどカリスマ性を持ち合わせていなかった。

「政略結婚とかお見合いとか……正直嫌だったんだけど」

雪乃は視線を斜め下へ落としながら、ぽつりぽつりと言葉を紡ぐ。

「こんな気持ちになったのって初めてで……。それで、お兄様である純一さんに、色々と相談に」

途中から、頬をピンク色にほんのり染めながら。

結局は、元々名が上がっていた純一が辞退を申し出た後の廉次。その廉次との対面で意気投合して、運よくお互いに好意を持ったという話。

「……廉次とは大して仲がいいわけではないから、役に立たないと何度も言っているのに」

後方から、純一が口を挟む。

雪乃は振り返って純一を見ると、また麻子に向き直り、にこりと笑った。

「私、これから麻子ちゃんと会う機会が多くなると思って。改めてご挨拶にきたの」

(機会が多くなるって、どういう意味……?)

きょとんとした顔で、麻子は首を傾げた。

「常務の席に、廉次くんを……と予定しています」

麻子の疑問を読み取って答えたのは敦志。

「え? 常務に?」

「そう! 私、できるだけお昼とかお届けしたいと思っているから。だから、麻子ちゃんにも会えるな、って」

麻子はそう説明した敦志を見て目を丸くした。雪乃はぶんぶんと、麻子の手を上下に振って、うれしそうにしている。

「……でも」

麻子が言いかけて口を噤んだ。

考えたら、うちの社には〝副社長〟という椅子もあったはず。だとしたら、その席に純一の弟を呼ぶのが普通だと思ったのだが……。

なにか理由があるのかもしれない。

まして、婚約者の雪乃のいる前で『どうして副社長じゃないのか』などと言えるわけもない。そう考えをまとめると、麻子はそのまま押し黙った。

「なんだ?」

「……いえ。そろそろ、私は仕事に戻りますので」

純一の問いかけを麻子はさらりと交わして、雪乃に今一度挨拶をする。

「城崎様。お慕いくださるのは光栄ですが……私は、ここにいるときは職務中でもありますので、あまりお時間は……」

「……そうよね。ごめんなさい」

しょんぼりとする雪乃を見ると、どうも同い年なのに妹のように思えてしまう。いたたまれなくなった麻子が、どう声をかけようか迷っていた。

すると、俯いていた顔を上げて、雪乃がまた笑顔を浮かべる。

「私、ひとりっ子だからお義姉さんができて、とってもうれしいの。仕事の邪魔はしませんん。でも、たまにランチくらいはご一緒してくださいね」

ふふっ、と肩を上げて笑うと、雪乃は純一にも挨拶をして退室していった。

(お……「お義姉さん」って!)

雪乃の出ていったドアが閉まってからも、しばらく麻子はそこから視線を動かせない。

気恥かしい言葉を聞いて固まる麻子に、敦志が近づいていく。

「……芹沢さん。業務分担のお話してもいいですか?」

敦志の声にびくっとして、麻子はぐりんと首を回す。

「は、はい!　すみません!」

姿勢を正すと、麻子は敦志に付いていき、隣接された秘書室へと入った。

「いきなり異動を命じられて……。さらには、こんなことになってしまって、芹沢さんには本当に負担がかかり、申し訳ないです」

「いいえ、早乙女さんのせいではないですし」

「……十月には、新しく人を入れると思いますから」

敦志は、話しながらデスクの書類を手にするが、急にぴたりと手を止めた。視線もそのまま、まっすぐと一点を見据えて。

「……早乙女さん?」

麻子が不思議そうに、首を傾げて敦志を見た。その声に反応して、敦志は顔を上げて麻子と向き合う。

「芹沢さんは、やっぱり純一くんなんですね」

「え⁉」

「いや、責めているわけじゃなく……もちろん、悔しい気持ちもあるけどね」

ふっ、と力なく笑う敦志に、麻子はなんて答えていいかわからない。ただ、その場に立っているだけだ。

敦志は、いつものように、人差し指でメガネを押し上げながら続けた。

「でも、元々それを望んだのもオレだから」

ふわりと優しく目を細め、笑う敦志に目を奪われる。

「彼を変えてほしいと願ったのは自分。ただ、その後、その自分がこんな気持ちになることが誤算だった」

失笑するように言う敦志に、麻子はまた胸を痛めた。

「……ごめんなさい。でも、私を変えてくれたのも、あの人なんです。だから」

やっと言葉を出せた麻子は、しっかりと敦志を見据えて話す。

それは、やはり根本的に芯が強いという麻子の性格を表わしていて。そんなふうに真摯に受け止め、応えてくれる態度が敦志には救いだった。

「そう。ただそれだけ。オレはあなたを変えてあげられなかった。だから、あなたは悪くないし、誰も悪くないとオレは思ってる」

敦志は、ニコッといつもの柔らかい微笑みを浮かべる。

再び書類を手にした敦志が仕事に戻るかと思えば、少し考えるようにして、体をまた麻子に向けた。

視線は、麻子を捕えた後、その後方に向けられる。

「……ああ。でも、しばらくオレも望みを捨てずにいようかな。人生なにがあるかわからないしね」

「えっ……」

そんな宣言を耳にして、麻子はドギマギする。が、それに一番反応したのは……。

「なにがあるっていうんだ」

「くくっ……さぁ。純一くん次第じゃない？」

声を押し殺すようにして笑っている敦志を睨むように見ていたのは、いつの間にかドアを開けて立つ純一だ。

「……取り込み中、悪いな」

機嫌悪そうに純一がそう言うと、敦志と麻子は不思議そうに目を合わせてから純一を見た。

「報告だ」

「報告？　まだなにか？」

「……少し、本来の予定より早まったが、十月に異動してもらおう」

「異動？　私ですか？　芹沢さんですか？」

このゴタゴタが落ち着くかどうかもわからないままの異動宣告に、さすがの敦志も驚いているようで、目を大きくしている。

「あ、私ですよね。こんな状況になると、即戦力が必要ですし」

「いや、敦志。お前に」

麻子が予想して言った言葉を短く否定する。そして、純一は敦志に向かってさらりと言った。

「え……?」

さすがの麻子も、純一がなにを言っているのか理解できずに呆然としてしまう。しかし、それを宣告された当の本人、敦志は、すでに冷静さを取り戻していた。

純一の命令に大きく動揺することなく、黙って純一と向き合うと、静かに口を開く。

「わかりました。それで、私はどこへ……」

敦志が少し寂しそうにそう尋ねると、「ふっ」と純一が口角を吊り上げて意味深に笑った。

麻子がその笑顔に目を奪われていると、純一はしたり顔で言う。

「副社長だ」

純一の答えに、麻子も敦志も言葉を失う。

水を打ったように静まり返った秘書室で、唯一涼しい声を発しているのは純一だけ。

「なぜ、敦志があれほど言っていたのに副社長の席を空けていたか……。これが理由だったからだ」

「ま、まさか！　……そんな前から！」

「言ったはずだ。『俺には敦志しかいない』と。初めから『副社長だ』と言っていたら逃げられそうだったしな」

ニヤリと笑ってそう言う純一を、ただただ度肝を抜かれたとばかりに、茫然と敦志は見るだけだ。

「秘書課は、今後専属制ではなく兼任で。敦志くらいになれば秘書など必要なさそうだけどな」

「で、でも、副社長には廉次くんが」

「廉次も了承済みだ。アイツは昔から変わり者で、そういったポストにまったく興味がないらしい。加えて、能力も敦志が勝っていると俺が判断した。十分な理由だろ」

少し心を整理したのか、敦志がひとつ息を吐いた後に、いつもの表情に戻る。

「やれやれ。本当、ひねくれてるよね。いいの？　せっかく芹沢さんを、純一くんの専属秘書にすることもできたのに」

嫌味混じりでそう言われた純一は、負けじと言い返す。

「……プライベートで専属だから、問題ない」

その言葉と同時に、敦志を牽制するように、後ろから麻子の腕を引き寄せる。

「はいはい」

その惚気《のろけ》に、呆れたように敦志が返事をした。

「……今夜、少し時間をくれ」

純一は、麻子の耳元で敦志に聞こえないように囁くと、そのまま社長室へと戻っていった。


夜九時を回った頃、麻子は純一に言われた通り、退社する前に社長室へとやってきた。

「ああ。芹沢さんのこともあるのに、急な残業、すまない」

「……いえ。父はきっと大丈夫ですし。むしろ、これが私のすべきことですから」

「もしかして、まだ〝貸し〟のことを言ってるのか？」

「『必ずお返しする』、と何度も伝えていると思いますが」

オフィス内とはいえ、敦志も帰宅し今はふたりきり。

それでも麻子の姿勢は常に秘書であり、それは出会ったときと変わらない凛とした態度。それには純一も失笑する。

「まったく……」

「可愛くないのは、自分でもわかってるつもりですから」

純一の言葉の先を読んで麻子が言うと、純一はギッと椅子の音を立ててゆっくりと立ち上がる。

「いや、わかってないな」

麻子の前へと近づくと、スッとしなやかな手を伸ばす。その手に、麻子は警戒するように、肩をぴくんと上げてしまう。

しかし、麻子が思ったことはなく……。

「これ」

ぽつりと言って純一が手を伸ばした先は、昨夜切れたはずのネックレス。それが今も、麻子の首元で赤く静かに光を放っていた。

「あ……。その、やっぱり外せなくて……代わりのチェーンを通して……」

「……君らしいな。まあ、でもネックレスでよかった、かな」

麻子が純一の言うことに内心首を傾げて見上げると、背にある大きな窓から今宵も月が綺麗に見えた。ハッと気づいたときには、自分の手を取られて再び胸が跳ね上がる。

手の甲を向けるようにして掴まれたその指に、銀色に光るものがはめられた。

「なっ……！」

「これは〝とりあえず〟のものだ。近い未来に正式なものをやる。異論は受け付けない」

強引な台詞に呆れながらも、麻子は拒否する思いがあるわけではなく。

「……いつの間に」

「今朝、誰かが君を、諦めないような発言をしてたからな……昼に少し抜け出した」

そうして純一は、さらに麻子との距離を縮める。

「それと」

グイッ、と腰を引かれた麻子の目の前には、今にも触れてしまいそうな純一の顔。

麻子は早鐘を打つような心音と、言いようのない緊張に頬を染める。

そして、目を潤ませて、純一を見た。

「可愛げがなくても、俺には相当魅力的だ」

鼻先でそう囁かれると、そのまま唇を重ねられる。

自然と目を閉じて、全神経を唇と、触れている個所全てに集中させて。

触れられている。

体温を感じる。

求められている。

そんなこと全てが麻子の胸を締め付けて、うっすらと開く瞳に光の粒を浮かび上がらせる。

「泣くほど、嫌か」

ふっ、と小さく笑いを零して純一が聞いた。

「……嫌です」

麻子が短く答えると、今度は自分から背伸びをして純一にキスをする。

「……嫌。そんなふうにされると、止まらなくなってしまうから……」

そんな麻子の行動と言動が、堪らなく愛しく思う純一は、さらに強く引き寄せて深く深く口づけた。

「御加減は？」

「ああ……まずまずです」

大きな花束をテーブルに置くと、静かに微笑み、横になっている克己を見下ろした。

「申し訳ありません。社長は仕事がありまして……麻子さんも」

伏し目がちにそう説明するのは、敦志。

「そう、ですか。……早乙女さん。麻子は変わったかな？」

「……そうですね。確かに変わったかもしれません」

「じゃあ、前に話をしていた〝彼〟も？」

「ええ」

克己と敦志は、鮮やかな花束に視線を向けたまま穏やかに口元を緩ませた。

「それはもう。〝彼〟は一八〇度、人が変わったかのように」

ふっ、と息を漏らして敦志は笑った。それに対して、克己が宙をぼんやりと見ながら目を細めて言う。

「ああ、でも。ふたりは〝変わった〟わけじゃなくて、〝戻った〟のかもしれないな。本来のふたりに」

「……そうかもしれませんね」

そうしてふたりがいる病室を、満月が静かに見守るように、柔らかな光で照らしていた。

Epiloge：kiss-××

「……ずっと、離さない」

「そんなこと……簡単に口にしていいんですか」

「俺が、そんな簡単に口にしているとでも思っているのか？」

離れたばかりの唇が、どちらともなく吸い寄せられるように近づいていく。

「んっ……」

知らなかった。愛しい人とこうして唇を重ねる度に、涙が出そうになるなんて。力も入らなくなって、立っているのがやっと。

だけど、心の力は無限に広がるようで。

「……まぁいい。口だけかどうかこれから証明する……一生をかけて」

希望に満ちた未来。

あれほど過去の罪に苛まれていたものが、今では少しずつ素直に前向きに考える力になって。〝ひとりじゃない〟と、優しい安堵感を与えてくれる。

そんなふうに自分も何かを与えてあげたい。

「ずっと、離さないで」

そして願う。

心の底から『キスをして』――。

END

あとがき

こんにちは。宇佐木《うさぎ》です。こちらの作品にお付き合いくださってありがとうございます。

人生二度目の書籍化に、今回もお話を頂いたときには、あまりに動揺し過ぎて震えたほどです。おそらく、この先ここまで緊張することはないでしょう。

この作品は、前作『ブルーブラック』完結の翌日に書き始めたものでした。ということは、もう二年ほど前になるんですね。時の流れは早くて怖いです。

二年も経つと、あの頃なりに一所懸命に執筆していたのですが、現在の自分が振り返ると直視出来ないものでした。誤字脱字はもちろん、言葉遣いや表現描写など。そんな粗ばかり目についてしまって。これが世に書籍として出回るのは大丈夫なのかと、見直しの段階では常に〝穴があったら入りたい〟状態でした。

それでも、欠点ばかりではなく。徐々に、過去の自分の長所に目を向けて、こっそりその頃の自分を少しだけ褒める気持ちを持つことにしました。

イケメンな社長と、才色兼備の秘書という王道設定。しかも若干ヒロインにはあり得ないような長けた部分があり。さらに、ヒロインとヒーローが互いに深い傷を抱えていて……という、無茶な構成に我ながら脱帽です（笑）。おそらく、読まれていた方も突っ込みどころが満載だったのでは……と自嘲してしまうくらいです。

けれど、今はそこまで思い切った作品を書くということができないのかもしれない。荒削りだけど、勢いがあって、書きたいものをのびのびと書けていたかも。そんなふうに、少しだけ……ほんの、ちょっとだけ。二年前の自分を褒めました。なんて、ここで言ってしまったら、こっそりでもなんでもなくなっちゃうんですけどね。

明らかにフィクションでありながら、それでも最後まで読んだ後に〝ハッピーエンドでよかったぁ〟なんて、単純に感じていただければ幸いです。

この作品の編集作業に携わってくださった方々。担当していただいた相川様。素敵な表紙で飾ってくださったソウノ様。そして、なによりも、連載中から応援してくださった読者の方々や、お手に取ってくださったあなた様。こうして一冊の本で、出逢えた。私にとって、全ての出逢いが奇跡で宝物です。ありがとうございます。

そんな大切な皆様へ。心から、感謝を込めて。

宇佐木

宇佐木先生への
ファンレターのあて先

〒104-0031
東京都中央区京橋1-3-1
八重洲口大栄ビル7F
スターツ出版株式会社　書籍編集部　気付

宇佐木先生

本書へのご意見をお聞かせください

お買い上げいただき、ありがとうございます。
今後の編集の参考にさせていただきますので、
アンケートにお答えいただければ幸いです。

下記URLまたはQRコードから
アンケートページへお入りください。
http://www.berrys-cafe.jp/static/etc/bb

好きになっても、いいですか？

2014年11月10日　初版第1刷発行

著　　者　宇佐木
©Usagi 2014

発 行 人　松島 滋

デザイン　hive&co.,ltd.

D　T　P　説話社

校　　正　株式会社　文字工房燦光

編集協力　相川有希子

編　　集　堀口智絵

発 行 所　スターツ出版株式会社
〒104-0031
東京都中央区京橋1-3-1　八重洲口大栄ビル7F
TEL　販売部　03-6202-0386（ご注文等に関するお問い合わせ）
URL　http://starts-pub.jp/

印 刷 所　大日本印刷株式会社

Printed in Japan

ISBN 978-4-88381-902-7　C0193

ベリーズ文庫 2014年11月発売

『好きになっても、いいですか？』 宇佐木《うさぎ》・著

新入社員で庶務課の麻子は、廊下で社長の純一と激突。その際、彼女の抜群な記憶力を知った純一は、麻子を秘書に抜擢しようとする。純一の傲慢な態度に異動を断る麻子だが、強引に秘書課へ。それをきっかけにお互い反発しながらも、ふたりは惹かれ合う。しかし彼には社長令嬢の婚約者がいて…。

ISBN978-4-88381-902-7／定価：本体660円＋税

『イケメンSPに守られることになったんですが。』 真彩《まあや》-mahya-・著

フリーター、中園麻耶の唯一の楽しみは、WEBサイトで小説を書くこと。念願叶い、書籍化されることになったけれど、作品に登場するテロリスト集団が偶然実在し、命を狙われるハメに！ そこに現れたのは警視庁警備部の超一流SP、高浜亮司。平凡な日常から一転、突然イケメンSPに守られることになった麻耶は…。

ISBN978-4-88381-903-4／定価：本体680円＋税

『恋愛温度、上昇中！』 ゆらい かな・著

下着デザイナーなのに色気も男っ気もない紗織。恋をするにも強がりで臆病なあまり、いまいち踏み込めなくて…。そんなある日、居酒屋で口の悪い無愛想なイケメン御曹司、関谷に出会い、帰りのタクシーで突然キスをされてしまう。後輩のさしがねで、後日デートまでするハメになってしまい…？

ISBN978-4-88381-904-1／定価：本体650円＋税

『2LDKの元!?カレ』 水羽《みなは》 凛《りん》・著

編集者の志保子は、弁護士で3歳上の元カレ・聡といまだに同居中。別れても聡を想っていたが、ある日帰宅すると聡が女性を連れ込んでいる場面に遭遇！　その女性の企てで志保子は新しい恋人と勘違いしてしまう。自分の想いに蓋をしようと落ち込む志保子は編集部の後輩の告白を受けてしまうが…。

ISBN978-4-88381-905-8／定価：本体630円＋税

書店店頭にご希望の本がない場合は、書店にてご注文いただけます。